I0640990

TEA
BOOKS

Copyright © 2023 T. A. Williams
Translation copyright © 2023 Agencija TEA BOOKS
Copyright za ovo izdanje © 2024 TEA BOOKS d.o.o.
Published worldwide in English by Boldwood Books Ltd
Translation rights arranged through Plima d.o.o.
and The Agency srl di Vicki Satlow

Naslov originala
T. A. Williams
Murder in Chianti

Za izdavača
Tea Jovanović
Nenad Mladenović

Glavni i odgovorni urednik
Tea Jovanović

Lektura / Korektura
Agencija Tekstogradnja / Agencija TEA BOOKS

Prelom
Agencija TEA BOOKS

Dizajn korica / Crteži za korice
CC Book Design / Shutterstock

Izdavač
TEA BOOKS d.o.o.
Por. Spasića i Mašere 94
11134 Beograd
Tel. 069 4001965
info@teabooks.rs
www.teabooks.rs

ISBN 978-86-6142-152-5

T. A. VILIJAMS

UBISTVO
U KJANTIJU

ARMSTRONG I OSKAR 2

Sa engleskog preveo
Danko Ješić

Ova publikacija u celini ili u delovima ne sme se umnožavati, preštampavati ili prenositi u bilo kojoj formi ili bilo kojim sredstvom bez dozvole autora ili izdavača niti može biti na bilo koji drugi način ili bilo kojim drugim sredstvom distribuirana ili umnožavana bez odobrenja izdavača. Sva prava za objavljivanje ove knjige zadržavaju autor i izdavač po odredbama Zakona o autorskim pravima.

T. A. VILIJAMS

UBISTVO U KJANTIJU

ARMSTRONG I OSKAR 2

Sa engleskog preveo
Danko Ješić

Ova publikacija u celini ili u delovima ne sme se umnožavati, preštampavati ili prenositi u bilo kojoj formi ili bilo kojim sredstvom bez dozvole autora ili izdavača niti može biti na bilo koji drugi način ili bilo kojim drugim sredstvom distribuirana ili umnožavana bez odobrenja izdavača. Sva prava za objavljivanje ove knjige zadržavaju autor i izdavač po odredbama Zakona o autorskim pravima.

Marianđeli i Kristini, koje vole dobre krimiće.
Volim vas, kao i uvek.

Prolog

Utorak ujutro

Bepe je uvek voleo rano jutro, a posebno usred leta, kao sad. Noć je bila vrela i sparna, i u ovo doba dana, pre nego što jara pritisne i spusti se na okolinu kao zagušljiv pokrov, osećao se osveženo. Mada je u ovom delu Toskane živeo više od šezdeset godina, dao bi svu tu julsku vrelinu za jedan hladan zimski dan. Tu u senci drveća ni izbliza nije bilo hladno, ali temperatura je bila podnošljiva. Gurnuo je ruku kroz otvoren prozor i poslao malo hladnijeg jutarnjeg vazduha prema svom licu, dok je landroverom prolazio putem kraj terena za golf. Bilo je dobro biti živ.

Mladi Alfredo, koji je sedeo kraj njega, trgnuo ga je iz sanjarenja – sad makar nije zurio u svoj telefon.

– Šta je ono, Bepe? Da li je to divlja svinja?

Upravo su prošli pored šumarka i izlazili su na stazu koja vodi do osme rupe. Bepe je pogledom ispratio ispruženi prst i ugledao tamno obličje kako leži u peščanoj rupi, desno od terena za golf.

– Nadam se da nije. Pregledali smo ogradu prošle nedelje. Te prokletinje mogu da naprave neverovatnu štetu na terenu za svega nekoliko sati – nervozno je progunđao Bepe. – A nismo poneli pušku.

– Da odemo i uplašimo je?

Osećala se zebnja u Alfredovom glasu, i to opravdano. Nekoliko meseci ranije divlja svinja je gadno povredila jednog starijeg seljaka iz susednog sela. Ali jutros su imali pristojnu zaštitu u obliku landrovera. Bepe nije oklevao i okrenuo je volan, idući pravo ka peščanoj rupi.

Tek kad su se približili, počeli su da shvataju da to nije divlja svinja. Obris u pesku bio je nepogrešivo ljudski.

– Misliš li da je... – Alfredo je voleo da se pretvara kako je čvrst momak s tetovažama i minđušom, ali sad je zvučao kao nervozni tinejdžer.

Bepe je frknuo. – Napio se i obeznanio, najverovatnije. Mada ne znam zašto je došao da spava ovde, u mojim predivnim peščanim jamama. – Zaustavio se nekoliko metara od peščane jame i izašao iz automobila. – Pa, sigurno je da će imati grubo buđenje.

Otišao je do ivice peščane jame i stao u mestu kad je shvatio da se taj čovek više nikad neće probuditi... grubo ili nežno.

– Bože! – Skinuo je kapu i prošao prstima kroz proređenu kosu. – Vidi ti to!

– O, bože...

Bepe je bio delimično svestan Alfreda koji je glasno uzdahnuo, dok su gledali tog čoveka ispruženog u peščanoj jami. Pesak oko njegove glave bio je crn od krvi koja je istekla iz užasnih rana. Stajali su tamo, kao ukopani, prilično dugo, sve dok Bepe nije shvatio da su mu ta odeća i telo nekako poznati. Otišao je na drugu stranu peščane jame i pogledao stranu čovekovog lica koja nije bila prekrivena peskom. Sedi brkovi i savršeni zubi bili su nepogrešivo poznati, kao i australijski kožni šešir širokog oboda koji se nalazio na grabuljama kraj jame za pesak. Nije bilo nikakve sumnje. Kad se okrenuo momku, koji je bio bled kao krpa, saopštio mu je vesti.

– To je sinjor Hanter. – Nije mogao da poveruje u to što će upravo reći. – Neko je ubio sinjora Hantera.

– Jesi li siguran da je mrtav? Da proverimo? – Krenuo je prema telu, ali Bepe je pružio ruku i zaustavio ga je pre nego što je ugazio u pesak.

– Ne prilazi. Policija će morati da dođe i istraži.

– Ali šta ako je i dalje živ? Zar ne treba da pozovemo pomoć? – Alfredo je i dalje zvučao uzdrmano.

Bepeove oči su načas pogledale iskrivljeni leš. – Više mu se ne može pomoći, Alfredo. Uzmi landrover i idi do klupskih prostorija. Kaži im šta se dogodilo dok ja pozovem policiju.

– A *šta* se dogodilo?

– Mrtav je, ubijen je, eto šta se dogodilo. Imaš li ti oči? – Gledajući momka kako odsutno zuri u sklupčano telo u pesku, pljesnuo je rukama da ga probudi iz obamrlosti. – Idi, momče, idi i kaži svima.

Kad je Alfredo okrenuo vozilo i pošao, Bepe je već razgovarao s policijom.

1.

Utorak uveče

– Da li ti je vruće kao i meni, Oskare?

Kad je čuo svoje ime, pas je otvorio jedno oko, ali samo na tren ili dva pre nego što se ponovo komirao na pločicama od terakote. Ležao je na podu, a ružičasti jezik mu je napola virio iz usta. Iznad njega se neki zrnasti crno-beli film na *TV Toskana* upravo završavao uz kakofoniju neskladne muzike. Muzička podloga je sve vreme bila malo neusklađena, ali tu manju neprijatnost potpuno je zasenila stvarno jadna italijanska sinhronizacija. Prestao sam da brojim koliko puta je oskudno odevena junakinja otvorila usta da vrisne jednosložnu reč – bez sumnje *„Help!"* – a sredovečna glumica koja je govorila italijanski dijalog izgovarala je *„aiuto"*, s najmanje tri sloga. Ipak, iz tog filma sam naučio još nekoliko italijanskih reči, mada sam sumnjao da ću u životu često koristiti reč „vukodlak".

Prijateljski sam munuo nogom svog ljubimca vukodlaka i nastavio jednostrani razgovor s njim; što sam često radio otkako je ušao u moj život pre godinu dana.

– Pa, iako je *tebi* možda prijatno, ja se kuvam. Šta kažeš na šetnju?

Kao i obično, ta čarobna reč je pokrenula labradora u akciju i skočio je na noge, stresao se, i krenuo pravo ka vratima. Napolju je bilo malo svežije nego u kući, ali i dalje vrlo toplo, iako je sunce zašlo pre tri sata. Nebo je bilo vedro i zvezde su sijale dovoljno jasno da pas i ja bacamo bledu senku na belu šljunčanu stazu. Tu u brdima je bilo malo svetlosnog zagađenja, osim udaljenog narandžastog sjaja Firence na severoistoku, a jedina buka bilo je nežno uzdisanje povetarca u granama iznad. Dok smo četvoronožni prijatelj i ja hodali uzbrdo između beskrajnih nizova čempresa kraj staze, duboko sam udahnuo i razmišljao o tome kako mi se život promenio za manje od godinu dana. Sad sam bio u penziji, razveden, pokušavao sam da pišem, i živeo sam u drugoj zemlji; i nisam žalio ni zbog čega, osim zbog razvoda.

Ali to nije bila moja odluka.

Razmišljanje mi je prekinula zvonjava telefona. Za razliku od vremena kad sam bio glavni inspektor Armstrong iz Skotland jarda, danas sam se radovao pozivima i uživao u njima. Više me nisu budili usred noći da me obaveste o još jednom surovom ubistvu u velikom gradu. Nema više prekinutih večera ili naglih odlazaka u bilo koje doba, nakon kojih je moja razočarana žena ostajala sasvim sama, sve dok više nije mogla to da podnese. Na kraju sam napustio policiju u nadi da ćemo se pomiriti, ali bilo je prekasno. Sad sam bio slobodan, ali cena je bila previsoka.

Ispostavilo se da me zove Virđilio, i poziv je više imao veze s poslom nego sa zadovoljstvom. Virđilio Pizano mi je postao najbolji prijatelj u Toskani. On je, na mnogo načina, bio kao ja nekad: policijski inspektor na odeljenju za ubistva – u njegovom slučaju u istorijskom gradu Firenci – ali imao je dovoljno sreće da i dalje bude u srećnom braku s divnom ženom, Linom. Nisam se iznenadio kad sam saznao da je, iako je gotovo ponoć, i dalje bio u svojoj kancelariji.

– *Ciao*, Dene. Nisi spavao, zar ne? Da li ti je dovoljno toplo? – U poslednje vreme uvek smo razgovarali na italijanskom.

– Mislio sam da ću se istopiti ovog popodneva. Imam osećaj da ću uložiti novac u klima-uređaj. – Bilo je vrlo neobično što me zove tako kasno i pretpostavio sam da to ima neke veze s poslom. – A šta je s tobom? Kako ide posao?

– Sjajno, kao i svakog leta. Zašto ljudi dolaze čak u Firencu da zadave svoje žene ili gurnu nekog s vrha tornja? Nema veze, slušaj, zovem te jer se dogodilo ubistvo.

– Zašto me to ne iznenađuje? Ko, gde i kad? I kad bolje razmislim, zašto ja? – Zastenjao sam teatralno. – Zar ne znaš da sam već godinu dana u penziji?

Virđilio je ignorisao opasku o penziji. – „Ko" je tip po imenu Reks Hanter. „Gde" je *Akvarosa kantri klub*, nedaleko od mesta na kojem si, a „kad" je juče uveče. Znaću više kad dobijem izveštaj patologa.

– A „zašto ja" je zbog toga što je taj tip imao englesko ime? – Mada je Virđilio dobro govorio engleski, zvao me je povremeno da mu pomognem. Mada je zvanična priča bila da me je zvao kao prevodioca za engleski, obojica smo znali da je uživao da mu pomažem u istrazi i da je cenio moju pomoć.

– Žrtva je Australijanac, i živeo je ovde sedam godina otkako je kupio kantri klub i teren za golf.

– *Kupio?* Čini se da mu nije manjkalo novca.

– Izgleda da se obogatio u Australiji pre nego što se preselio ovamo. Mada osoblje u kantri klubu čine uglavnom meštani, njegova žena i porodica su tamo, a neki od njih govore malo ili nimalo italijanski, pa će mi možda biti potrebna tvoja pomoć, ako imaš vremena.

– Ako imam vremena? – Obojica smo znali odgovor na to pitanje. Mada sam ispunjavao dane pisanjem knjige i renoviranjem kućice koju sam kupio, već sam otkrio da penzija ponekad ume da bude dosadna. – Nema problema. Kad sam ti potreban? Želiš li da pođem s tobom kad budeš išao da razgovaraš s porodicom?

– Već sam danas nakratko porazgovarao s većinom njih, ali moram detaljnije, i značila bi mi tvoja pomoć. Ali sam se, pre svega, zapitao da li bi možda otišao do kluba i uplatio časove tenisa. Obojica znamo da je potrebno da poradiš na svom bekhendu.

On i ja smo igrali tenis subotom, tako da je znao o čemu govori. – Da li to znači da me šalješ na tajnu misiju?

– Na neki način. Makar u početku. Kaži im svoje pravo ime i ne izmišljaj nikakve priče, ali ne pominji vezu s policijom – ovde ili u Londonu. Možda će tako ljudi slobodnije razgovarati s tobom i možda ćeš saznati nešto više o žrtvi, klubu i porodici, više nego što su spremni da kažu meni. U ovom trenutku, imam leš bez očiglednog motiva za ubistvo, mada sam već stekao utisak da tog čoveka nisu baš svi voleli. U svakom slučaju, šta kažeš na to?

Nisam oklevao. Kao što sam rekao, Virđilio mi je bio najbolji prijatelj ovde. – Naravno da ću uraditi to. Otići ću tamo sutra i uplatiti nekoliko časova. Kako je taj tip ubijen?

– Potiljak mu je razbijen... i mislim stvarno razbijen, višestrukim udarcima. Oružje ubistva bila je, izgleda, jedna od njegovih palica za golf, koju smo pronašli u visokoj travi blizu mesta zločina. – Usledila je pauza dok je gledao dosije. – *Kalavej mavrik* štap, ako ti to išta znači. Golf mi je prava misterija.

– To je veliki drveni štap s dugačkom drškom, toliko znam. Ako osoba koja ga koristi ume dobro da cilja, čak i dete može da postigne dovoljnu silu da razbije nekom glavu. Ima li otisaka?

– Nema otisaka, laboratorija još radi hemijske i DNK analize, ali kažu da se ne nadam mnogo. Izgleda da je palica obrisana.

– Ima li nekih tragova oko tela?

– Pronađeno je u peščanoj prepreci, koja je bila temeljno izgrabuljana da bi se uklonili otisci stopala. Nema potrebe da naglašavam, čak je drška grabulja bila obrisana. Ubica je sakrio svoje tragove... doslovno.

– A šta je sa alibijima ljudi u blizini?

– Pod pretpostavkom da se to dogodilo juče uveče, prvi utisak je da su svi imali alibi... u izvesnoj meri. Kao što sam rekao, znaću više kad mi patolog javi vreme smrti.

Razgovarali smo još malo, i pitao me je da li su mi potrebna uputstva kako da stignem do kluba, ali rekao sam mu da nisu. Bila je to samo kratka vožnja od moje kuće, i čak sam išao tamo na večeru kad su me ćerka i njen verenik posetili prošlog meseca. Moj budući zet je bio pasionirani igrač skvoša, pa sam ga odveo tamo i dao mu priliku da me pobedi dok je Triša uživala kraj bazena. Ručak je bio malo skuplji, ali prilično dobar. Osim toga, to mesto nije ostavilo neki jači utisak na mene, mada su savršeno održavani tereni bili impresivni. Ljudi u restoranu većinom su bili golferi, a to nije igra po mom ukusu, mada su mi kolege iz policije uvek govorile kako je to dobar način da dobiješ unapređenje – verovatno ako dozvoliš šefu da te pobedi. Kako se ispostavilo, moj nadređeni je bio jedan krupan načelnik koji bi se, bez sumnje, više radovao obilnom doručku nego partiji golfa.

Nakon što je Virđilio prekinuo vezu, seo sam na jedno oboreno stablo – moje i Oskarovo redovno odmorište – i izvadio telefon. Brza pretraga mi je otkrila da se časovi tenisa mogu zakazati onlajn, i tri minuta kasnije zakazao sam dvočasovni trening za sutra ujutro, s nekim po imenu Abigejl. To neće biti jeftino, ali Virđilio mi je rekao da će njegovo odeljenje platiti račun. Pre nego što sam odložio telefon, na *Guglu* sam potražio Reksa Hantera, i odmah sam ga pronašao.

Bilo je mnogo tekstova o tom čoveku, i brzo je postalo jasno da je u rodnoj Australiji bio dobro poznata ličnost. Obogatio se reciklažom šljake u Kvinslendu. Dalja istraga mi je otkrila da se bavio vađenjem finih čestica zlata iz starih hrpa šljake, i izgledalo je da je bio vrlo uspešan i zaradio milione. Nije otkriveno zašto je odlučio da emigrira u Evropu, konkretno u Toskanu, ali koliko sam video, nije bilo nagoveštaja da je napustio Australiju pod nekom sumnjom, tako da su bili mali izgledi da je njegova smrt posledica neke stare australijske zavade. Izgledalo je da je ubica neko iz Italije.

Oskar se tad već bio umorio od donošenja šišarki kako bih mu ih ponovo bacao – sigurno je nasledio retriverske gene – i legao je na suve borove iglice. Izgledalo je da mu ne bi smetalo da prenoći tu. Ja sam morao da se vratim kući i spremim za sutra. Nežno sam ga munuo cipelom i video ga kako otvara oči koje su svetlele jezivim zelenim sjajem pod zvezdama.

– Hajde, pseto. Neki od nas moraju da rade.

Mada Oskar nije izgledao previše zadivljeno, meni je to zvučalo prilično dobro. Mogućnost da se nakratko vratim prethodnom životu bila je dobrodošla.

2.

Sreda ujutro

Akvarosa kantri klub takođe je izgledao primamljivo kad sam stigao narednog jutra. Teren za golf, sportski kompleks i restoran nalazili su se na dva brdašca južno od Firence, a čitavo to mesto bilo je istačkano čuvenom toskanskom mešavinom borova i čempresa. Dok sam dolazio, vozio sam kroz hektare legendarnih kjanti vinograda, čokote posađene s matematičkom preciznošću i ispresecane maslinjacima. U klub se ulazilo kroz impresivnu kamenu kapiju, a staza do klupskih prostorija vodila je kroz mirisnu mešavinu ruzmarinovog žbunja prekrivenog plavim cvetovima i lepog izbora šarenih ruža. Jasno se videlo da ovdašnji vrtlari pošteno zarađuju svoju platu. Klupske prostorije su verovatno nekad bile velike kamene štale, a sad su bile ukusno spojene u jednu zgradu pomoću složene mreže zastakljenih hodnika koji vode do glavnog atrijuma. Ovo je očigledno bilo delo nekog arhitekte i, podjednako očigledno, nije bilo jeftino.

Virđilio je naredio da teren za golf zasad ostane zatvoren, tako da je tu bilo svega nekoliko ljudi. Jedini znak života bilo je dvoje mladih ljudi u teniskoj opremi koji su se vraćali do kluba nakon jutarnjeg treninga, i jedna vitka žena u kratkoj majici i šortsu koja je protrčala kraj mene. Mahnuo sam joj, ali ona je očigledno bila „u zaletu" i nije primetila moj pozdrav. Kad je prošla kraj mene, video sam da joj obrazi blistaju od vlage. Zapitao sam se da li je to samo znoj – već je bilo toplo – ili je čula vest o ubistvu i plakala je. Jedno je bilo sigurno: ako se mladi ljudi ovako znoje, sredovečnom čoveku poput mene nije se pisalo dobro. Možda je trebalo da uplatim samo *jedan* čas tenisa.

Mada bih u normalnim okolnostima već stigao presvučen, a onda se posle odvezao kući na tuširanje, poneo sam tenisku opremu u torbi, jer sam mislio da je dobro da obiđem što više prostorija u klubu, kako bih stekao bolji utisak o tom mestu. Napustivši parking, krenuo sam stazom između bujnog žbunja i bokora lavande prekrivenih pčelama. Bilo je to prijatno mesto i izgledalo je neverovatno da se tu zbilo surovo i grozno ubistvo pre samo trideset šest sati.

Ušao sam u predvorje kroz automatska staklena vrata koja su se zatvorila iza mene uz šištanje, i rashlađena unutrašnjost učinila mi se ledenom nakon spoljne vreline – ali nisam se žalio. Nakon što sam pedeset pet godina živeo u Londonu, moje prvo leto u Toskani bilo je pravi izazov, mada sam stalno govorio sebi da ako krzneni labrador može da ga izdrži, onda mogu i ja. Podsećam vas, Oskar je rođen ovde, tako da je bio mnogo bolje pripremljen za visoke temperature nego ja.

Predvorje je bilo veliki otvoren prostor, a na suprotnom zidu nalazio se diskretan, tamnozelen logo s dva čempresa i imenom kluba. Na desnom zidu bila je uglačana drvena tabla sa spiskom pobednika različitih golf turnira, ispisanim zlatnim slovima. Ispod se nalazila staklena vitrina s raznim priznanjima, od srebrnih plaketa, do nečeg što je ličilo na srebrnu bocu kjantija. Fotografije poznatih golfera, a neke sam čak i prepoznao, krasile su ostatak zida, a svuda po prostoriji nalazile su se dobro održavane biljke u saksijama od terakote. Nije bilo nikakve sumnje: ovo mesto je skupo. Jedan mladić u otmenom plavom blejzeru i s kravatom sa zelenim logom, osmehnuo mi se iza pulta s mermernom pločom, koji se nalazio na suprotnom zidu.

– *Buongiorno. Benvenuto ad Acquarossa.* – Delujući na osnovu instinkta, dodao je na engleskom: – Dobro jutro, gospodine. Dobro došli u *Akvarosa kantri klub.*

Prišao sam mu, spustio torbu kraj svojih nogu, i odgovorio mu na italijanskom, iako je njegov engleski zvučao dobro. To nije bilo samo zato što sam potajno bio prilično ponosan na to koliko mi se italijanski popravio tokom godine koju sam proveo ovde. Razgovaraću s ljudima ovde na italijanskom, tako da nema svrhe da se pretvaram. Bedž na reveru rekao mi je da mu je ime Rafaelo, i verovatno je imao manje od dvadeset pet godina. – Dobro jutro. Ja sam Armstrong, Den Armstrong, i zakazao sam časove tenisa.

Pogledao je kompjuterski ekran i potvrdio da me Abigejl čeka u deset sati. Pokazao je na ulaz u svlačionice i objasnio mi gde je teren. Zahvalio sam mu se i odlučio da neće škoditi ako počnem da se raspitujem kod njega. Odlučio sam da glumim neobaveštenost.

– Parking je iznenađujuće prazan s obzirom da je dan ovako lep. Čovek bi pomislio da ima dosta golfera ovde, ili je pretoplo za njih?

Odmahnuo je glavom. – Nažalost, teren je zatvoren. Od juče.

– Zašto? – Dao sam sve od sebe da zvučim iznenađeno. – Zar ovo nije glavni deo sezone za vas?

– Obično jeste. – Video sam kako gleda naokolo pre nego što mi je tiho objasnio. – Nažalost, neko je umro.

– Šta, ovde? U klubu?

– Nažalost... na terenu za golf, kraj osme rupe. – Glas mu je postao još tiši. – Ubijen je.

– Opa. A ko je ubijen?

– Vlasnik kluba, sinjor Hanter.

– Baš grozno, i sigurno vrlo tužno.

– Da... da, naravno. – Video sam ga kako daje sve od sebe da izgleda sumorno, ali ton ga je odao i malo sam ga podstakao.

– Ali... Možda nije bilo toliko tužno?

Ponovo je potajno pogledao oko sebe. Kad nije video nikog u blizini, klimnuo je glavom. – Žao mi je što je ubijen. Niko ne zaslužuje to, ali bio je težak čovek...

U tom trenutku, vrata iza njega su se otvorila i jedna privlačna žena od oko četrdeset godina ušla je u predvorje. Bila je odevena u plavu suknju i besprekornu belu bluzu i, kad me je videla, uputila mi je ljubazan osmeh koji nije sasvim skretao pažnju s tamnih podočnjaka.

– Dobro jutro, dobro došli u *Akvarosu*. – Na bedžu je pisalo da se zove Elizabet, i bila je pomoćnica direktora. Za razliku od mladića, njen italijanski naglasak otkrivao je da joj to nije maternji jezik, tako da sam se prebacio na engleski i video sam da me je razumela.

– Dobro jutro, zovem se Den. Došao sam na časove tenisa.

Osmeh se proširio. – Drago mi je, Dene. Da li ste na odmoru? – Naglasak je bio nepogrešivo australijski, i zapitao sam se da li je možda iz porodice Hanter.

– Ne, živim ovde. Ja sam pisac. – To je bilo pomalo nategnuto. Dobro, moju prvu knjigu upravo razmatra jedan mali londonski izdavač, ali nisam se nadao da će uskoro biti objavljena.

– Baš zanimljivo. Nešto što sam možda pročitala?

– Bojim se da ne. Trebalo je da kažem *pisac u pokušaju*. Tek sam završio svoju prvu knjigu.

– Pa, srećno vam bilo. Da li ste prvi put u klubu?

Rekao sam joj za partiju skvoša i obrok prethodnog meseca, ali onda sam ih ostavio i otišao u svlačionicu. Dve stvari su bile jasne: Virđiliova sumnja da Reks Hanter nije bio previše omiljen bila je ispravna, a Elizabet, pomoćnica direktora, bila je ili zabrinuta zbog nečeg ili je žalila za mrtvim šefom više nego kolega na recepciji.

Obukao sam tenisku opremu, stavio svoju odeću u ormarić, i ponovo krenuo napolje. Vrelina me je pogodila kao šamar i ponovo mi je palo na pamet da ideja da trčim dva sata po suncu u svojim godinama možda nije bila pametna. Nadao sam se da u *Akvarosa kantri klubu* neće biti i druge neočekivane smrti – u ovom slučaju pedesetšestogodišnjeg bivšeg policajca koji je trebalo da bude pametniji.

Prošao sam pored niza parkiranih kolica za golf, tražeći teniske terene. Nalazili su se stotinak metara od klupskih prostorija, delimično skriveni od pogleda uredno potkresanom lovorovom živicom i okruženi visokom ogradom od pletene žice. Dobra vest je bila što je teren gde je trebalo da igram bio delimično u senci tri ogromna bora, a svaki od njih je bio viši od klupske zgrade. U ovo doba dana obezbeđivali su dobrodošlu zaštitu od sunca, ali procenio sam da će se sunce pomeriti do podneva i da ćemo biti potpuno izloženi. Moja instruktorka je već čekala s korpom teniskih loptica, i prišla je da se rukuje sa mnom.

– Zdravo, ja sam Abigejl. Možemo li da govorimo engleski? – Naglasak joj je bio britanski. Bila je zgodna žena, nešto mlađa od trideset godina, i zbog plave kose i dugih, preplanulih nogu sigurno je bila popularna u Italiji. Nije mi trebalo mnogo vremena da shvatim kako Italijani vole plavuše. A zašto i ne bi?

Predstavio sam se i ćaskali smo malo pre početka časa. Saznao sam da je ovde već dve godine i da živi u obližnjem selu Akvarosa. Na prstima nije imala prstenje i nije pominjala partnera.

Udarali smo lopticu desetak minuta sve dok nije stekla utisak o mom nivou znanja i slabostima. Kad smo prestali i sastali se kraj mreže, iznela mi je svoju procenu i, nimalo iznenađujuće, počela je od mog bekhenda. Narednih sat vremena me je podučavala, dok nisam osetio vidan pomak u svojoj igri, i to me je ohrabrilo. I ako se ispostavi da ne mogu da pomognem Virđiliju oko istrage, makar ću imati neke koristi od posete klubu.

Kad je došlo vreme da napravimo pauzu i popijemo malo vode, mnogo sam se znojio i spremno sam prihvatio njen predlog da nekoliko minuta odsedim na klupi, u hladu. Nakon razgovora o mom teniskom napretku, prešao sam na razgovor o nedavnim događajima. Zbog toga sam, uostalom, i došao.

– Čuo sam od Rafaela s recepcije da je neko ubijen, izgleda vlasnik ovog mesta.

I Abigejl je krišom pogledala oko sebe pre nego što je odgovorila. – Tako je: Reks Hanter. Kažu da su ga prebili nasmrt njegovom sopstvenom palicom. – Kao ni Rafaelo, nije zvučala previše potreseno zbog šefove smrti. U stvari, nije zvučala ni najmanje uznemireno njegovim ubistvom.

– Ima li policija neke sumnjivce? – Pokušao sam da se distanciram od istrage, makar zasad.

Odmahnula je glavom, ali na licu sam joj video tračak nečeg što nisam odmah prepoznao – antipatije, možda?

– Koliko znam, nema.

– Znate li zašto je ubijen? Napokon, u Italiji smo; nije valjda to bila mafija? – Virđilio sigurno ima ljude koji istražuju tu mogućnost, ali nije ni nagovestio povezanost sa organizovanim kriminalom. Ipak, mislio sam da je to dobar način da se započne razgovor.

– Nemam predstavu. – Usledila je još jedna duga pauza, koju nisam prekidao. Na kraju je ponovo bojažljivo pogledala oko sebe, pre nego što je progovorila. – Stvarno ne znam, ali mislim da bi policija trebalo da istraži ljude koji su mu bili bliski. – Još jedna pauza. – Nije bio baš najljubazniji čovek. – Lice joj se smrklo, i to je potvrdilo moju sumnju da je ono ranije bila odbojnost ili nešto više od toga. – U stvari, bio je grozan čovek. – Stresla se, uprkos vrućini.

– Da li to govorite iz iskustva? Bio je grozan prema vama?

– Ako mislite da li me je pipkao i davao mi svakakve predloge, onda da. – Sve više je izgledalo da ljudi ovde nisu baš previše voleli ubijenog.

– A-ha, shvatam... – Sačekao sam nekoliko sekundi. – Ali sigurno je bio znatno stariji od vas.

– Gotovo dvostruko, ali to ga nije sprečavalo. Samo zato što ima... što je imao novca, mislio je da može da radi sve što poželi. – Nakon što je ponovo pogledala oko sebe, usmerila je pogled na svoje šake. – Znate li šta mi je rekao? Rekao je da bi mi dao „mnogo poklona“ ako spavam s njim. Poklona! Da nije mislio da sam neka obična kurva? – U glasu joj se sad čuo pravi bes.

– Mislite li da je to pokušavao sa ostalim ženama u klubu?

– Sigurna sam da jeste. Bio je životinja. – Stresla se i ustala. – U svakom slučaju, dosta o njemu. Dođite, još moramo da radimo i na vašem servisu.

Pratio sam je natrag do terena, i dalje misleći na Reksa Hantera. Izgledalo je da je bio seksualni napasnik i da možda ima više žena koje bi ga rado videle mrtvog, počevši od moje instruktorke tenisa. No postoji velika razlika između želje da uklonite nekog i prebijanja osobe nasmrt tupim predmetom.

Kad je stiglo podne, bio sam više nego srećan što se trening završio. Ne kažem da nisam uživao ili da nije bio koristan, ali moja pretpostavka da će do podneva nestati hlada bila je ispravna, i sad je bilo neizdrživo vrelo. Čak je i metalna kvaka na vratima ograde oko terena bila gotovo pretopla da se dodirne. Zahvalio sam se Abigejl i dogovorili smo još jedan termin sutra ujutro, pre devet, u nadi da ćemo izbeći najveću vrućinu. Kad sam se vratio u klupske prostorije, istuširao sam se mlakom vodom i postepeno spuštao temperaturu vode prema hladnoj, dok mi se telo polako hladilo. Pomislio sam na Oskara. Ostavio sam ga kod kuće s Marijom, koja dolazi sredom da počisti, ali ona je otišla u podne i sad je ostao sâm. Odlučio sam da na brzinu popijem nešto za šankom, umesto da ručam, i krenuo sam kući pre nego što Oskar odluči da pregrize električni kabl ili pohara frižider, ali bio sam rešen da se kasnije vratim u klub.

Šank se nalazio s jedne strane glavnog atrijuma. Bilo je to spektakularno enterijersko delo, a zakrivljene staklene ploče na krovu su me podsetile na *Projekat eden* u Kornvolu, koji sam posetio sa suprugom u srećnija vremena. Sasvim očekivano, s obzirom na mesto gde se klub nalazi, primetio sam da imaju sjajan izbor kjantija na polici iza šanka. Bilo je pretoplo za alkohol i naručio sam dve boce divno hladnog bezalkoholnog piva, na koje sam se brzo navukao tokom letnje vreline. Popio sam odmah prvu, ali nisam žurio s drugom.

Umesto da sedim za stolom, smestio sam se na barsku stolicu i razgovarao s mladom šankericom, koja je izgledala premlado da bi radila sa alkoholom... ali možda sam ja bio prestar. Na bedžu je pisalo da se zove Analiza, i obratio sam joj se na italijanskom. Pošto je bilo tako malo mušterija, izgledala je orna za razgovor i, kao i sa učiteljicom tenisa, postepeno sam naveo razgovor na gospodina Hantera.

– Čuo sam za ubistvo. Baš grozno. Pretpostavljam da se policija bavi time. – Davao sam sve od sebe da zvučim kao prosečan radoznalac.

– Bili su juče ovde i upravo sam saznala da dolaze danas popodne da uzmu izjave od svih. – Bojažljivo me je pogledala. – Da li misle da je to uradio neko od nas? Nije lepo biti osumnjičeni u slučaju ubistva.

– Siguran sam da je to samo rutinski. – I bilo je. – Verovatno moraju da utvrde gde se ko nalazio u trenutku ubistva. A što se tiče sumnjivaca, da li *vi* mislite da je to neko odavde?

Video sam je kako se sprema da kaže nešto, ali onda se predomislila i uzela krpu da obriše šank. Neka senka je pala preko nas, i kad sam se okrenuo video sam jednog čoveka koji se približava. Bio je to visok muškarac savršene frizure, u besprekorno popeglanim plavim platnenim pantalonama i čistoj beloj majici s kragnom. Na levoj strani grudi nalazio se logo *Akvarosa kantri kluba*. Pružio je ruku i uputio mi širok osmeh. Po opuštenom ponašanju zaključio sam da ima mnogo iskustva u pozdravljaju ljudi.

– Dobro jutro, dobro došli u klub. Ja sam Adam Hanter. Ako se ne varam, imali ste čas tenisa? – Naglasak mu je bio pomalo australijski, i nije pokušao da mi se obrati na italijanskom.

Izgledao je kao da ima oko trideset pet godina, što je značilo da je u pravim godinama da bude žrtvin sin. Ako je to istina, onda je bilo zanimljivo što nije izgledao preterano ucveljeno zbog očeve smrti – mada je možda samo dobar glumac. Čvrsto mi je stisnuo šaku, ali je srećom nije zdrobio, i predstavio sam se, trudeći se da ne pomenem svoje prethodno zanimanje ili pravi razlog zbog koga sam danas tu. Ostao je sa mnom, ćaskajući o beznačajnim stvarima, od cene teniskih reketa do proizvođača najboljeg kjantija u okolini, pre nego što je otišao. Kad je otišao, verovatno da dangubi s drugim gostima, ponovo sam posvetio pažnju šankerici Analizi.

– Da li je to bio menadžer?

Klimnula je glavom. – To je mlađi gospodin Hanter... – Zastala je i ispravila se. – Naravno, pretpostavljam da je sad samo gospodin Hanter.

– Izgleda mi kao dobar čovek.

– Mnogo bolji od oca. – Čim je to rekla, pocrvenela je. – Izvinite, znam da ne treba govoriti ružno o pokojnicima.

– Niste voleli starijeg gospodina Hantera?

Činilo se da je još više pocrvenela. – Mislim da ga mnogi ovde nisu voleli... pre svega žene.

To je izgleda bila uobičajena stvar ovde. – Ali sin nije takav?

– Adam se mnogo razlikuje od oca. Dobar je.

– Da li živi u okolini?

Klimnula je glavom. – Živi u bungalovu iza vile.

– Vile?

– Na vrhu brda, u šumarku. Tamo živi gospodin Hanter... ovaj, živeo je.

– A da li je udovica gospodina Hantera uključena u upravljanje klubom?

– O, ne. Venčali su se tek pre mesec dana, i nedavno su se vratili s medenog meseca. Samo jednom sam je videla ovde.

Opa, udala se pre mesec dana i već je udovica. To mi je izgledalo kao velika slučajnost. Nisam ništa rekao, ali sam zapamtio tu činjenicu. Detektivi ne vole slučajnosti, jer se prečesto ispostavi da to nisu bile slučajnosti.

Popio sam veliki gutljaj piva i pogledao na sat pre nego što sam pokušao da zvučim potpuno nezainteresovano. – Možete li se setiti ikog ko je mogao da ubije gospodina Hantera? – Popio sam ostatak piva i već se okretao dok je odgovarala.

– Ne stvarno. Mislim da nije imao mnogo prijatelja, ali to ne znači da je iko želeo da ga ubije, zar ne? Mislim, ko bi naterao sebe da ubije nekog?

To je ono što me je Virđilio poslao da saznam. Činjenica je bila da je taj čovek ubijen, tako da je neko, negde, želeo da ga ubije. Sledeći korak biće pronalaženje motiva za ubistvo; nije dovoljno to što je bio seksualni zlostavljač i nije imao mnogo prijatelja.

3.

Sreda popodne

Nakon što sam kod kuće pojeo lagan ručak, koji se sastojao od hleba, sira i dva komada suvog mesa odsečenog s pršuta koji sam čuvao u ostavi, i nekoliko sočnih smokava sa čvornovatog stabla u dvorištu, uzeo sam ajped i pogledao teren oko kantri kluba na *Guglu*. Levo od terena za golf nalazilo se još kjanti vinograda, a sa desne strane bila je šuma stisnuta između terena i maslinjaka, s još vinograda iza. Dok sam gledao mapu palo mi je na pamet da bih mogao da ubijem dve muve jednim udarcem, da odvedem Oskara u lepu šetnju i istovremeno obiđem mesto zločina. Možda bih pritom mogao da pogledam i porodičnu vilu Hanterovih na brežuljku. Znaci kraj ulaza u klub jasno su govorili da psima nije mesto na terenima za golf, tako da nisam mogao da odem tamo s Oskarom. Psi – posebno crni – takođe ne podnose jako sunce, tako da je gusta šuma izgledala kao idealno mesto za osvežavajuću šetnju za obojicu.

Nakon što sam nahranio labradora i obojica smo se napili hladne vode, ubacio sam ga u automobil i odvezao se pored kluba, zaustavio se kraj puta nekoliko stotina metara iza glavnog ulaza, gde je visoka žičana ograda označavala mesto gde se završava kantri klub i počinje šuma. Pristojna staza vodila je između stabala, i tu u hladu je bilo prijatno sveže. Oskar se lepo provodio njuškajući i obeležavajući potpuno novu teritoriju, dok smo se peli uz blagu padinu. I ja sam mnogo njuškao, gledao ima li ičeg zanimljivog, ali njemu sam prepustio da zapišava drveće.

Nakon dvadesetak minuta, izračunao sam da smo se verovatno popeli dovoljno da priđemo peščanoj prepreci kod osme rupe, gde je telo pronađeno. Naravno, kad sam otišao do ivice šume, video sam malu peščanu prepreku na stotinak metara od sebe, obeleženu policijskom trakom. Između terena i mene nalazila se ozbiljna prepreka od iste žičane ograde visoke nekoliko metara. Dva uniformisana policajca koja su izgledala kao da im je dosadno, sedela su na savršeno pokošenoj travi u ograničenoj senci koju je bacalo njihovo terensko vozilo, ali nije bilo ni traga od Virđilija ili drugih detektiva iz odeljenja za ubistva, od kojih sam neke poznavao prilično dobro. Mada ne bi mnogo značilo i da sam video nekog poznatog, jer je ograda od pletene žice bila viša od mene, a kapije nije bilo u blizini. Morao sam da se zadovoljim sedenjem na jednom panju i gledanjem oko sebe, a pas je njuškao po suvom lišću ispod mojih nogu, tražeći, kao i uvek, nešto što bih mogao da mu bacim da donese.

Jedna staza je išla s druge strane ograde, paralelno s terenom, i nastavio sam uzbrdo pored peščane prepreke. Verovatno je obilazila čitav teren i koristila se za održavanje ograde, koja je bez sumnje bila tu da zadrži nezvane goste, životinje i ljude. Ta je ozbiljna prepreka značila da je ubica verovatno prišao svojoj žrtvi iz kluba, a ne spolja. Klupske prostorije u podnožju brda izgledale su male odavde, i procenio sam da bi ubici trebalo petnaest minuta da dođe do mesta zločina. Mada je oko terena bilo šumaraka, veći deo terena je bila otvorena livada. Pod pretpostavkom da je Virđilio u pravu i da se zločin dogodio juče, dok je žrtva igrala golf, i dalje je morao biti dan. Ubici bi bilo teško da se prišunja žrtvi a da ga ona ne vidi, ili bilo ko drugi ko je bio na terenu. Da li to ukazuje da je ubica član kluba – ili makar povremeni igrač – i da je možda poznavao žrtvu?

Gusta šuma na vrhu brežuljka ukazivala je na to gde se nalazi porodična vila, i izgledalo je kao da staza vodi do nje, mada sam zamišljao da postoji i poseban ulaz. Odlučio sam da nastavim uzbrdo i otkrijem. Kako bih uradio to, Oskar i ja smo morali da napustimo šumu i izađemo ponovo na sunčanu vrelinu; bio sam okupan znojem, a Oskar je dahtao kao parna lokomotiva kad smo stigli do jednog uzvišenja odakle se video vrh brežuljka. Čak je odustao i od omiljene igre donošenja štapova koje mu bacim, i hodao je kraj mene neuobičajeno poslušno, držeći se u mojoj senci, i znao sam da što pre moramo da se vratimo u hlad.

Vila je bila ogromna zgrada, gotovo potpuno zaklonjena i skrivena gusto posađenim stablima, uglavnom čempresima. Malo niže iza nje, na drugoj strani padine, nalazio se moderniji krov, koji je verovatno pripadao bungalovu Adama Hantera. Spektakularan pogled pružao se odatle na dolinu reke Arno i prema tamnozelenim Apeninima iza. Zamišljao sam da porodica Hanter iz te vile sigurno ima dobar pogled na Firencu, mada sad nisam mogao da vidim grad. Žrtva je sigurno živela povlašćenim životom na ovakvom mestu; takva vrsta povlašćenosti dovodi do ljubomore, zavisti i možda čak neprijateljstva... ali ubistvo? Da li je ubica bio neko iz kluba ili neko nepoznat?

Na zaprepašćenje dva guštera, seo sam na kameni zid i pogledao prizor detektivskim okom. Staza na drugoj strani ograde nastavljala se paralelno sa žicom, pre nego što nestane u šumarku na vrhu. Naš ubica je mogao tuda da priđe mestu ubistva odozgo, a ne odozdo, mada bi to uključivalo prolaženje vrlo blizu vile i bungalova. Naravno, ako je ubica *izašao* iz jedne od ovih zgrada, to bi mu olakšalo stvari. Koliko sam saznao od Analize iz bara, u vili je živela žrtvina nova žena, a u bungalovu je boravio njegov sin, Adam, verovatno s batlerima, služavkama i tako dalje, i to je trebalo istražiti.

Staza kojom sam išao gotovo se završavala, i zato sam odlučio da je prevruće da pokušam da se provučem kroz gusto žbunje na padini prema vili. Okrenuo sam se i počeo da se vraćam prema vozilu. Da budem iskren, to je bilo i zbog toga što sam se oduvek bojao zmija, a ovaj suv teren je izgledao kao savršeno stanište za reptile. Čuo sam da su toskanske zmije navodno u stanju da ubiju odraslog psa, a ja sigurno nisam želeo da izgubim najboljeg prijatelja. Diskrecija mi je izgledala kao razumnija opcija i zato sam se vratio.

Dok sam dolazio, primetio sam pristojnu stazu koja vodi nizbrdo, s druge strane šume, i vraćao sam se dok je nisam ugledao. Kad smo stigli do nje, Oskar i ja smo krenuli nizbrdo, jedan kraj drugog, delimično u hladu čempresa. Staza je vodila između maslinjaka na jednoj strani i besprekorno održavanog vinograda na drugoj, koji su verovatno pripadali seoskim kućama koje sam video stotinak metara levo. Gotovo smo se vratili do puta kad smo naišli na jednog seljaka. I, kako je izgledalo, imao je problem.

Taj čovek je stajao naslonjen na vrlo staro maslinovo stablo i odmah sam primetio da ga je tu pritisnuo stari *pjađo* trotočkaš. Tih sveprisutnih malih poljoprivrednih vozila bilo je svuda po Toskani, i bila su omiljena među seljacima. Ti laki trotočkaši izgledali su kao da ih je stvorio neko – verovatno nakon nekoliko litara crnog vina – ko je došao na ludu ideju da nakalemni kamionet na vespu. Rezultat nije bio lep, ali bio je jeftin za održavanje i mogao je da stigne gotovo svuda. Ovaj se, izgleda, kretao unatrag i pribio seljaka uz drvo. Na osnovu njegovog izgleda, bio je više iznerviran nego povređen, ali pohitao sam da mu pomognem. Podigao je pogled kad me je video i primetio sam osmeh olakšanja na njegovom licu.

– Prokletinja. Kočnica ne radi dobro i popustila je. – Govorio je italijanski s primetnim toskanskim naglaskom. – Zarobila me je. – Srećom po njega, zadnji deo vozila udario je u stablo, a ne u njegovu nogu, ali video sam da su mu plave pantalone zaglavljene između vozila i stabla. – Nož je u kabini, inače bih se sâm oslobodio. Pokušao sam da pocepam tkaninu, ali moja žena uvek insistira da mi kupuje kvalitetne pantalone. Ne znam od čega su napravljene, ali pretpostavljam da su otporne na metke. – Uprkos besnom tonu, imao je prijateljsko lice, i verovatno je bio godinu-dve stariji od mene, dakle, blizu šezdesete. Ogrubela koža svedočila je o tome da je, za razliku od mene, veći deo života proveo napolju.

Naslonio sam leđa na vozilo i oslonio stopala na stablo. Uz jako guranje, trotočkaš se pomerio nekoliko centimetara uzbrdo i seljak je uspeo da se izvuče. Pustio sam da se trotočkaš ponovo nasloni na drvo i okrenuo sam se ka tom čoveku.

– Jeste li dobro? Niste povređeni?

– Dobro sam, samo sam žedan. Bio sam zaglavljen ovde duže od sat vremena, a sunce je prokleto jako.

Iz otvorene kabine vozila izvadio je prašnjavu dvolitarsku bocu sa čepom pričvršćenim žicom. Otvorio ga je i nagnuo bocu ka svojim ustima, pre nego što ju je ponudio meni. – Hvala vam što ste mi pomogli. Lepo od vas.

Pratio sam njegov primer i popio nekoliko gutljaja izuzetno dobrog vina. To verovatno nije bilo ono što bi lekari preporučili kao sredstvo za rehidraciju, ali imalo je dobar ukus i gotovo je zacvrčalo dok mi je silazilo niz suvo grlo. Po Oskarovom pogledu, ni njemu ne bi smetalo da malo gucne, ali moraće da se zadovolji bocom vode koju sam držao u kolima za njega.

– Zovem se Sinjeze, Luiđi Sinjeze. Ono tamo je moja kuća. – Spustio je bocu kraj nogu i pružio mi kvrgavu šaku. – Još jednom vam hvala na pomoći. Zahvalan sam vam. Ne prepoznajem vas. Da li ste odavde?

Dok smo se rukovali, predstavio sam se i objasnio gde živim, i rekao sam mu da sam došao na čas tenisa. Kad sam pomenuo kantri klub, pogledao je u mene.

– Čuo sam da je Australijanac ubijen. – Podigao je oči prema nebu i prekrstio se. – Ko kaže da molitve ne deluju?

– Rekao bih da ga niste voleli. – Brzo mi je postajalo kristalno jasno da Reks Hanter stvarno nije imao mnogo prijatelja u okolini. Da li ga je iko voleo? U istrazi ubistva, detektivi uvek pokušavaju da skrate spisak sumnjivaca, ali u ovom slučaju izgledalo je da spisak postaje sve duži.

– Može se tako reći. Koštao me je na hiljade evra i bog zna koliko neprospavanih noći.

Kad sam se zainteresovao, počeo je da mi objašnjava kako je Hanter pokušao da uzme zemlju koja je generacijama bila u porodici Sinjeze, i angažovao je neku veliku advokatsku kancelariju iz Firence da se bavi time. Tužno je odmahnuo glavom. – Morao sam da stavim imanje pod hipoteku da bih mu se odupro, i ne znam koliko bih još izdržao. Ima moćne prijatelje na visokim položajima.

– Uticajne prijatelje, ili mislite da podmićuje ljude?

– Mito... nema sumnje u to.

– Imate li neki dokaz?

Odmahnuo je glavom. – Suviše su lukavi za to. Ne, nemam dokaz, ali znam šta on radi. Jeste li znali da je namerno uništio ostatke jedne srednjovekovne kapele kad je gradio svoju vilu, samo zato što mu je zaklanjala pogled na Firencu? Ako bismo vi ili ja pokušali da uradimo nešto takvo, završili bismo u zatvoru. A on nije. Moćni prijatelji i nemoralan čovek... to je opasna kombinacija.

– A sad kad je mrtav, da li to znači da su vaše muke gotove? – A ako je tako, da li je to motiv za ubistvo?

Slegnuo je ramenima. – Ko zna? Mogu samo da se nadam da će njegova žena, sin ili ko god da ga nasledi, biti moralniji od starca.

Pitao sam se o odredbama Hanterovog testamenta i ko će naslediti to očigledno veliko imanje. Hanter je bio vrlo bogat čovek, a novac, kao što sam dobro znao, može biti moćan motiv za ubistvo. Nema sumnje da Virđilio već pokušava da ustanovi ko je imao koristi od smrti Reksa Hantera. Verovatno njegova žena, ili možda deca. Možda Elizabet, pomoćnica direktora, ako je bila u srodstvu s njim. Nadao sam se, zbog tog ljubaznog seljaka, da će se naslednici razumnije ponašati prema njemu i njegovoj zemlji. Jedno je bilo sigurno: spisak ljudi koji nisu voleli Reksa Hantera postajao je sve duži.

Luiđi je popio poslednji gutljaj vina pre nego što mi je ponovo dodao bocu. Nakon što sam popio malo – morao sam da vozim – setio sam se nečeg.

– Ovo je odlično vino. Da li je vaše? Mislim, da li ga vi pravite?

– Pravim, i svake godine osvajam nagrade za kvalitet. Evo, uzmite. Imam ga još mnogo. – Gurnuo je bocu prema meni, ali zahvalio sam mu se i odbio ga, zasad.

– Da li prodajete vino? Voleo bih da kupim nekoliko litara ako je to moguće? – Pogledao sam maslinjak. – I možda malo ulja?

– Naravno da mogu da vam prodam malo. Biću na sajmu u Montevolponeu za deset dana, ali rado ću vam prodati malo i pre toga. Dođite neko veče i daću vam da probate moje penušavo vino. Kao što sam rekao, tamo mi je kuća. Imanje se zove *La Rozina*.

– Ja živim blizu Montevolponea i ići ću na sajam, ali nestalo mi je ulja i svratiću sutra kod vas, ako vam ne smeta. – A dok sam tamo, pokušaću da saznam više o tom ljubaznom seljaku.

Dogovorili smo se da ću svratiti kod njega sutra uveče i zahvalio mi se još jednom pre nego što je upalio motor trotočkaša i krenuo uz oblak plavog dima. Tek što sam krenuo, telefon mi je zazvonio i video sam da je to Triša. Ili sam ja zvao ćerku ili ona mene najmanje jednom nedeljno, ali razgovarali smo prekjuče i pitao sam se da li se nešto dogodilo. Ispostavilo se da jeste.

– Zdravo, tata, kako si?

– Dobro sam, dušo. Verovatno se nećeš iznenaditi kad ti kažem da pomažem Virđiliju da reši još jedno ubistvo.

– O, tata... – Oboje smo znali da je moj posao bio glavni razlog što me je žena napustila. Trišin glas je zazvučao ozbiljnije. – Slušaj, upravo sam razgovarala s mamom – ona i Timoti su raskinuli. U užasnom je stanju.

To me je iznenadilo. Nikad nisam upoznao muškarca zbog koga me je žena ostavila, ali stekao sam utisak na osnovu Trišine priče da se stvari između njega i Helen odvijaju veoma dobro. Možda su bili na putu da se venčaju. Vest da se ta veza završila ispunila me je pomešanim osećanjima. Uprkos bolu koji mi je nanela, želeo sam Helen sve najbolje u životu bez mene i bilo je sramotno – mada možda razumljivo – da dozvolim sebi da se radujem tuđoj nesreći.

– Žao mi je zbog toga. – I bilo mi je... makar zbog nje.

– Dolazi u Birmingem da provede nekoliko dana s nama. – Triša i njen verenik Šon počeli su da žive zajedno u januaru, i izgledalo je da im dobro ide. – Mama je zvučala užasno uznemireno preko telefona.

– Kaži joj da je volim. – To verovatno nije bio prikladan izbor reči za bivšeg muža, ali samo mi je izletelo.

– O, tata...

Triša nije više ništa rekla. Nije ni morala. Znao sam šta oseća prema svojoj mami. I ja sam osećao isto trideset godina, ali sad sam prihvatio da su se stvari promenile, iako je Triša žudela da sve bude kao pre. Umesto toga, promenili smo temu i rekao sam joj koliko je priroda lepa i koliko je vruće. Nije me pitala za ubistvo, a ja joj nisam pričao o tome, ali rekao sam joj za susret s Luiđijem i njegovim trotočkašem i kako vodi pravnu bitku da sačuva svoje imanje. Triša se bacila pravo na to. Nedavno je položila pravosudni ispit i posebno su je zanimale nekretnine i teritorijalne parnice.

– Treba da kažeš Virđiliju da proveri to. – Ona i Šon su upoznali Virđilija i njegovu ženu prošlog meseca, i znala je da je na visokom položaju u firentinskoj policiji. – Samo zato što neko ima novca, ne znači da može da kupi pravdu.

Saglasio sam se s njom, ali imao sam osećaj da problemi tog se-
ljaka nisu gotovi. Sve je zavisilo od naslednika Reksa Hantera.

Čim je Triša prekinula vezu, telefon mi je ponovo zazvonio. To
je bio Virđilio.

– *Ciao*, Dene. Gde si? – Rekao sam mu da sam njuškao oko kan-
tri kluba i on je zvučao zadovoljno. – Hoćeš li na kafu?

– Pre bih nešto hladno. Gde ćemo se naći?

Sastali smo se u seocetu Akvarosa, udaljenom svega nekoliko
kilometara. Mada nije bilo daleko od moje kuće, nikad ranije nisam
bio tu, i video sam da je to selo tipično za Kjanti i veoma mirno,
uprkos tome što se nalazilo na svega pola sata vožnje od velikog gra-
da Firence. Bilo je gotovo potpuno okruženo vinogradima, a listovi
vinove loze štitili su nove grozdove od sunca, a znaci duž čitavog
puta oglašavali su prodaju domaćeg kjanti vina. Tu se nalazila drev-
na crkva s vitkim četvrtastim tornjem, stotinak uglavnom kamenih
kuća i nešto što je ličilo na ruševine starog zamka. Većina kuća je
bila renovirana i mnoge od njih su verovatno pripadale bogatim Fi-
rentincima ili strancima, i korišćene su kao vikendice ili mesta za
odmor. Većina je izgledala kao da neko stalno živi u njima, ali ne
treba zaboraviti da je bio jul. Pitao sam se koliko li će ljudi tu ostati
kad dođe zima.

Na malom centralnom trgu nalazio se otmen restoran, s letnjom
baštom na kaldrmi ispred. Ova oblast je, naravno, bila u srcu Kjan-
tišira, i nisam sumnjao da su mnogi gosti restorana *Italija* ili neki
vlasnici kuća imućni Britanci. Pitao sam se koliko je među njima
članova kantri kluba. Toskana je uvek bila omiljena Britancima, i
mada su skorojevići došli nedavno, neke od najlepših vilâ na brežulj-
cima oko Firence pripadale su starim britanskim porodicama. Nai-
šao sam na neke od tih porodica tokom poslednjih dvanaest meseci
i zapitao sam se šta su snobovi među njima mislili o svom novom
neprijatnom susedu, posebno ako ga je bio glas da je ženskaroš.

Potočić – koji jedva da je curkao u ovo doba godine – tekao je
kraj puta. Sigurno se ulivao u reku Arno, a ona na zapad, dok se ne
ulije u Sredozemno more blizu Pize. Uprkos tome što je ime sela
u prevodu značilo „crvena voda" – pitao sam se je li to imalo neke

veze s mineralima u zemlji – u potoku je bilo tako malo vode da je bilo teško reći kakve je boje. Patka je stajala usred jednog od dubljih bazena nezadovoljno gledajući u vodu koja joj je dosezala jedva do vrha nogu. Toskana je ove godine bila pogođena sušom, i još nije bilo naznake dugoočekivane kiše.

Plavo-beli policijski alfa romeo bio je parkiran kraj restorana, a Virđilio i vodnik Inočenti sedeli su ispod suncobrana. Krenuo sam da se rukujem s njima, a Oskar je otišao pravo prema Virđiliju čim je prepoznao svog dobrog prijatelja. Kad sam stigao do njih, pas je gotovo sedeo u Virđiliovom krilu. Odvukao sam ga i seo s njima. Obojica su izgledala kao da im je vruće, a Virđilio je izvadio jednu od papirnih salveta iz držača i obrisao obrijanu glavu.

– *Ciao*, Dene. U Firenci je bilo trideset šest stepeni kad smo pošli, a čini mi se da je ovde, u brdima, još toplije. Ludilo.

Kad su im doneli kafu i čaše s vodom, naručio sam porciju sladoleda od breskve, jagode i bele čokolade i bocu hladne mineralne vode. Zamolio sam konobaricu da donese malo vode za Oskara, koji ju je milo gledao. Klimnula je glavom, pomazila ga po ušima i otišla. Prilično dobro sam poznavao vodnika Marka Inočentija, i nije me iznenadilo kad sam video da je prati pogledom dok odlazi. To je bilo nešto zajedničko njemu i mom labradoru, i gotovo sam se nasmejao kad sam ih obojicu video kako je gledaju sve dok nije nestala iz vidokruga. Oskar je takođe umeo da prepozna lepu ženu.

Marko je bio Virđiliova desna ruka i uočavao je detalje – kao i pripadnice suprotnog pola – i bio sam siguran da će daleko dogurati. Nakon što je konobarica otišla, rekao sam dvojici detektiva šta sam saznao danas, i obojica su me napeto slušala, povremeno beležeći nešto. Kad sam stigao do kraja, nakon što sam preneo šta mi je rekao Luiđi Sinjeze o parnici oko međe, Virđilio je razočarano uzdahnuo.

– Isto je i kod nas. Umesto da smanjimo broj ljudi koji su možda imali nešto protiv Hantera, izgleda da ih pronalazimo sve više i više. Jedno je sigurno, nije bio omiljen. Kad bolje razmisliš, gotovo svi u kantri klubu imali su razloga da se raduju njegovoj smrti. Nisu ga nimalo voleli.

– Ali da li je to dovoljno za ubistvo? – Stigao mi je sladoled i dok sam uživao u prvom blaženom hladnom zalogaju, čuo sam kako moj pas lapće vodu koju mu je ljubazna konobarica donela i spustila je kraj mojih nogu. – A šta je s porodicom? Da li je neko od njih sumnjiv?

Virđilio se oglasio prvi. – Supruga je zanimljiva. U braku su tek mesec dana i upravo su se vratili s medenog meseca.

Pogledao sam ga u oči. – Tako sam i ja čuo. Misliš li ono što ja mislim?

Široko se osmehnuo. – Ne znaš ni polovinu. Nova gospođa Hanter ima svega trideset godina.

Vodnik Inočenti se nagnuo napred i istakao očigledno. – Upola mlađa od žrtve.

Mislio sam da je bolje da ja iznesem suprotno mišljenje. – Kažu da godine nisu važne kad se ljudi vole...

– Da, tako je... – Nakon više od dvadeset godina u odeljenju za ubistva, Virđilio je zvučao cinično baš kako sam i očekivao. Pogledao je u svoju beležnicu. – Hanter se razveo od prve žene pre svega šest meseci, nakon više od trideset godina braka. Neće te iznenaditi kad čuješ da razvod nije bio prijateljski. Ona sad živi u Pertu, u Australiji, a australijska policija je potvrdila da nije napuštala zemlju, tako da možemo da je isključimo.

– A šta je s decom? Upoznao sam njegovog sina Adama. Ima li još dece? Šta je sa Elizabet, pomoćnicom direktora?

Video sam da su njih dvojica razmenili poglede. – Ne, ona je samo zaposlena, nije deo porodice, ali Adam Hanter ima sestru, gospođicu Dženifer Hanter, a ona ima *mnogo* toga da kaže. – Virđilio je zakolutao očima. – Po tome kako nas je napala, čovek bi pomislio da smo *mi* umlatili njenog oca.

– Da li to znači da je volela oca? Makar je imao jednog prijatelja.

– Teško je reći mada, iskreno, nismo razgovarali tako dugo. Bila je previše uznemirena ili iznervirana ili tako nešto. Ostavićemo je da se ohladi dan ili dva, a onda ćemo ponovo razgovarati s njom. A što se tiče brata, Adama, onog koga si upoznao, ne bih rekao da je on tip koji bi ubio nekog. On je tek maskota, čovek koga koriste da

dočekuje goste i osmehuje im se. Podsećam te, sestra izgleda odluč-
no. Ako ga je nagovorila na to, ko zna?

Klimnuo sam glavom. – Sigurno je bio šarmantan kad je razgo-
varao sa mnom, ali koliko je bio iskren ispod maske, teško je reći. I
šta onda imamo? Mnogo mlađu novu suprugu koja je možda spon-
zoruša, bivšu ženu koja nije volela žrtvu ali ima neoboriv alibi, i sina
i ćerku koji možda nisu iskreni onoliko koliko izgledaju, i makar
jednu ženu u klubu koja tvrdi da ju je gnjavio, i komšiju seljaka koji
je mislio da Hanter pokušava da mu ukrade zemlju i mrzeo ga je iz
dna duše. Ako dodamo izjave recepcionera i šankerke, da ga ljudi
nisu voleli, ili da je bilo teško s njim – posebno ako si žensko – i to
je mnogo sumnjivaca. Na koga se kladiš?

– Prerano je za to. Moji ljudi pregledaju finansije kluba, a au-
stralijska policija proverava ostatak porodice, a već smo se obratili
Hanterovom advokatu u Firenci povodom testamenta. Danas je na
sudu, ali javiće se kasnije ili rano ujutro.

– Ima li nečeg zanimljivog od Đanija? – Dosad sam već dobro
upoznao i Đanija, patologa.

– Ničeg. Oružje ubistva je obrisano, kao i drška grabulja, a čitava
peščana prepreka je pregrabuljana. Ništa sumnjivo nije ostavljeno.

– Da li je ubica bio poprskan krvlju? Bio je to, ipak, nasilan napad.

– Đani kaže da nije. Palica je dugačka preko jedan metar i veruje
da ubica nije morao da se brine zbog mrlja od krvi.

– A vreme smrti?

– Ponedeljak uveče, između sedam i deset. Hanter je igrao golf s
još dva muškarca te večeri, ali njegovi partneri su otišli u pola devet,
a on je nastavio sâm. To su bili... – pogledao je u beležnicu – klup-
ski računovođa, Piter Nelson i komšija, Vilijam Rouzland, obojica
Englezi... izvini, Britanci. To im je bio redovan susret i izgleda da
igraju godinama. – Pogledao je u mene. – Moram da razgovaram s
njima dvojicom, jer su oni izgleda poslednji koji su ga videli živog.

– Ali sigurno je, tako lepe letnje večeri, tamo bilo i drugih golfe-
ra koji su ga videli?

Vodnik Inočenti nam se široko osmehnuo. – Jedna od predno-
sti posedovanja terena za golf je što možeš da ga zatvoriš kad god

poželiš. Reks Hanter je insistirao da se teren zatvara svakog pone-deljka i utorka u šest uveče, tokom leta, tako da može neometano da igra: u ponedeljak s dvojicom prijatelja, a u utorak s važnim klijentima ili sinom.

– E, šta ti je bogataški život! – Uzeo sam još jednu kašiku sladoleda koji se brzo topio i pogledao inspektora. – Kad si rekao da su Hanterova dva partnera bili „izgleda" poslednji ljudi koji su ga videli živog, postoji li još neko ko je mogao da vidi Hantera – osim ubice, naravno? Pošto je teren bio zatvoren, verovatno nije bilo drugih igrača?

– Dženifer Hanter tvrdi da je videla oca kako stoji blizu mesta zločina... – pogledao je u beležnicu – ... u osam i četrdeset pet.

– Da li je i ona igrala golf?

– Nije, kaže da se vraćala uzbrdo, stazom kraj terena. Nije se zaustavila, ali kaže da je prepoznala oca kako stoji kraj peščane prepreke i mahnuo joj je.

– I nije videla nikog drugog?

– Izgleda da nije.

– Čak ni dvojicu njegovih partnera?

– Ne, pošto kažu da su prestali da igraju u osam i trideset, tad su se verovatno već bili vratili u klupske prostorije.

Nešto mi je palo na pamet. – Uzgred, šta se dogodilo s njegovim palicama?

– Neko ih je – verovatno ubica – bacio u obližnji klekov žbun, a bacio je i oružje ubistva u visoku travu. Mislim da je zamisao bila da onaj ko prolazi stazom ne shvati da tamo nekog ima. Hanterovo telo bilo je dobro skriveno na dnu prilično duboke peščane prepreke, pa ako neko nije prošao sasvim blizu, nije mogao da zna šta se nalazi tamo.

– To onda, naravno, smešta njegovu ćerku na svega stotinak metara od mesta zločina u vreme kad je on ubijen, ili nekoliko minuta kasnije. Mislio sam da si kazao da većina ljudi s kojima si razgovarao ima alibi.

– Kaže da je u tom trenutku stizala uzbrdo stazom.

– Verovatno kolima. Da li je ona vozila ili je neko bio s njom?

– Inočenti, proveri to, molim te.

Vodnik je klimnuo glavom, a onda dodao zapažanje. – Naravno, ako je neko bio s njom, možda su saučesnici...

Virđilio je mrko klimnuo glavom. – Tako je.

– A njen brat? Da li on ima alibi?

– Tvrdi da je bio kod kuće sa svojom partnerkom. – Uzeo sam ostatak sladoleda. – Šta sad želiš da uradim? Imam još jedan čas tenisa zakazan za sutra u devet ujutro. Mislim da mi je Abigejl, moja instruktorka, rekla sve što zna, ali pokušaću da je još malo ispitam, za svaki slučaj. – Pogledao sam na sat. – Pet sati. Pretpostavljam da osoblje sad ide kući. Kako bi bilo da sutra odem malo ranije i pitam ih da li su videli nešto?

Virđilio je klimnuo glavom. – Molim te, uradi to. Već smo uzeli izjave od svih, ali ti ćeš možda saznati još nešto. Nakon časa tenisa, verovatno ćeš morati da se uključiš u istragu. Kao što sam rekao, moji ljudi su uzeli izjave od većine ljudi danas, ali moram ponovo da razgovaram s Hanterova dva partnera s golfa i njegovom porodicom. Ne znam koliko znaju italijanski, pa bi bilo lepo da nam se pridružiš.

– Naravno. Uvek postoji mogućnost da su jedan ili oba golf partnera imali priliku da mu razbiju glavu. Pretpostavljam da su mogli da obezbede alibi jedan drugom ako su uradili to zajedno. Pitanje je da li su imali motiv. Do sutra ćeš znati, nadam se, šta Hanterovi kažu. Biće zanimljivo videti ko je naslednik.

Na putu do kuće, Oskar i ja smo se zaustavili u mom prebivalištu Montevolponeu da razgovaramo s Tomazom, vlasnikom bara na glavnom trgu, s kojim sam se sprijateljio u proteklih godinu dana. Osim što je vodio bar, bio je i glavni organizator *feste del paese*, gradskog sajma u Montevolponeu... istog onog na kojem će Luiđi Sinjeze izložiti svoja vina. Ta manifestacija se održavala u julu svake godine, u čast gradskog sveca zaštitnika, apostola Jakova. Sajam je počinjao naredne subote i pripreme su bile u toku. Kako je sad bilo veče, naručio sam hladno pivo i seo s drugim muškarcima koji su razgovarali o programu za taj dan.

Kao i uvek, bio sam zadivljen kako su organizacija i upravljanje takvim događajima bili podeljeni u dva tabora: žene i muškarce.

Muškarci su radili većinu teških poslova, postavljali su tezge, vodili životinje ulicama i trošili mnogo vremena nedeljama uoči sajma na piće i razgovor. Žene su, s druge strane, obavljale veći deo posla, uključujući pripreme za večeru na otvorenom, na gradskom trgu, gde će se, kraj brojnih drvenih stolova, naći gotovo dvesta gladnih ljudi. Izgledalo je da i one provode mnogo vremena pijući i razgovarajući, mada je njihovo omiljeno piće bila kafa, a ne alkohol.

Sa zanimanjem sam slušao dok je Tomazo svima objašnjavao program, koji je počinjao svečanom povorkom koja će nositi statuu sveca po gradu. Primetio sam da se posebna pažnja obraća na obezbeđivanje da statua bude čvrsto zakačena za postolje, da bi se izbegla nesreća koja se dogodila u susednom selu pre nekoliko godina. Statua njihovog sveca nije bila dobro pričvršćena i preturila se na kaldrmu, nakon čega je navodno usledila suša, a grožđe je slabo rodilo. Ovde u Kjantiju sve se vrtelo oko vina, i niko nije hteo da rizikuje s veoma važnim rodom grožđa.

Sajam u Montevolponeu nije bio samo verski festival nego je podrazumevao i razne stvari kao što su trubači, izložba najboljeg voća i povrća, igre za decu i tezge na kojima su lokalni proizvođači vina i ulja mogli da prodaju svoju robu. Tu je bio i izbor za „najlepšeg ljubimca". Moj ljubimac je lutao oko stolova dajući sve od sebe da svima poruči „on me nikad ne hrani", mada sam siguran da mu niko nije poverovao, i nagovorili su me da ga prijavim za izložbu. I dalje je bio mlad pas, a ja sam imao užasan osećaj da će izazvati haos, ali znao sam da svi imaju najbolje namere.

Kad je sve dogovoreno, razgovor se prebacio na lokalne vesti, i uskoro se ispostavilo da je glavna tema ubistvo Australijanca u *Akvarosa kantri klubu*. Iznošene su različite ideje, od mafijaškog ubistva – iskreno i ja sam to pomislio kad sam čuo za ubistvo – do zločina iz strasti. Italijanska mafija je složena organizacija, sastavljena od brojnih različitih – i često suprostavljenih grana organizovanog kriminala, od kojih je većina poticala iz Južne Italije ili sa Sicilije. Unosan posao kao što je kantri klub mogao je da izazove zanimanje mafije, i Virđilio je rekao svojim ljudima da istraže moguću vezu, ali zasad nisu ništa pronašli, tako da to nije izgledalo previše verovatno.

Uskoro se ispostavilo da je omiljena teorija o zločinu iz strasti, koja je glasila otprilike ovako: Hanter je bio dobro poznat i nevoljno cenjen kao Kazanova. Svi su bili saglasni da je bio zgodan muškarac i, uza svoje bogatstvo, mora da je bio zanimljiv mnogim damama. Mada niko od prisutnih muškaraca ne bi to priznao o svojoj ženi, bilo je gadnih kleveta na račun ponašanja izvesnih neimenovanih žena – udatih i neudatih – u toj oblasti.

Pošto smo bili makar desetak kilometara od kluba, Reks Hanter mora da je bio vrlo zauzet – i pun energije – šezdesetogodišnjak, ako je i delić tih priča bio tačan. Ono što je bilo jasno jeste da je utisak koji smo Virđilio i ja stekli o njemu kao ženskarošu bio potvrđen iz nezavisnih izvora – ili makar preko tračeva. Da li je to značilo da je neki ljubomorni muž ili odbačeni ljubavnik bio odgovoran za ubistvo?

Ako je tako, ko je on?

4.

Četvrtak ujutro

Sledećeg jutra sam ostavio Oskara kod jednog od ljubaznih komšija i bio sam u kantri klubu u osam ujutro, u nadi da ću razgovarati sa osobljem. Imao sam sreće. Čim sam se parkirao na gotovo prazan parking uočio sam muškarca i ženu koji su radili nešto oko ruža, marljivo uklanjajući korov koji je nekako preživeo sušu. Naravno, rekao sam sebi, ovdašnje cveće je, kao i teren za golf, sigurno imalo pomoć nekog sistema za navodnjavanje. U stvari, dok sam išao da razgovaram s njima, video sam da je zemlja vlažna.

Nisam bio siguran kako da započnem razgovor bez otkrivanja da sam deo istrage, i odlučio sam da se okrenem njihovoj omiljenoj temi.

– Dobro jutro, smem li da vama stručnjacima postavim jedno tehničko pitanje? O biljkama. – Oboje su me pogledali i uzvratili mi pozdrav. Izgledali su ljubazno, tako da sam nastavio. – Vidite, upravo sam kupio kućicu nekoliko kilometara dalje i pitam se koje biljke najbolje rastu u ovako suvim uslovima. Nemam luksuz automatskog navodnjavanja kao vi.

Oboje su ustali. Muškarac je verovatno imao više od šezdeset godina, ali izgledao je aktivno i pokretljivo. Tamnokosa žena kraj njega verovatno je bila upola mlađa i zgodna na neki preplanuo, aktivan način. Na sebi je imala šorts i radne čizme, a noge su joj bile gotovo kestenjaste boje. Povinovala se tom muškarcu i pustila ga je da govori.

– Zavisi koliko vode imate. Imate li bunar? – Kad je video da sam odmahnuo glavom, nastavio je. – Voda je skupa – mora da ste to shvatili i sami – tako da vam savetujem da se opredelite za biljke kojima nije potrebno mnogo održavanja, po mogućnosti one koje već rastu ovde u divljini.

Na kraju mi je predložio sve vrste biljaka od oleandera do ruzmarina i shvatio sam da je naveo gotovo sve biljke koje već rastu u mom malom vrtu. Njegova pratilja je dodala još nekoliko predloga, i zahvalio sam im se pre nego što sam usmerio razgovor prema događajima od ponedeljka uveče.

– Pretpostavljam da je teren za golf i dalje zatvoren.

– Kažu da će ga otvoriti danas popodne. – Čovek je nekoliko puta klimnuo glavom. – Kad policija završi sa onim što radi.

– A šta su radili? – Dosad sam se izvežbao da izgledam neupućeno, tako da sam ga upitno pogledao, a on je zagrizao mamac.

– Ubijen je vlasnik, sinjor Hanter.

Odglumio sam zaprepašćenje i zatražio više pojedinosti, a on se činio spremnim da mi ih obezbedi.

– Ja sam pronašao telo. Bio sam na terenu rano ujutro u utorak, s mladim Alfredom, i pronašli smo sinjora Hantera kako leži u peščanoj prepreci kraj osme rupe, razbijene glave. Bilo je užasno. – Nastavljao je da priča ono što sam već znao, ali onda je dodao nešto novo. – To je bio prvi put da je igrao golf od povratka s Balija.

Vrtlarka je ponudila objašnjenje. – Oženio se, odnosno ponovo oženio, pre mesec dana, i upravo se vratio s medenog meseca.

– Shvatam. Pretpostavljam da se bavio drugim stvarima. I to je bila prva prilika da ponovo zaigra golf?

Vrtlar je odmahnuo glavom. – Vratio se pre nedelju dana, i mada obično igra sa sinom utorkom, nisu igrali prošle nedelje.

– Problemi na poslu, možda? Verovatno ga je sačekalo mnogo toga po povratku.

Vrtlar je oprezno pogledao oko sebe i utišao glas. – Možda, ali mislim da je svađa razlog što nisu igrali.

– Šta, otac i sin su se sporečkali?

– To je bilo više od razmirice. – Pogledao je u ženu kraj sebe. – Ines ih je čula kako viču jedan na drugog, zar ne?

Klimnula je glavom. – Bilo je to pre ručka u utorak. – Pokazala je prema prilazu. – Bila sam tamo kraj ruzmarinovog žbuna, a oni su prošli pored mene. Nisu baš urlali jedan na drugog, ali dizali su veliku galamu.

– A oko čega su se svađali?

Osmehnula se kao da se izvinjava. – Govorili su na engleskom. Učila sam engleski u školi, ali danas se ne sećam gotovo ničeg, a zvučali su stvarno ljutito zbog nečeg.

Zapamtio sam činjenicu da stvari izgleda nisu bile sjajne između oca i sina. I, naravno, ako je Hanterov sin ubica, sasvim je moguće da ga je sestra videla na delu na terenu u ponedeljak uveče, ali štitila ga je iz porodične solidarnosti. Odlučio sam da proverim teoriju muškaraca iz Montevolponea, o Reksu Hanteru i ženama. Postavio sam pitanje što sam opreznije mogao.

– Hoće li gospodin Hanter nedostajati ljudima? Da li je bio dobar šef?

Vrtlar je slegnuo ramenima tipično italijanski. – Nije bio najbolji, ali nismo ga često viđali. – Zastao je da naglasi svoje reči. – Makar ga ja nisam viđao. – I onda je značajno pogledao u Ines, koja je pocrvenela. Odgovarajući na moje pitanje, objasnila mi je.

– Pomalo sam mu se sviđala.

Vrtlar je prezrivo frknuo. – Pomalo mu se sviđalo sve što nosi suknju.

Pokušao sam da zvučim nezainteresovano. – Mislite, gnjavio vas je?

– Više od toga. Jednom me je spopao u stakleniku, i da se Bepe nije pojavio, ne znam šta bi se dogodilo. Bacio se na mene kao hobotnica.

Bepe je klimnuo glavom. – Bilo je odvratno.

– Trebalo je da ga prijavite. Zar ovde nemate kadrovsko odeljenje?

Izraz na njenom licu mi je sve rekao. – Ne, samo sam mogla da ga prijavim menadžeru, ali menadžer je njegov sin, a svi znamo da se on smrtno boji oca.

– Dobro, a šta je s pomoćnicom menadžera? Ona je žena i izgleda ljubazno.

Njih dvoje su razmenili poglede, pre nego što je Ines utišala glas. – Elizabet bi mi iskopala oči. Svi znaju da je godinama bila u vezi sa sinjorom Hanterom. Moja prijateljica ih je videla kako večeraju zajedno baš pre nego što je odleteo na Bali da se venča, i rekla mi je da su izgledali zaljubljeno.

To izgleda objašnjava podočnjake pomoćnice menadžera. Verovatno je, za razliku od većine ostalih ovde, iskreno bila ožalošćena. Odmahnuo sam glavom s nevericom. – Ali zar niste upravo rekli da se ponovo venčao, a opet je švrljao s drugim ženama?

Bepe je ispružio ruke ispred sebe, podignutih dlanova, iskazujući nemoć. – Šta da vam kažem? Takav je bio.

– Opa. – Zahvalio sam im se i ostavio ih plevljenju.

Dok sam išao prema teniskim terenima, sreo sam još jednog zaposlenog. Na bedžu je pisalo da se zove Dario i da je učitelj golfa, a logo na njegovoj kapi i majici naglašavao je njegov status. Pozdravio me je prilično ljubazno i iskoristio sam priliku da porazgovaram s njim.

– Pretpostavljam da se dosađujete pošto je teren zatvoren.

– Teren za vežbanje udaraca je i dalje otvoren, tako da imam prilično ispunjen raspored. Zašto, da li bi vas zanimalo nekoliko lekcija?

– Ne, hvala, samo čekam početak časa tenisa sa Abigejl. Čuo sam da će se teren za golf otvoriti popodne.

– Tome se i ja nadam. U stvari, upravo sam išao u klupske prostorije, da vidim ima li vesti.

– Šteta za gospodina Hantera, zar ne?

– Stvarno? – Lice mu je bilo bezizrazno, ali ton je rekao sve.

Podigao sam obrve. – Niste ga voleli?

– Sasvim ste u pravu. – Zatim se oprezno osvrnuo preko ramena kao i ostali pre njega, i nastavio tiše. – Mogu da podnesem da ljudi viču na mene, da me vređaju, ili da lažu o meni, ali da varaju u golfu! To je, ako mene pitate, neoprostivo.

– Varao je?

– I te kako! Nije voleo da gubi, tako da se svojski trudio da ne izgubi.

– Na primer?

– Na primer, imao je džep pun loptica i trudio se da svaku lopticu koju izbaci s terena čudesno „pronađe“, sumnjivo čistu, blistavu i na savršenom mestu.

– Da li je igrao u pare? To je bio razlog?

– Ne, samo iz zabave. Hoćete li da vam kažem nešto? Jedan od mojih prethodnika – a ovde se učitelji golfa vrlo često menjaju, iz očiglednih razloga – napravio je grešku i pobedio ga je jednom, a nakon toga je otpušten. – Pogledao je na sat. – Izvinite, moram da idem ali, da vam odgovorim na pitanje, ne, što se mene tiče, nije šteta što je mrtav.

To je postajao poznat refren. Reks Hanter nije ostavio dobar utisak na veliki broj ljudi, ali tek sad su mogli slobodno da pričaju o tome.

Na mom času tenisa sa Abigejl bilo je neznatno svežije nego juče, ali i dalje mi je bilo drago kad je došlo jedanaest sati. Razgovarali smo nekoliko minuta, ali nije mi dala nove informacije o Hanteru ili njegovoj porodici, tako da sam joj se zahvalio i krenuo da se istuširam hladnom vodom i presvučem. Upravo sam izlazio iz svlačionice, osećajući se osveženo, kad mi je telefon zazvonio. Bio je to Virđilio.

– *Ciao*, Dene. Možeš li da govoriš?

– Sačekaj. – Udaljio sam se od recepcije i krenuo prema parkingu, mašući usput recepcioneru Rafaelu. Napolju nije bilo nikog. – Dobro, Virđilio, šta ima novo?

– Inočenti je razgovarao s Hanterovim advokatom Pirandelom, i rekao nam je da je napravio testament pre dve godine i ostavio je jednake delove imovine prvoj ženi i deci. Zanimljivo, Hanterova ćerka Dženifer ga je ranije pozvala i raspitivala se o testamentu.

– Ništa nije ostavio novoj ženi?

– Ne pominje je, mada advokat kaže da je Hanter razgovarao s njim o nekoj promeni, verovatno pošto se razveo i ponovo oženio, ali koliko znam, nije ništa uradio povodom toga.

Malo sam razmislio o tome. – A šta je sa životnim osiguranjem? Da li će udovica tako uzeti milion ili dva?

– I dalje pregledamo dokumentaciju, ali zasad nismo naišli na životno osiguranje.

– Izgleda da ju je muž o'ladio. – S obzirom na to da je bilo gotovo podne, a sunce je nemilosrdno peklo, to verovatno nije bila najbolja metafora, ali razumeo me je.

– Tako je. Makar to znači da je možemo brisati sa spiska osumnjičenih. Nije imala nikakve koristi od njegove smrti, upravo suprotno. U njenom je interesu sigurno bilo da on ostane živ i srećan.

– Pod pretpostavkom da je znala za testament. Na osnovu onog što su mi svi ispričali, Hanter je bio gadan čovek, pa ju je možda slagao, rekavši joj da je promenio testament, iako nije.

– Moramo da saznamo. Želim da sednem i ozbiljno porazgovaram s njom. Ali upravo je došla u Italiju i ne govori ni reč italijanskog. Dogovorio sam se s njom da dođem u vilu u dvanaest. Hoćeš li da pođeš sa mnom? Mislim da je vreme da prihvatiš ulogu „prevodioca".

– Naravno. Biću tamo. Šta si otkrio o finansijama kluba?

– Prema podacima iz banke, klub radi dobro, a poreska uprava kaže da plaćaju na vreme. Poslali su mi kopije izveštaja, pa možemo da ih pregledamo. Moram da razgovaram s knjigovođom, ali nadam se da će to biti popodne.

Nakon što sam pogledao *Gugl mape*, uspeo sam da pronađem put kroz uske staze između vinograda do udovičine kuće, u podne, kako je dogovoreno. Nedugo nakon što sam se parkirao ispred lepe stare toskanske vile, čuo sam škripanje šljunka i stigla su plavo-bela policijska kola, a Virđilio i Inočenti su izašli. Rukovali smo se i krenuli kamenim stepenicama do ulaznih vrata. Otvorila su se kad smo se približili, i dočekala nas je figura koja kao da je izašla iz *Dauntonske opatije*. Bio je to krupan stariji gospodin odeven u besprekorno jutarnje odelo uprkos vrelini.

– Inspektor Pizano, pretpostavljam. Dobar dan, gospodine, uđite, molim vas. – Na osnovu toskanskog naglaska bio je iz ovih krajeva, iako je izgledao potpuno engleski, kao Dživs[1] lično. Pomerio se u stranu i propustio nas da uđemo u predivno rashlađeno predvorje. – Molim vas, pođite za mnom, gospodo.

Poveo nas je hodnikom do velikog i raskošnog salona, gde smo zatekli ženu kako sedi na jednom od dva ogromna dvoseda. Bila je mršava i sitna, i izgledala je krhko i bespomoćno. Međutim, čak

---

[1] Čuveni britanski batler iz humorističkih romana P. Dž. Vudhausa, britanskog Nušića. (Prim. ured.)

ni crnina koju je nosila nije mogla da prikrije činjenicu da je bila zaprepašćujuće lepa, i siguran sam da bi Oskar, da je ovde, počeo da maše repom. Pitao sam se šta je ubedilo takvu lepoticu da se uda za dvostruko starijeg muškarca. Reks Hanter je imao magnetsku privlačnost, ili je postojalo nešto drugo što ju je privuklo tom starcu – kao nekoliko miliona u banci, na primer. Gotovo sam mogao da čujem svoju bivšu ženu kako me kori što sam previše ciničan kad govorimo o ljudskoj prirodi, ali baš kao i Virđilio, nakon decenija u odeljenju za ubistva naučio sam da svaku vezu posmatram kao potencijalno sumnjivu, dok se ne dokaže suprotno.

Ustala je nervozno kad smo ušli. Virđilio je pogledao u mene, i predstavio sam njega i Inočentija na engleskom, a sebe sam jednostavno predstavio sa „Den, prevodilac“. Seli smo, a Virđilio je počeo ispitivanje dok je Inočenti slušao ono što je rečeno. Bio je tu samo zbog utiska jer nije znao ni reč engleskog.

Virđilio je počeo na svom prilično dobrom engleskom, samo se povremeno okrećući prema meni za prevod tehničkih izraza, tako da sam imao vremena da slušam odgovore mlade udovice. Prvo ju je pitao kako se zove i koliko ima godina.

– Natali Anđela Hanter. Imam trideset godina. – Morala je da se nakašlje pre nego što je odgovorila, ali prisustvo tri policajca može tako da utiče i na najnevinije ljude.

– Da li ste se udali prošlog meseca?

– Drugog juna. Venčali smo se na Baliju.

– Vaše devojačko prezime, gospođo Hanter, molim vas, i mesto rođenja.

– Natali Flin, Sidnej, Australija.

Nakon još nekoliko uopštenih pitanja, Virđilio je prešao na ponedeljak uveče. – Kad ste poslednji put videli muža živog?

Vidljivo je prebledela, ali se pribrala. – Posle pola šest u ponedeljak. Krenuo je da igra golf.

– I niste ga ponovo videli te večeri? – Odmahnula je glavom, a on je nastavio pitanjem koje je mučilo i mene. – Zar se niste iznenadili kad se nije vratio kući te večeri? Nema izveštaja o nestaloj osobi.

Gledala je svoje šake, koje su bile na kolenima, a prsti su joj jedva primetno podrhtavali. – Bila sam jako umorna, i rano sam otišla u krevet.

Nazovite me paranoičnim, ali imao sam iznenadan osećaj da nam nije rekla celu istinu. – Kad ste shvatili da ga nema?

– U utorak ujutro, oko osam. Batista, batler, doneo mi je kafu u krevet i rekao mi da se Reks nije vratio.

– Spavate u odvojenim sobama? – Virđilio je zvučao sumnjičavo kao i ja. Bili su u braku tek nekoliko nedelja.

Malo je pocrvenela i klimnula glavom. – Komplikovano je.

– Sinjora Hanter, ovo je istraga ubistva. Izvinite, ali morate da objasnite.

– Imao je svoje navike. Bilo mu je teško da zaspi kraj nekog u krevetu, više je voleo da spava u svojoj sobi. – Stidljivo nas je pogledala. – Rekao mi je da je to radio mnogo godina.

Virđilio i ja smo zbunjeno pogledali jedan drugog. Nema sumnje da je Reks Hanter bio čudan čovek.

– Zabrinuli ste se kad ste čuli da se nije vratio?

– Da, ali ne *užasno*. Mislila sam da je otišao negde i prenoćio tamo. Voleo je da igra karte.

– S kim?

– Stvarno ne znam. Možda s Vilom ili Piterom?

– To su Vilijam Rouzland ili Piter Nelson, s kojima je igrao golf svakog ponedeljka uveče?

– Tako je.

– Da li ih dobro poznajete?

– Ne poznajem ih, nažalost, samo sam čula da ih Reks pominje. Vidite, tek smo stigli ovde i nisam još nikog upoznala.

Virđilio je počeo da je ispituje kako je upoznala muža.

– Upoznala sam ga u jednoj bolnici u Sidneju pre devet meseci. Radila sam u bolničkoj administraciji.

– A on je bio tamo na lečenju?

– Da, došao je na operaciju.

– Kakvu operaciju? – Virđilio joj je pomogao. – Sad kad je mrtav, ne morate se bojati zbog ugrožavanja poverljivosti.

Klimnula je glavom. – Ta klinika se bavi estetskom hirurgijom. Bila je to manja ritidektomija. – Kad je videla izraze na našim licima, objasnila je. – Fejslifting, zatezanje kože lica.

Zašto li me to nije iznenadilo? Nema sumnje da bi pravi ženskaroš želeo da odloži starenje što više može.

– I jeste li ga često viđali nakon toga?

– Svaki put kad bi došao u Australiju.

– A koliko je to bilo puta?

– Četiri, a dvaput smo išli zajedno na odmor: jednom na Tajland a onda u Vijetnam.

– I sve to dok je bio u braku?

– *Nesrećnom* braku, vrlo nesrećnom braku. I samo kad smo putovali na Tajland. Nakon toga se razveo od prve žene. – Glas joj je sad bio jači kad je pogledala Virđilija u oči. – Znam kako to zvuči; verovatno mislite da sam bila s njim zbog novca, ali nije bilo tako. Stvarno sam ga volela.

Zvučala je iskreno, ali bila je prva osoba koju sam upoznao koja je imala da kaže nešto lepo o njemu, pa sam morao da je upitam. – Uprkos činjenici da je bio dvostruko stariji od vas?

– Godine nisu imale nikakve veze s tim. Volela sam ga. – Ako je glumila, bila je neverovatno dobra.

– A šta je s njim? Da li je i on osećao isto?

– Znam da jeste. – Bez oklevanja.

Još malo sam se raspitao o toj vezi. – Upoznali ste ga pre devet meseci, razveo se tri meseca nakon što vas je upoznao, a onda ste se udali za njega pre četiri nedelje. Ali živeli ste na suprotnim stranama sveta za to vreme i bili ste zajedno, koliko, trideset ili četrdeset dana ukupno?

– Trideset dva dana. – Tiho je uzdahnula. Opet, ako je glumila, radila je to sjajno. – Mogu da se setim svakog od tih dana.

– Udali ste se za čoveka koga ste poznavali svega nekoliko meseci i s kojim ste proveli svega nekoliko nedelja? – Nisam mogao da sakrijem sumnjičavost.

– Kad tako kažete, zvuči ludo, ali kažem vam da sam ga volela, a i on je voleo mene. – Pogledala me je molećivo. – Jednostavno je bilo tako.

Osetio sam da nam ne govori celu istinu, ali izgledalo je da zasad ne možemo saznati ništa više ovakvim ispitivanjem. Iskreno, morao sam da priznam da sam došao ovamo istinski sumnjajući da se jedna tridesetogodišnjakinja udala za šezdesetogodišnjaka zbog ičega drugog osim novca, tako da sam možda bio previše ciničan. Ali i pored toga, duboko u sebi sam ostao potpuno uveren u njenu nevinost. Mada nije izgledala kao hladnokrvni ubica, možda je znala više nego što govori. Da li je znala identitet ubice, ali ga je krila od nas iz nekog razloga? Nešto tu nije bilo kako treba, iako je Natali Hanter bila izuzetno uverljiva, ali nisam nikako znao šta. Virđilio je ponovo uzeo glavnu reč.

– Mogu li da vas pitam o muževljevom testamentu? – Videli smo kako je podigla pogled. – Razgovarali smo jutros sa advokatom i on nas je obavestio da je, prema testamentu koji se nalazi kod njega, vaš muž čitavo imanje ostavio svojoj bivšoj ženi i deci, Adamu i Dženifer. Koliko je advokat upoznat, vi niste uopšte pomenuti.

Nismo morali da budemo najpametniji detektivi da bismo prepoznali izraz koji se pojavio na njenom licu. Krenuo je od zaprepašćenja i vrlo brzo se pretvorio u nešto nalik očajanju. – Ništa mi nije ostavio? Ali rekao mi je... – Glas joj je bespomoćno zamro.

– Šta vam je rekao, sinjora Hanter? Da li vam je pomenuo drugi testament?

– Da, rekao mi je da je napravio novi pre nekoliko dana. – Ponovo ga je pogledala, ovog puta gotovo molećivo. – Morate da ga pronađete.

– Testament moraju da potpišu svedoci. Pretpostavljam da znate ko su bili svedoci?

Odmah je klimnula glavom i uzela malo mesingano zvono sa stočića. Nekoliko trenutaka nakon zvonjave, otvorila su se vrata salona, i pojavila se uzvišena figura batlera.

– Zvonili ste, *sinjora*? – Ovog puta je govorio engleski, mada s jakim italijanskim naglaskom.

– Batista, vi ste bili svedok kad je moj muž potpisao novi testament, zar ne?

Pošto je izgledao zbunjeno tim rečima, ponudio sam mu prevod, i on je klimnuo glavom. – U nedelju uveče. – Okrenuo se prema

Virđiliju i objasnio na italijanskom. – Sinjor Hanter me je pozvao u radnu sobu nakon večere u nedelju i zamolio me je da kao svedok potpišem neki dokument. Samo sam video liniju gde se potpisao i liniju ispod gde je trebalo da se potpišem kao svedok. Nemam mnogo iskustva s testamentima, ali pretpostavljam da je bilo tako kao što ste rekli, ali ne znam kakav je sadržaj.

Pogledao sam Natali Hanter, koja očigledno nije razumela o čemu se govori, i brzo sam joj preveo. – Kaže da je bio svedok potpisivanja dokumenta, verovatno novog testamenta. Pokušavamo da saznamo gde je.

Virđilio je posvetio pažnju batleru. – Gde mislite da je sad taj potpisani dokument?

Batler je odmahnuo glavom. – Pretpostavljam u njegovoj kancelariji, verovatno u sefu, ali stvarno ne znam.

Mada nije razumela ni reč, Natali Hanter je videla po njegovom izrazu lica da nije mogao da pomogne. Pogledala je u Virđilija i preklinjala ga je. – Molim vas, možete li da ga pronađete? Molim vas?

– Daćemo sve od sebe. Batler misli da je u njegovoj kancelariji. Sad mi je glavna briga da utvrdimo ko je imao motiv da ubije vašeg muža. Možete li se setiti ikog ko bi možda želeo da ga vidi mrtvog?

– Nikog. – Odmahnula je glavom ali, opet, imao sam osećaj da nije potpuno iskrena. Nervozno je uvrtala prste i na slepoočnicama su joj se pojavile graške znoja, uprkos prohladnoj prostoriji. – Ne znam mnogo o njegovim poslovima, tako da to možda ima neke veze s tim, ali poznajem ga vrlo kratko i prekratko sam u Italiji da bih stvarno mogla da vam pomognem.

– Možemo li moji ljudi i ja da pretražimo kuću? Voleo bih da ovde dovedem i forenzičare, ako vam ne smeta, i voleo bih da pregledam njegove lične predmete u nadi da ću pronaći način da identifikujem ubicu. – Svi smo znali da je lako mogao da dobije nalog za pretres, ako je potrebno, ali nije bilo potrebe.

– Da, naravno.

Virđilio je naredio Inočentiju da organizuje pretres kuće. Izvadio je telefon, ustao i krenuo ka ćošku prostorije, da pozove stanicu. Dok je radio to, Virđilio je pitao možemo li on i ja da odemo do pokojnikove kancelarije, a udovica je odmah skočila na noge. Odvela nas je do jedne prostorije na kraju hodnika, koja je gledala na šumarak i teren za golf. Ogroman sto prekriven papirima nalazio se ispod prozora, dve visoke stolice bile su smeštene ispred njega, za sagovornike, a bile su tu i dve male sofe i stočić, za važnije goste ili neobaveznije sastanke.

– Vaš batler je pomenuo sef, sinjora Hanter. Gde se nalazi?

– Izvinite, nemam predstavu... Batista! – Podigla je glas i nekoliko trenutaka kasnije, batler se pojavio na vratima. – Znate li gde je sef mog muža, molim vas?

Ponudio sam prevod, *cassaforte*, i on je otišao do nečeg što je izgledalo kao ormarić za pića i otvorio uglačana drvena vrata iza kojih se nalazio kvalitetan čelični sef. Izgledao je prilično staro, i bilo je jasno da se otvara ključem a ne pomoću šifre. Pogledao sam ga u oči.

– Da li znate gde je sinjor Hanter čuvao ključ?

– Nisam sasvim siguran, gospodine, ali verujem da ga je nosio sa sobom.

Upitno sam pogledao Virđilija, koji je vadio telefon. – Kod njega je pronađen svežanj s ključevima. Samo da proverim.

Razgovarao je sa svojom kancelarijom i odmah dobio potvrdu.

– Svežanj s ključevima sadržao je ključ od kuće, ključ od rendžrovera, i jedan neidentifikovan, starinski ključ. To mi zvuči kao onaj koji nam treba. – Posvetio je pažnju udovici i obratio joj se na engleskom. – Mislimo da je imao ključ kod sebe. Reći ću forenzičarima da ga donesu ovamo. U međuvremenu, da li mislite da je dao ključ sinu ili ćerki?

Odlučno je odmahnula glavom. – Nema šanse. Nije im verovao.

– Nije verovao svojoj deci? – Verovatno u očima Reksa Hantera krv *jeste* bila voda. To je, bez sumnje, delimično objašnjavalo zašto je njegov sin izgledao manje uznemireno zbog očeve smrti nego što se moglo očekivati.

– Dobro, možda Adamu, ali nipošto Dženifer. Rekao mi je da joj nimalo ne veruje.

Odnosi u porodici Hanter očigledno su bili napeti, a spisak potencijalnih sumnjivaca postajao je sve duži.

5.

Četvrtak popodne

Otišao sam na ručak u restoran u Akvarosi s Virđiliom, dok je vodnik Inočenti ostao u vili da nadgleda tim iz Firence dok su pretresali sobu po sobu, tražeći novi testament ili nešto zanimljivo. Temperatura je i dalje bila visoka, ali pojavila se naznaka nekog vetrića i malo nas rashladila dok smo sedeli ispod suncobrana i jeli. Opredelio sam se za mešanu salatu s dimljenim pačjim prsima, nadajući se da to nije ista patka koju sam primetio juče. Ručak bez vina bio je nezamisliv za Virđilija – bio na dužnosti ili ne – i podelili smo bokal lokalnog crnog vina, uz mnogo ledene mineralne vode. Dok smo jeli, razgovarali smo o slučaju i disfunkcionalnoj porodici Hanter. Dok smo to radili, uhvatio sam sebe kako razmišljam o ljubavi. Nisam hteo da se upuštam je li to imalo neke veze s vestima o svojoj bivšoj ženi koje sam juče dobio. Pogledao sam Virđilija.

– Veruješ li u tu priču da su bili zaljubljeni jedno u drugo? Tridesetogodišnjakinja se zaljubila u dvostruko starijeg čoveka? – Popio sam veliki gutljaj hladne vode i uživao u osvežavajućem osećaju dok mi se spuštala niz grlo.

– Ona je možda bila zaljubljena. On verovatno nije. Sigurno je izgledala ozbiljno uznemireno njegovom smrću, mnogo uznemirenije nego njegova deca.

– Slažem se; ako glumi, radi to sjajno. Podsećam te, video sam u svoje vreme nekoliko sumnjivaca koji su zaslužili Oskara.

– I ja, ali pretpostavimo na tren da se stvarno udala iz ljubavi za muškarca koga jedva poznaje, a ne zbog njegovog bogatstva.

Događale su se i čudnije stvari. Ako je tako, onda možemo da je brišemo sa spiska sumnjivaca, jer ne bi ubila osobu koju voli, zar ne?

– Pokušaj to da kažeš Otelu, ali u ovom slučaju, da, saglasan sam. Što se tiče Hantera, nema sumnje da je njegova udovica vrlo lepa žena, mada porodici sigurno nije bilo lako da prihvati to što je mlađa od njegove dece. Možda se i on zaljubio, ali ako pretpostavimo na tren da njegova osećanja prema njoj nisu bila tako jaka, zašto se onda oženio njom? Požuda, naravno, ali čovek njegovog položaja sigurno je mogao da zadovolji seksualne apetite s brojnim ženama. Možda se namerno oženio neprikladnom ženom da bi napakostio deci.

– Ne izgleda da se mnogo vole, slažem se, ali zašto bi se toliko trudio da napakosti deci? Samo je trebalo da promeni testament i kaže im da ostavlja sve lokalnom prihvatilištu za pse.

– U pravu si. Možda je stvarno bio ludo zaljubljen u mladu Natali. Da li su možda deca bila toliko ljuta da su odlučila da uzmu stvar u svoje ruke i ubiju oca? I ne zaboravimo prvu ženu. Dobro, ima neoboriv alibi u obliku bog zna koliko kilometara između Italije i Australije, ali možda je unajmila nekog.

– Sve je moguće, ali zar ne bi bilo logičnije da ubije neprikladnu novu ženu?

– Ha, ali šta ako su znali da namerava da promeni testament u korist nove žene? Znali su da moraju da deluju brzo pre nego što to uradi. Ljubav je jak motiv za ubistvo, ali i lova. Možda je svađa između Hantera i njegovog sina, koju je čula vrtlarka Ines, bila jer je Hanter pomenuo da želi da promeni testament.

Virđilio je klimnuo glavom. – Adam Hanter je sigurno sumnjiv, a moramo da uključimo i njegovu sestru, ili zato što je direktno umešana – nema alibi – ili makar za pružanje alibija Adamu. Da budem iskren, od njih dvoje, ona izgleda sposobnije da izvrši ubistvo. Nisi je upoznao, ali uživaćeš kad je upoznaš. Pored nje Dart Vejder izgleda kao dobrica. A tu je i bivša žena, koja je, kao što kažeš, mogla sve da organizuje izdaleka.

– Misliš da je unajmila ubicu?

– Viđao sam takve situacije, ili žene koje su nagovorile decu da to urade. Ali članovi porodice nisu jedini sumnjivi. Koga još imamo? Prvi komšija, nezadovoljni zaposleni, posebno žene?

– I učitelj golfa koji ima vrlo loše mišljenje o njemu... možda ne dovoljno da bi ga ubio, ali opet...

Pijuckao sam vino dok smo razgovarali šta da uradimo sledeće. Naravno, to nije bio moj slučaj nego Virđiliov, ali već sam se osećao uključenim i, iskreno, uživao sam u izazovu. – Misliš li da bi trebalo da razgovaramo s pomoćnicom direktora? Prema vrtlarevim rečima, Elizabet Makgregor je bila u vezi s Hanterom dok je on bio u braku s prvom ženom i nakon što je upoznao Natali – a to ojačava pretpostavku da Hanter nije bio zaljubljen u svoju novu ženu koliko ona u njega. Ljubomora je sigurno jak motiv za ubistvo. Šta ako je Elizabet bila toliko besna kad ga je videla s novom nevestom da je odlepila i prebila ga nasmrt?

– Sve je moguće, ali... – Pogledao je svoju beležnicu. – Ona tvrdi da je bila na dužnosti u to vreme, i već smo dobili snimak s nadzornih kamera od te večeri. Reći ću Inočentiju da ponovo proveri da li je mogla da se iskrade u nekom trenutku.

Tad je zazvonio Virđiliov telefon. Zvali su ga iz stanice u Firenci, i obavestili su ga da će Piter Nelson, klupski računovođa, i Vilijam Rouzland, lokalni industrijalac, koji su igrali golf sa žrtvom neposredno pre ubistva, doći u klub na razgovor u tri, odnosno četiri sata. Rado sam pristao da prisustvujem ispitivanju. S obzirom na to da je teren bio zatvoren za sve osim za njih trojicu u ponedeljak uveče, izgledalo je vrlo verovatno da su mogli videti nešto sumnjivo – pod pretpostavkom da nisu oni izvršili ubistvo.

Piter Nelson je stigao izgledajući iznervirano. To je bilo zato, objasnio je, što je bio poslovno u Rimu i upravo se vratio. Bio je to visok, preplanuo muškarac star između četrdeset pet i pedeset godina, besprekorno odeven u otmeno odelo. Kad smo se rukovali, osetio sam da mi je pritisnuo palac na nadlanicu i odmah sam prepoznao to. Mnogo mojih kolega iz policije pripadalo je masonima, i mada sam se držao podalje od toga, umeo sam da prepoznam masone. Tek je trebalo da se vidi da li to znači nešto u ovom slučaju.

Razgovor smo vodili u računovođinoj kancelariji u zadnjem delu glavne zgrade, pored svlačionica. Nije to bila velika prostorija, ali bila je svetla i prozračna, s balkonskim vratima otvorenim prema lepo pokošenom travnjaku. Razgovor je vođen na italijanskom, koji je gospodin Nelson savršeno govorio, s toskanskim naglaskom. Nakon što je rekao svoje ime i adresu, počeo je da priča o događajima od ponedeljka uveče.

– Imali smo redovan termin, svakog ponedeljka u šest. Ja, Rek i Vil iz Monterispolija. Bili smo prijatelji godinama.

– Kad kažete godinama, koliko je to godina? – Virđilio je uzeo beležnicu.

– Bio sam klupski računovođa ovde dvanaest godina, otkako je klub izgrađen, a poznavao sam Reksa sedam godina.

– Već ste radili ovde pre nego što je sinjor Hanter kupio ovo mesto?

– Da, kupio je klub pre sedam godina od konzorcijuma koji je skupio novac da ga izgradi. Starao sam se o računima konzorcijuma, a Reks me je zadržao nakon preuzimanja. Radio sam tri dana nedeljno u klubu i dva dana u svojoj privatnoj firmi.

– Ko je bio u tom konzorcijumu? Da li ste vi bili deo njega?

Tužno je odmahnuo glavom. – Nisam imao toliko novca. Činila su ga tri lokalna biznismena – jedan od njih je bio Vil Rouzland. Zaradili su mnogo novca prodajom kluba Reksu, mada je to tad bio samo teren za golf. Reks ga je preobrazio u kantri klub s tenisom, skvošom, bazenima, restoranom i tako dalje. Imao je nameru da izgradi i hotel. – Oklevao je. – Pitam se da li će se to nastaviti sad kad je mrtav.

– Molim vas, ispričajte nam šta se dogodilo u ponedeljak uveče.

– Kao što sam rekao, bio je to stalni termin. Veče je bilo divno, i trebalo je da bude vrlo prijatno, ali Reks je bio neraspoložen. – Pogledao je preko stola u nas. – Pretpostavljam da ste čuli kako je povremeno umeo da bude neprijatan.

– Čuli smo da je umeo da bude veoma grub. – Virđilio nije okolišao. Video sam kako Nelson klima glavom.

– Bio je težak čovek.

Čuo sam to i ranije. – Ali vi ste se slagali s njim? Pretpostavljam da jeste, ako ste već redovno igrali golf.

– Reks je bio siledžija, a postoje samo dva načina na koje možete reagovati na siledžije: da im se suprostavite ili da im se pokorite.

Posao je posao, tako da sam odabrao ovo drugo. Držao sam pognu-tu glavu i povremeno se ujedao za jezik, i zahvaljujući tome smo uspešno radili godinama.

– Da li vam je bio drag?

Morali smo da sačekamo odgovor. – Divio sam mu se kao po-slovnom čoveku, iako nisam uvek odobravao njegove metode. Bio je čovek koji je sve samostalno stekao, i umeo je da bude naporan. Kao što sam rekao, ćutao sam i ponašao se kao da sam mu prijatelj, kad je to zahtevao od mene. – Bespomoćno nas je pogledao. – Napokon, posao mi je zavisio od toga.

– Uzgred, sinjor Nelson, kako to da engleski računovođa koji bo-lje govori italijanski nego ja na kraju završi ovde? Uvek sam mislio da je italijanski fiskalni sistem nedokučiv. – Virđilio se osmehnuo.

– Rođen sam u Britaniji, ali majka mi je Italijanka. Nakon što je otac umro kad sam imao deset godina, vratila se u Firencu, i ovde sam završio školu, tako da je prirodno da radim u italijanskom si-stemu. Uskoro sam shvatio da bilingvalnost koristi mojoj karijeri.

– Shvatam. Pa, nastavite s pričom o ponedeljku uveče.

– Reks je kasnio, i nismo počeli da igramo gotovo do sedam. Bio je kao medved s glavoboljom, i brecao se na nas za najmanje sitni-ce – znate, optužio nas je da zveckamo novčićima u džepu dok je pokušavao da izvede udarac, da bismo ga omeli, i slično.

– Imate li predstavu zašto je bio toliko razdražljiv te večeri?

– Nije mnogo govorio, ali svi u klubu su pričali o njegovoj svađi sa Adamom... i možda i s Dženifer. Bio je toliko mrzovoljan da smo Vil i ja na kraju smislili neki izgovor i ostavili ga u osam i trideset. Otišli smo posle sedme rupe, i kad smo ga poslednji put videli stajao je kraj početnog položaja za osmu rupu, i upravo je nameravao da udari lopticu.

– A kad ste se vraćali do kluba, da li ste sreli nekog?

– Ne, nije bilo nikog. Teren je uvek zatvoren kad ga Reks privat-no koristi ponedeljkom uveče. Nije bilo žive duše iako smo se vra-ćali polako. Malo smo otezali, jer smo imali razne teme za razgovor.

– Kakve teme?

– Finansijske. Vil je imao svog računovođu, ali često me je pitao za savet.

– Niste videli nikog, i niko nije video vas?

– Bojim se da je tako. Kad smo se vratili do kluba, sreli smo neke ljude, ali na terenu je bio samo Reks... koliko mi je poznato.

Postavili smo mu još nekoliko pitanja o Reksu Hanteru i o klupskim finansijama, ali nismo saznali ništa novo. Na kraju je Virđilio ustao.

– To je sve zasad, hvala. Kažite mi, da li je klub profitabilan?

Nelson je odmah odgovorio. – *Vrlo* je profitabilan. Naravno, Reks je uložio mnogo novca u razvoj, ali poslovao je mnogo bolje nego što sam očekivao.

– A šta mislite da će se dogoditi sad?

Nelson je izgledao iznenađeno. – Pretpostavljam da će Adam nastaviti da upravlja, kao i dosad.

– A njegova sestra?

– Dženifer? Pretpostavljam da će se vratiti u Australiju. Bila je ovde samo kratko. Nije uključena u vođenje kluba. – Nešto u njegovom tonu mi je reklo da mu je drago zbog toga.

Rukovali smo se i Virđilio je krenuo prema vratima, ali onda se ponovo okrenuo. – Kažite mi, sinjor Nelson, imate li neku predstavu ko je želeo da ubije vašeg poslodavca?

Nelson je bespomoćno raširio ruke, na tipično italijanski način. – Kao što sam vam rekao, inspektore, bio je težak čovek, i umeo je da stvori neprijatelje, ali ubistvo? Iskreno, ne znam.

Virđilio mu se zahvalio na vremenu, a nas dvojica smo otišli u vrt, gde smo seli na klupu ispod jednog bora. Iznad nas su se igrale dve crvene veverice, i setio sam se svog psa. Da je Oskar ovde, lajao bi kao lud i pokušao da se popne na drvo.

– Šta misliš o gospodinu Nelsonu i njegovoj priči? – Virđilio je seo i protegnuo se.

– Još jedna osoba koja nije baš volela Reksa Hantera. Kao što je rekao, samo je ćutao i radio kako mu se kaže. Izgleda kao prijatna osoba, ali ostaje činjenica da je bio među poslednjima koji su videli Hantera živog, mada nam je potreban motiv. Pošto mu je Hanter poverio da vodi klupske račune, možda je krao novac, a kad je Hanter saznao, Nelson ga je ubio da ga ućutka. – Pogledao sam prema parkingu. Na jednom kraju su se nalazila mesta rezervisana za viši menadžment, a sad se tamo nalazio jedan vrlo lep srebrn BMW. – Ako je to Nelsonov službeni auto, izgleda da se Hanter lepo brinuo o njemu, makar finansijski. Uzgred, jesi li znao da je Adamova sestra, Dženifer, tek stigla u Italiju?

Odmahnuo je glavom. – Mislim da to nije pomenuto tokom prvog ispitivanja. Da budem iskren, provela je veći deo vremena optužujući nas za policijsku nesposobnost. Moraćemo kasnije da uzmemo novu izjavu od nje.

– Zanimljiva je slučajnost da se vratila svega nekoliko dana pre nego što se njen otac vratio s novom nevestom, a onda je, vrlo brzo, on ubijen. I tebi to zvuči sumnjivo, zar ne?

– Stvarno zvuči. – Pogledali smo jedan drugog. Nijedan od nas nije voleo slučajnosti.

Razgovarali smo, u mirnom kutku atrijuma, s trećim čovekom koji je igrao golf u ponedeljak. Vilijam Rouzland je bio stariji od Pitera Nelsona, i bio je žrtvin vršnjak, ili je imao možda i oko šezdeset pet godina. Imao je crveno lice i bio prilično debeo, i pitao sam se kakav je golfer. Da li je mogao uopšte da vidi lopticu od svog ogromnog stomaka? Čelo mu je bilo oznojeno, ali to je možda bilo zbog vrućine napolju. Rukovali smo se, ali nije bilo ni naznake masonskog rukovanja. Seo je i naručio hladno pivo na groznom italijanskom. Budući da je navodno posedovao fabriku keramike u blizini, bio sam iznenađen. Zbog toga je razgovor vođen na engleskom, a njegov jak naglasak iz Midlandsa zahtevao je da se ja često uključujem i prevodim Virđiliju, koji je očigledno imao problema da ga razume. Rouzland je ispričao identičnu verziju događaja od ponedeljka uveče koju smo čuli od Pitera Nelsona, ali odgovor na Virđiliovo pitanje o mogućim ubicama bio je zanimljiv.

– Ne želim da okrivljujem nikog, ali ako mene pitate, mislim da bi trebalo da proverite njegovu porodicu.

– Kad kažete „porodicu", da li mislite na ženu ili decu?

Rouzland se osmehnuo. – Vi ste detektiv, inspektore, vi kažite meni. Ako vam to koristi, znam da je bilo nesuglasica između Reksa i njegove dece, još otkako se razveo od prve žene, a onda se zakuvalo kad se ponovo oženio. Znate da nikom nije rekao da se ponovo oženio dok sve nije bilo gotovo, zar ne?

– Ne, nisam to znao. Kako znate da je bilo nesuglasica? Da li vam je sinjor Hanter to rekao?

– Rekao mi je *mlađi* sinjor Hanter, Adam. Dok mu je tata bio na Baliju, nekoliko puta sam igrao golf s njim, i jednog dana mi je ispričao sve o tome. Dobio je poruku tog jutra u kojoj je pisalo, otprilike: *Upravo sam se oženio.* Bio je besan, a kad je došla njegova sestra, izgledala je kao da bi mogla da ubije oca. Bio sam tamo, video sam je.

Virđilio se odmah usredsredio na Rouzlandov izbor reči. – Da ga ubije? Stvarno?

– Pa, možda je to preterano, ali bila je besna. Samo što joj dim nije krenuo na uši. – Pogledao nas je obojicu. – Ako vas zanima šta mislim, rekao bih da je mentalno nestabilna. Reks je gotovo nikad nije pominjao, ali jednom je rekao nešto o tome da je išla na terapiju. Piter i ja nismo hteli da guramo nos, ali možda to ima neke veze sa svim ovim.

– Mislite da je imala psihijatrijske probleme? – To je bilo zanimljivo. Tokom godina u službi naišao sam na bezbrojne ubice koje su bile proglašene mentalno nestabilnim. Naravno, ubistvo je bilo prilično ludački čin.

Klimnuo je glavom. – Trebalo je da je vidite prošle nedelje.

– Da li je nameravala da mu dođe u posetu, ili mislite da je došla kad je čula vesti o venčanju?

– Prilično sam siguran da ju je brat pozvao i rekao joj da dođe. Kako bi mogli zajedno da mu se suprotstave, pretpostavljam.

– Ali ako je venčanje već obavljeno, šta su mogli da urade?

– Da, šta?

Video sam o čemu razmišlja gospodin Rouzland, i nisam mogao da ga krivim. Moraćemo vrlo detaljno da razgovaramo s Hanterovim sinom i ćerkom.

Nakon razgovora, Virđilio se vratio u Firencu da pročita sve izjave i vidi da li su računovođe pronašle nešto zanimljivo. Inočenti se takođe vraćao u stanicu sa sadržajem sefa, koji su otvorili pomoću ključa s Hanterovog svežnja. Loša vest je bila, što se tiče udovice, da nije bilo ni traga novom testamentu.

Sad kad više nisam bio potreban u klubu, odlučio sam da odem i kupim malo vina i ulja od Luiđija Sinjezea, kako smo se dogovorili, ali prvo sam morao da svratim i uzmem Oskara od ljubaznih komšija. Voleo je da ide kod njih i oni su ga načisto razmazili, ali nisam mogao da očekujem da ga čuvaju satima.

Kuću Luiđija Sinjezea bilo je lako pronaći. Kao i kod mnogih drugih kuća u okolini, natpis na kapiji govorio je da se tu prodaje domaće vino, kao i maslinovo ulje. Vozio sam se neravnom stazom između uredno održavanog vinograda i maslinjaka, i kroz klimavu kamenu kapiju, do dvorišta. Tu sam video prastaru seosku kuću i štalu pored. Čim sam se parkirao i ugasio motor, pojavio se jedan veliki čupav pas. Zalajao je jednom – dubok glasan lavež zbog koga je desetak golubova poletelo s krova štale – i onda je samo stajao i zurio u nas. Zadivljeno sam ga gledao. Nisam mogao da znam njegovo genetsko poreklo, ali osim ovčarskog psa i vuka, verovatno je imao i malo gena mrkog medveda. Bio je ogroman.

Srećom, seljak se pojavio nakon tog glasnog lajanja i pozvao me da napustim bezbednost vozila. Izašao sam i pokazao sam na zadnje sedište kola.

– Dobro veče, sinjor Sinjeze. Poveo sam svog psa. Smem li da ga pustim napolje? Vašem psu to neće smetati, zar ne? – Pod „smetati" sam mislio hoće li ga pojesti.

– Čezareu to neće smetati. Vrlo je prijateljski nastrojen. Dođite, dođite.

Prišao sam Čezareu medvedvuku i dozvolio mu da mi onjuši šaku. Sekund ili dva kasnije, počeo je da maše repom i stavio mi je ogromne dlakave šape na grudi, kao da pokušava da me poljubi. Visok sam metar i osamdeset, i prilično spreman za svoje godine, ali gotovo me je oborio, i osetio sam veliko olakšanje što ima prijateljske namere. Luiđi ga je odvukao od mene i otišao sam da pustim Oskara iz kola. Moj pas je veselo iskočio i okrenuo se prema divu.

Na trenutak sam mislio da razmišlja da pobegne – i ne bih ga krivio – ali ispostavilo se da je prilično hrabar i uskoro je veselo njuškao Čezareovu dlakavu zadnjicu.

Zajedno s psima, otišli smo u Luiđijevu štalu. Bio je to veliki prostor, gotovo potpuno ispunjen velikim drvenim bačvama i teškim pedesetolitarskim *damigiane* – opletenim staklenim balonima, nalik na ogromne vinske boce. U nekima se, istakao je, nalazilo vino, u drugima maslinovo ulje. Sagnuo se i pomerio jedan od njih naizgled lako, uprkos poodmaklim godinama, kako bi mi ponudio da sednem na balu slame. Izvadio je jednu staru bocu kjantija iz koje je sipao crno vino u dve čaše.

– Ovo je prošlogodišnje. Bila je to vrlo dobra godina. To je ono što smo pili juče.

Otpio sam gutljaj, i to je potvrdilo moj utisak od prethodnog dana. Luiđi je sigurno znao kako se pravi vino.

– Popijte i daću vam da probate belo. – Ispraznili smo čaše – bilo bi nepristojno da nisam to uradio, zar ne? – i izvadio je još jednu opletenu bocu. Vino koje je sipao iz nje bilo je izrazito zlatne boje i imalo je podjednako dobar ukus kao i crno. Ali on još nije bio završio.

– Obećao sam vam da ću vam dati da probate moje penušavo vino. – Zaverenički se potapšao prstom po nosu. – Moja porodica ga pravi već dva veka na isti način.

– Vaša porodica je ovde tako dugo?

– Ovu kuću je, kamen po kamen, izgradio moj čukundeda pre ujedinjenja Italije.

Ujedinjenje Italije odigralo se sredinom devetnaestog veka, tako da je porodica Sinjeze imala dugu istoriju ovde. Razumeo sam zašto ih je zabolela pretnja australijskog suseda da će izgubiti svoje nasleđe. Da li je taj bol bio dovoljan da se izvrši ubistvo?

– Da li vas zanima kako pravim spumante?

Klimnuo sam glavom i odveo me je do ugla štale, gde sam video nekoliko desetina plutanih čepova kako vire iz zemljanog poda. Mora da je video zaprepašćenje na mom licu dok se osmehivao. – Pogledajte, pokazaću vam.

Iskopao je nekoliko šaka vlažne zemlje sve dok nije izvukao bocu iz zemlje. Bila je to boca kao za šampanjac, s plutanim čepom pričvršćenim žicom. Prineo ju je svetlu i pregledao. – Nije se sasvim razbistrilo, ali dobro napreduje. Još otprilike mesec dana.

Kad je vratio bocu i ponovo je prekrio zemljom, objasnio mi je svoj metod. U suštini, punio je boce belim vinom i stavljao po zrno kukuruza u svaku, a onda bi je zatvorio i zakopao. Kukuruz je izazivao sekundarnu fermentaciju u bocama i posledica toga bilo je penušavo vino. Razlog što je boce zakopavao je bezbednost, objasnio mi je.

– Fermentacija stvara toplotu i zato koristim vlažnu zemlju da rashladim boce, ali tom prilikom se stvara i pritisak. Povremeno neka od njih eksplodira, ali kad su bezbedno zakopane, niko ne može da bude povređen. Dobro, zašto sad ne biste ušli u kuću i probali moje maslinovo ulje, a ja ću vam dati čašu hladnog spumantea uz to?

Kad smo ušli u Luiđijevu kuću, otišli smo u ogromnu kuhinju s visokom tavanicom i starinskim gvozdenim štednjakom na drva, ali sa ogromnim i nimalo staromodnim televizorom na jednom zidu. Ispred televizora je sedela njegova žena, koja je rekla da se zove Dora, i tri starije dame i gledale su jednu od bezbrojnih latinoameričkih sapunica koje su se neprestano emitovale ovde u Italiji. Mada nikad nisam pogledao nijednu celu epizodu, prepoznao sam junake zalizanih kosa i silikonske junakinje i bolno preglumljivanje. Predstavili su mi i tri starije dame, ali nisam shvatio u kakvom su srodstvu: možda su bile baba, tetka i sestra, ali nisam bio siguran. Pas Čezare je prišao televizoru i legao na pod ispred, uz glasan tresak, a za njim i Oskar. Dok su to radili, dve crno-bele mačke su vešto skočile na vrh frižidera i sumnjičavo gledale pse.

Maslinovo ulje bilo je boje i gustine motornog ulja nakon sto hiljada pređenih kilometara, ali dosad sam se već navikao na to. Luiđijeva žena nam je donela dva komada dvopeka i sipala gusto ulje na njih, dodajući malo soli. Osetio sam voćni, nakiseo ukus maslina, i zagolicao mi je grlo dok sam gutao. Bilo je sjajno.

– Evo, probajte ovo. – Kad je Luiđi otvorio jednu od šampanjskih boca, začuo se glasan prasak zbog koga su oba psa podigla glavu. Napunio je dve čaše penušavim belim vinom i dodao mi je jednu. Dame su ga molećivo pogledale, ali nisu zatražile vino, niti im ga je on ponudio. – Živeli, i ponovo hvala na pomoći juče.

Kucnuli smo se čašama i popio sam gutljaj vina. Bilo je dobro na neki ozbiljno penušav način. Da budem iskren, verovatno mi se više sviđa normalno belo vino bez dodatka zrna kukuruza, ali bilo je hladno, bilo je osvežavajuće, i kad sam naučio trik da ga pijem a da mi ne prolazi kroz nos, bilo je prijatno. Posebno jer sam ga pio u ovom tradicionalnom okruženju sa čovekom koji ga je napravio, mada sigurno nije bilo toliko dobro da zabrine proizvođače proséka u severnoj Italiji.

Otišao sam odatle pola sata kasnije, s dvanaest boca crnog i dvanaest boca belog vina, dva litra ulja i jednom bocom penušavog vina, za koje je insistirao da ga uzmem na poklon. Nadao sam se da neće eksplodirati u povratku kući, i za svaki slučaj sam ga umotao u jedan stari džemper. Bio je to prijatan predah i počeo sam ozbiljno da sumnjam da bi takav čovek pao toliko nisko da izvrši ubistvo, ali kao što je Virđilio s pravom rekao, sve je moguće. A tužna činjenica bila je da je, od svih naših brojnih svedoka, Luiđi bio jedan od retkih s konkretnim motivom, prilikom, pošto je živeo u blizini, i nakon što sam video kako diže veliki *damigiane*, nije bilo sumnje da ima snage da nekog nasmrt prebije.

Pre nego što sam krenuo kući, znao sam da dugujem Oskaru šetnju, tako da sam odlučio da ubijem dve muve jednim udarcem i vratio sam se stazama do mesta gde se nalaze Hanterova vila i bungalov njegovog sina. Zaustavio sam se kraj puta, nekoliko stotina metara dalje i krenuo sa Oskarom u šetnju kroz maslinjak. Temperatura se znatno spustila i bilo je prijatno biti napolju.

Mada je već bilo prošlo osam, vidljivost je bila dobra, i video sam igrače ispod, na ponovo otvorenom terenu za golf. Mada je bio četvrtak, izgledalo je da je, nakon smrti Reksa Hantera, napuštena navika zatvaranja terena tim danom s večeri. Koliko sam video, pod pretpostavkom da je Hanter ubijen pre devet sati, i dalje bi bilo sasvim dovoljno svetla da potencijalni svedok vidi šta mu se dogodilo. Staza kojom sam hodao spuštala se ka vili i uočio sam veliki, moderan, očigledno lepo projektovan bungalov malo dalje kraj staze. Kao i vila, imao je privatan bazen i naizgled lepo održavan vrt. Nisam video nikog u vrtu nijedne kuće, ali uskoro sam naišao na nešto zanimljivo.

Staza je skretala ulevo da izbegne žičanu ogradu kluba, i kad sam bio na svega stotinak metara od mesta ubistva, naišao sam na rupu u žici. Ili, bolje rečeno, Oskar ju je pronašao. U jednom trenu trčao je kroz nisko žbunje ispred mene, tražeći štap, a u sledećem sam ga video s druge strane ograde, na terenu za golf. Srećom, nije bilo igrača u blizini i mogao sam da ga dovabim na svoju stranu ograde, pre nego što ga neko primeti. Vratio se i nisam se iznenadio kad je moj retriver ponosno ispustio blistavu belu lopticu za golf pred moje noge. Brzo sam pronašao jedan štap i bacio sam ga u šumu da mu odvratim pažnju dok sam uzimao lopticu i bacao je preko ograde, pre nego što neko primeti da je nema.

Pažljivo sam pogledao rupu u dnu ograde. Izgledalo je kao da je nedavno napravljena i žica je bila pokidana i izvučena iz zemlje, čineći rupu dovoljno velikom da se kroz nju provuče labrador ili, moguće je, ljudsko biće. Da li ju je napravila divlja svinja – kojih je bilo mnogo u okolini – ili ju je napravio neki uljez? Okinuo sam nekoliko fotografija i poslao ih Virđiliju. Ponovo se pojavila mogućnost da je ubica došao spolja.

Ali ko je to mogao biti?

6.

Petak ujutro

Imao sam još jedan čas tenisa sa Abigejl u devet ujutro, i kad sam uzeo telefon u jedanaest, video sam da imam nekoliko propuštenih Virđiliovih poziva, i odmah sam mu se javio.

– *Ciao*, Dene. Imam neke zanimljive vesti. Andrea Pirandelo, Hanterov advokat, upravo mi je rekao da je jutros poštom dobio izmenjen testament. Bio je poslat u ponedeljak popodne i bilo je potrebno neko vreme da stigne do Firence. Znaš kakva je pošta.

– I da li je obezbedio udovicu?

– Ostavio je sve njoj.

– Sve? – I naravno, to je odmah dalo njegovoj udovici veoma jak motiv za ubistvo.

– Klub, vilu, svoj automobil, sav novac u banci, i sve ostalo čega se setio. Hanterovi sin i ćerka neće dobiti ništa.

– Opa, to će ih prilično uznemiriti.

– Nego šta. Drago mi je, zbog nje, što smo ga pronašli. Sadržaj sefa je bio vrlo nemaštovit: nekoliko hiljada evra u gotovom, pasoši, ostali dokumenti, ali ništa što bi nam pomoglo u istrazi. U svakom slučaju, sad idem u Akvarosu da saopštim vesti prvo udovici, a onda Adamu i Dženifer. Želiš li da mi se pridružiš, makar samo da vidiš kako će brat i sestra da dožive nervni slom?

Odmah sam pristao i požurio sam da se istuširam. Kad sam stigao do vile, policija je već bila tamo i ulazna vrata su bila odškrinuta. Potrčao sam stepenicama i kad sam zavirio unutra, video sam Virđilija kako stoji na jednoj strani hodnika, u pratnji batlera Batiste, i sva trojica su napeto slušali urlanje koje je dopiralo iz salona i odjekivalo hodnikom. Virđilio je prineo prst usnama i pozvao me je, pa sam oprezno prišao i oslušnuo.

– Ali ne možeš očekivati da ću se samo spakovati i odmah ujutro otići. – To je zvučalo kao uplakana Natali.

– Ko je pominjao jutro?

Virđilio me je pogledao i bezglasno rekao „Dženifer". Sasvim sigurno, Hanterova ćerka nije zvučala nimalo saosećajno.

– Ova kuća ne pripada tebi, tako da želim da odmah odeš. A to znači ovog popodneva.

– Ali kuda da odem? – Zvučalo je kao da su suze ponovo krenule i Natali je gotovo jecala. – Ne poznajem nikoga...

– To me ne zanima. – Dženifer je zvučala sve surovije. – Idi i počni da se pakuješ.

– Ja ću te odvesti do Firence i pronaći ćemo ti hotel. – Adamov ton je bio manje svađalački, ali njegova sestra nije htela ni da čuje za to.

– Neka se mala sponzoruša snađe sama. Idi, počni da se pakuješ. Želim da napustiš ovu kuću.

Zvučalo je kao da se sastanak završava, i Virđilio je pogledao batlera.

– Mislim da je vreme da najavite naš dolazak, Batista, hvala.

Batler nas je odveo hodnikom do vrata salona, baš kad ih je otvorila plavuša crvenog lica. Imala je oko trideset pet godina, a lice joj je bilo zgrčeno od besa. Zaustavila se kad je videla batlera i besno se brecnula na njega.

– Da, Batista, šta je bilo?

– Inspektor Pizano i njegove kolege došli su kod vas.

Dženifer je zasiktala kao besna zmija. – Pa, moraće da odu. Adam i ja trenutno ne primamo nikog.

Virđilio se pojavio iza batlera, preprečujući joj put. – Bojim se da se ništa ne pitate i moramo odmah da razgovaramo. Molim vas, vratite se u salon...

Na trenutak sam pomislio da će nasrnuti na njega, ali mora da se prizvala pameti, okrenula se i vratila u salon. Krenuli smo za njom. Batista je ostao napolju, ali nisam sumnjao da će ostati blizu, načuljenih ušiju.

Zatekli smo Natali kako jeca na sofi, dok je Adam stajao nasred sobe, izgledajući bespomoćno. Nabacio je jedan od svojih profesionalnih osmeha kad nas je ugledao. – Gospodo, uđite. Kako možemo da vam pomognemo?

– Imam neke vesti koje će zanimati sve vas. – Virđilio je prišao i nakratko spustio ruku na Natalino rame. – A posebno vas, sinjora Hanter. – Govorio je engleski. – Upravo sam završio telefonski razgovor. Vidite, jedan koverat je stigao kod advokata vašeg muža, a u njemu se nalazio novi testament. – Kad je podigla pogled, nastavio je da čita s telefona, a ja sam simultano prevodio odredbe testamenta. To nije trajalo dugo, ali kad su shvatili značaj dokumenta, izrazi na licima njih troje su se promenili.

Natalin izraz se promenio od iznenađenja u oduševljenje, ali se ponovo rasplakala i nagnula napred, uhvativši se za glavu.

Adamov osmeh je nestao u trenu i zamenilo ga je bledilo. – Jeste li sigurni, inspektore? – Jedva je govorio. – Sigurno je to neka greška.

– Naravno da je prokleta greška. – Dženiferino lice koje je već bilo crveno sad je postalo purpurno i zapitao sam se da li će eksplodirati kao jedna od Luiđijevih boca spumantea. Naravno, video sam zašto je Vilijam Rouzland mislio da je ona neuračunljiva. – Moj otac nikad ne bi ostavio ni novčić ovoj maloj sponzoruši. Bio je previše pametan za to. Odmah ću razgovarati sa advokatom. Adame, idemo. – Okrenula se i pošla prema vratima. Inočenti je stao ispred nje i odmahnuo glavom.

– Otići ćete kad vam inspektor dozvoli. – Govorio je na italijanskom, koji je ona možda razumela ili nije razumela, ali ton mu je bio jasan. Iznenada sam se setio svog jučerašnjeg susreta s Čezareom medvedvukom. Da je imala čekinje, sad bi se nakostrešila. Da, Inočenti je bio hrabar čovek.

– U redu je, Inočenti, može da ide. Oboje mogu da idu, ali... – Virđilio je govorio italijanski odmerenim tonom, ali sad je prešao na engleski i u glasu mu se začula oštrija nota koja je ućutkala Dženifer. – Ali utuvite sebi u glavu da ova vila ne pripada vama, i ako mi jave da ste se vratili ovde nepozvani, ili se obraćali na isti način sinjori Hanter, pobrinuću se da budete uhapšeni, optuženi za uznemiravanje i, ako bude potrebno, pritvoreni. Da li je to potpuno jasno? – Brat i sestra nisu odgovorili, tako da ih je ponovo pitao, ovog puta vrlo odlučno. To je navelo Adama da odgovori.

– Razumeli smo, inspektore.

Svi smo usmerili pažnju na njegovu sestru, i čekali. Jedan mišić na njenom obrazu se zlokobno trzao i na trenutak sam pomislio da je imala moždani udar, ali na kraju je klimnula glavom. – Razumem. Ne brinite, policajče, nemam želju da ikad više pogledam ovu droljicu.

– Dobro, drago mi je što smo se razumeli i, za svaki slučaj, ako čujem da se ponovo tako obraćate sinjori Hanter, uhapsiću vas. Kasnije danas želim da razgovaram s vas dvoje. Imamo vaše adrese i bićemo u kontaktu. *Ne* napuštajte ovu oblast. Jasno? Dobro, sad idite. Inočenti, *lasciali andare.*

Inočenti se pomerio u stranu i Dženifer je izjurila iz sobe, u pratnji mnogo smirenijeg Adama. Nije bilo sumnje ko je glavni među njima. Virđilio je promolio glavu kroz vrata i pozvao batlera.

– Batista, molim vas, pobrinite se da sin i ćerka sinjora Hantera napuste kuću, a onda zaključajte ulazna vrata za njima. Hvala vam.

Otišao je na drugi kraj sobe i seo pored Natali. Čekao je čitav minut dok se ona nije pribrala, pre nego što je progovorio. – Sinjora Hanter, razumeli ste odredbe muževljevog testamenta, zar ne? Više nećete imati finansijskih briga. Vi ste bogata žena. Uradio je ono što je obećao, i pobrinuo se za vas.

Polako je podigla lice iz šaka. Kad je progovorila, uradila je to tako tiho da smo morali da se nagnemo kako bismo je čuli. – Hvala vam, inspektore. Hvala svima. Čini mi se kao da sam se probudila iz košmara, ali, naravno, surova stvarnost je da, iako možda više nemam novčanih briga, više nemam svog voljenog Reksa. – Ako je to bila gluma, dobro je to radila. Zatim je kazala nešto neočekivano. – Volela bih da nije uradio sve to.

– Uradio šta, sinjora?

Na trenutak mi se učinilo da joj je preko lica prešlo nešto nalik na krivicu, ali nestalo je podjednako brzo. – Testament. Trebalo je da im ostavi nešto. Oni su, ipak, njegova deca.

– To je vrlo velikodušno od vas, s obzirom kako su se ponašali prema vama.

– Rekao mi je kakvi su. Rekao mi je da mu je žena od iste fele.

– Kakve fele?

– Izopačene, ogorčene, gadne.

Palo mi je na pamet da ni njihov otac nije bio svetac, ali držao sam jezik za zubima i pustio sam Virđiliju da priča. I dalje sam razmišljao o značaju onog što je zvučalo kao krivica u njenom glasu. Kad smo poslednji put razgovarali, stekao sam utisak da nam nije rekla celu priču, a ovo je samo pojačalo moje uverenje da nije sve onako kako izgleda. Mada je Natali izgledala kao da možeš na ranu da je privlješ, nešto nije zvučalo kako treba.

Virđilio ju je i dalje ohrabrivao. – Na osnovu onog što sam video, vaš muž je ostavio mnogo novca, tako da vas ništa ne sprečava da se pobrinete za njegovu decu, ako tako želite. Uostalom, Adam radi ovde kao menadžer, zar ne? Hoćete li ga zadržati?

Neodređeno je klimnula glavom. – Pretpostavljam. Odnosno, ako on to želi. – Podigla je pogled. – Sviđa mi se Adam.

– Ali ne i njegova sestra?

– Ne, mada možda nije samo ona kriva za to. Reks mi je rekao da joj nije bilo dobro.

– Fizički ili mentalno?

– Nije rekao, ali kad sam je upoznala, izgledalo mi je da ima mentalne probleme.

Izgledala je vrlo usamljeno i nešto mi je palo na pamet. – Natali, ko živi ovde osim vas? Batista, pretpostavljam? Još neko?

– Marijaroza, Batistina žena. Ona je kuvarica i domaćica. – Glas joj je zvučao malo jače.

– Imate li neke bliske rođake koji bi mogli da dođu i pridruže vam se, da vam pruže malo podrške? Vaši roditelji, možda?

– Mama mi je umrla pre devet meseci, a ja sam jedinica, ali mogu da pozovem najbolju prijateljicu Poli i zamolim je da dođe. Problem je u tome što je u Australiji.

– Pošto ste upravo nasledili mnogo novca, zašto joj ne platite avionsku kartu da doleti i pravi vam društvo? Siguran sam da bi uživala u putovanju u Italiju.

Klimnula je glavom nekoliko puta. – Hvala vam. Uradiću to. Koristiće mi da pored sebe imam prijateljsko lice.

Virđilio je zadovoljno klimnuo glavom, glasno zatvorio beležnicu, i dao joj svoju posetnicu. – Ovo je moj direktan broj. Pozovite me odmah ako budete u nekoj nevolji, ali Adam i Dženifer ne bi trebalo da vas ponovo gnjave. Razgovaraćemo ponovo s njima ovog popodneva i naglasiti im da ne prilaze vama ni vili.

Rukovali smo se i ostavili tu ženicu da sedi sama na dvosedu. Bilo mi je žao zbog onog kroza šta je upravo prošla, ali morao sam da podsetim sebe kako činjenica da je sad postala jedina naslednica svog muža automatski vraća njeno ime na spisak mogućih ubica. Na sam vrh.

Nas trojica smo otišli kod mene na ručak. Oskar nas je oduševljeno dočekao i lutao je oko stola glumeći da umire od gladi dok smo jeli pršutu i dinju, svež kozji sir i sirov bob – lokalni običaj koji sam prihvatio – uz kriške predivnog neslanog toskanskog hleba i kjantija koji sam nedavno kupio. Oba detektiva su izrazila zadovoljstvo i imao sam osećaj da će i Virđilio uskoro otići kod Luiđija Sinjezea da kupi malo vina za sebe – pod uslovom da Luiđi bude oslobođen sumnje za ubistvo. Završili smo obrok svežim kajsijama iz mog vrta. Dok smo jeli, razgovarali smo o slučaju u svetlu najnovijih događaja i Virđilio je ponovo prošao kroz spisak svedoka.

– Adam Hanter, njegova majka i sestra moraju da ostanu pri vrhu jer su svi bili ubeđeni da će naslediti novac, iako se ispostavilo da nisu. Ćerka je sasvim sposobna da ubije nekog, siguran sam u to, a stekao sam utisak da je njen brat spreman da uradi sve što ona zatraži od njega. Pretpostavljam da je moguće da je majka izdavala naređenja s drugog kraja sveta, tako da i ona ostaje pod sumnjom, ali to je prilično nategnuto. Natali, udovica, sad ima motiv, mada ne mogu da je vidim kao ubicu, ali, kao što me stalno podsećaš, Dene, događale su se i čudnije stvari.

Klimnuo sam glavom. – I meni je teško da poverujem u to, ali ko zna? Ne mogu tačno da odredim, ali imam osećaj da nam nije rekla celu istinu. Možda je samo nervozna nakon svega što se dogodilo, ali imam neki predosećaj.

Virđilio je klimnuo glavom. – Uvek veruj svom predosećaju.

– Videćemo. A šta je s mafijom? Ima li izgleda da su možda uključeni?

Odmahnuo je glavom. – Moji ljudi su se raspitali, ali navodno nema nikakvih veza sa organizovanim kriminalom. I dalje proveravamo, ali to mi ne izgleda izvesno.

– To nam ostavlja samo seljaka koji je napravio ovo vino koje pijemo. Luiđi Sinjeze izgleda kao dobar čovek, ali ne može da prikrije istinsku mržnju koju oseća prema Hanteru, a sad kad smo pronašli rupu u ogradi, on je imao ne samo motiv nego i priliku i, naravno, torbu punu palica za golf koje su obezbedile oružje. Mogao je da se šunja kroza šumu, provuče kroz rupu i ubije Hantera, a onda ponovo nestane. Sviđa mi se taj čovek, ali bojim se da mora da ostane na spisku.

Inočenti se pridružio nagađanju. – Šta je s računovođom i onim drugim tipom, koji su igrali golf s njim u ponedeljak uveče? – Pogledao je u svoju beležnicu. – Nelson i Rouzland. Imali su priliku, mada ne i jasan motiv.

– A opet... nema motiva, ali moramo nastaviti da istražujemo. Njih dvojica ostaju na spisku, to je sigurno, ali nisu jedini. – Virđilio je podigao pogled s hrane. – Prva osoba s kojom želim da razgovaram ovog popodneva je pomoćnica menadžera, kako bih utvrdio da li je stvarno bila u vezi s Hanterom. Nakon toga ćemo sesti i razgovarati s bratom i sestrom. Počnimo od Adama. Od njih dvoje, mislim da su veći izgledi da on progovori. – Ispravio se. – Kad kažem „progovori", mislim da odgovara na pitanja. Nema sumnje da je njegovu sestru teško ućutkati, ali neće biti lako dobiti od nje jasne odgovore na direktna pitanja.

7.

Petak popodne

Bilo je to zanimljivo popodne. Razgovor sa Elizabet Makgregor, pomoćnicom direktora, dao nam je sjajan uvid u psihu Reksa Hantera. Na početku je pokušala da porekne da je išta bilo između nje i njega, ali na kraju je popustila i priznala.

– Kad sam upoznala Reksa... gospodina Hantera radila sam ovde duže od dve godine. Bio je vrlo ljubazan prema meni, i zavolela sam ga od početka. Volim muškarce koji znaju šta žele. Da, znam da je uznemirio neke ljude ovde, ali činjenica je da je mali lokalni teren za golf pretvorio u veliko odmaralište u roku od nekoliko godina. To ne može da se uradi ako nisi prodoran.

– A kad je vaša veza s gospodinom Hanterom postala intimna? Da li je i dalje bio u braku ili je bio razveden?

Bila je dovoljno pristojna da izgleda kao da joj je neprijatno. – Da budem iskrena, počela je nakon što smo se upoznali. Naša veza je trajala gotovo dve godine. – Pogledala nas je i objasnila. – Bio je vrlo nesrećan sa Džun, prvom ženom. Bila je prava Australijanka i rekao mi je da nikad nije želela da dođe ovamo. Mrzela je svaki minut proveden ovde. Odbila je da uči italijanski i kazao je da je brzo počela da ima probleme sa alkoholom. Život u vinskom regionu kao što je Kjanti predstavlja veliko iskušenje. Reks se, zbog toga, okretao meni za podršku i razumevanje.

Morao sam da pomenem ono što su mnogi ljudi govorili o Reksu. – Kazali ste da je uznemirio neke ljude. Čuli smo od mnogih ljudi da je umeo da bude nepristojan. Kako ste mogli da se zaljubite u nekog takvog?

– To je bilo spolja. Da, umeo je da bude oštar, možda i grub povremeno, ali sa mnom, nasamo, bio je ljubazan.

– Ali to nije ono što je rekla njegova prva žena.

Prezrivo je frknula. – To je njena krivica, ne njegova.

– Kako ste se osećali kad se razveo od nje?

– Bila sam srećna zbog njega. Videla sam da se promenio nakon što se ona vratila u Australiju. Bio je nov čovek.

– A kako se vaša veza s njim razvijala nakon toga? Da li ste mislili da ćete postati naredna gospođa Hanter?

Morali smo da sačekamo dok nije smislila odgovor. – Pretpostavljam da sam se, duboko u sebi, nadala da će se to dogoditi, ali nije. Raskinuli smo nekoliko meseci kasnije, ali ostali smo prijatelji, bliski prijatelji.

– A čija je ideja bio taj raskid?

– Nije bila moja. Volela sam ga. – Iznenada nas je pogledala. – Ali nisam ga mrzela zbog toga, stvarno nisam. Sigurno nisam bila ogorčena niti ljuta dovoljno da ga ubijem. Morate da mi verujete. Volela sam ga svim srcem. – I rasplakala se.

Virđilio je čekao dok ona nije obrisala oči i izduvala nos, pre nego što je nastavio. – Palo mi je na pamet, da li znate osnov za razvod braka? Pretpostavljam da je po australijskom zakonu dovoljno pokazati neusklađenost.

– Razveo se od nje jer ga je prevarila.

Nije pomenuta činjenica da je on više puta prevario ženu makar u poslednje dve godine.

– Priznala je preljubu?

Elizabet je klimnula glavom. – Da, a on je bio vrlo srećan jer joj je na kraju dao mnogo manje novca nego što je strahovao.

– A ko je bio taj muškarac? Da li je i dalje s njegovom bivšom ženom?

– Reks nije saznao. Džun je napravila grešku i pohvalila se time na jednoj večeri pred mnogo ljudi, uključujući i Reksovog advokata. Kad se otreznila, pokušala je da porekne, ali bilo je prekasno; već se bila izlanula. Ali nikad nije rekla ko je taj muškarac. Koliko znam, sad je sama u Australiji. Ko god da je bio taj muškarac, pretpostavljam da su raskinuli.

– Kažite mi, sinjora Makgregor, jeste li očekivali da će vam sinjor Hanter ostaviti nešto nakon smrti? Da li vam je ikad pominjao da će vas pomenuti u testamentu?

Odmahnula je glavom. – Reks je bio vrlo dobar prema meni. Kupio mi je stan u Akvarosi pre godinu dana, i davao mi je druge poklone, na primer automobil. Bio je vrlo velikodušan, ali nisam ni na trenutak očekivala da će mi ostaviti nešto. Zašto, da li je ostavio?

Sad je Virđilio odmahnuo glavom. – Bojim se da nije.

Bio sam prilično siguran da sam video razočaranje na njenom licu, ali samo na tren. – Kao što rekoh, dao mi je mnogo toga i nisam očekivala više.

– I rekli ste nam pre neki dan da ste radili u ponedeljak uveče, zar ne? – Klimnula je glavom. – I kažete da snimak s nadzorne kamere potvrđuje da niste napuštali radno mesto?

– Tako je. Nisam napuštala zgradu.

– Ali, naravno, kamere su u predvorju, ne u vašoj kancelariji. Imate lepa balkonska vrata koja gledaju na zadnji deo klupske zgrade. Da ste želeli, mogli ste da se iskradete tuda, zar ne?

– Nisam ubila Reksa, inspektore, morate mi verovati. Volela sam ga.

Nakon završetka razgovora, Virđilio i ja smo otišli na uobičajenu klupu i seli u hlad do sledećeg sastanka sa Adamom Hanterom. Saglasili smo se da je Elizabet Makgregor izgledala i zvučala uznemireno, i obojica smo joj poverovali kad je rekla da je volela Hantera i da ju je pogodila njegova smrt. Ta njena posvećenost njemu nagoveštavala je kako je stvarno imao ljubazniju, ljudskiju stranu, baš kao što je i Natali rekla, ali nije bilo sumnje da je većina ljudi videla samo grubu spoljašnjost. Nismo mogli da znamo je li stvarno bila s njim iz ljubavi, kao što je rekla, ili zbog besplatnog automobila i stana. Ako je to bila ljubav, naravno, onda možda oseća bol jer je muškarac koga je volela otišao i oženio se drugom ženom. A takav bol lako može da se pretvori u nešto zlokobnije.

U tri sata smo se vratili u zgradu i zatekli Adama Hantera u kancelariji. To je bila prijatna soba s prozorima koji gledaju na teren za golf i udobnim sofama za posetioce. U uglu sobe nalazio se frižider, verovatno s pićem za goste. Nama piće nije ponuđeno. Pozdravio nas je na italijanskom, koji je govorio neočekivano dobro. Uskoro je postalo jasno da je razgovarao sa očevim advokatom, koji je potvrdio vest da on i sestra neće ništa naslediti. Izgledao je očekivano sluđeno. Nakon što ga je upozorio da se razgovor snima, Virđilio je prešao na stvar.

– Kažite svoje ime i godine starosti, sinjor Hanter.

– Adam Džejms Hanter, imam trideset tri godine.

– Kažite mi, sinjor Hanter, zašto mislite da je vaš otac promenio testament i izbacio vas iz njega? To mi izgledao kao radikalan potez.

– To je *veoma* radikalan potez. Dženifer i ja smo razgovarali s majkom i možemo samo da zaključimo da je izgubio razum. – Pogledao je pravo u nas uz loše odglumljen prkos. – Nameravamo da osporimo testament na osnovu neuračunljivosti.

– Želim vam sreću. Prema mom iskustvu, dokazivanje neuračunljivosti je vrlo teško osim ako osoba ne počne da pleše gola po Pjaci dela sinjorija ili ne skoči s mosta Vekio. Pretpostavimo, na tren, da nije poludeo, mislite li da je pokušavao da vam nešto poruči? Da li je pokušavao da vama i vašoj sestri kaže nešto isključujući vas iz testamenta?

– Ako je pokušavao da dokaže da je poludeo za nekom nasumičnom ženom, onda je uspeo. – I dalje je pokušavao da zvuči odlučno.

– Da li je vama ili vašoj sestri rekao da namerava da vas izbaci iz testamenta? Razmislite pažljivo pre odgovora, jer imam svedoka koji vas je čuo kako se raspravljate u vrtu prošlog četvrtka ujutro.

Adamov prkosni stav nije se zadržao. Nakon malo okolišanja, oborio je ramena, i priznao je da mu je otac rekao za svoje namere tog dana. Ispustio sam tih uzdah olakšanja. Mada je vrtlarka Ines čula raspravu, nije razumela ni reč, ali Adam to nije morao da zna.

Virđilio mu se nakon toga odlučno obratio. – Evo šta me zanima, sinjor Hanter: da li ste vi i sestra odlučili da ubijete svog oca pre nego što stigne da promeni testament, ne znajući da je već prekasno?

Na moje iznenađenje, Adam je izgledao potpuno preneraženo. Očekivao sam zbunjenost ili bes, a ne potpuno zaprepašćenje. – Mislite da sam ubio oca? Šta mislite ko sam: nekakvo čudovište? – Kao i mlada udovica njegovog oca, ako je glumio, to je bilo neverovatno izvođenje. Kad sam ga video tako očigledno zgranutog time, uhvatio sam sebe kako se predomišljam. Virđilio je, u međuvremenu, i dalje pokušavao.

– Trebalo je da izgubite mnogo novca. *Izgubili* ste mnogo novca. Ljudi su ubijani i za manje od toga.

Adam je nastavio da pokazuje gađenje i sve veći bes. – Ne mogu da poverujem šta slušam. Nikad u životu ne bih uradio tako nešto. Ako ćete da iznosite takve optužbe, mislim da mi je potreban advokat.

– Samo pokušavam da saznam zašto je vaš otac ubijen i ko ga je ubio. Molim vas, možete li da potvrdite gde ste bili u ponedeljak uveče između sedam i deset? Ne uznemiravajte se, sinjor Hanter, to je samo rutinsko pitanje.

– Već sam vam rekao prošli put. Bio sam kod kuće i večerao sam.

– A može li neko da potvrdi to?

– Da: moja partnerka, Emili. Bila je sa mnom čitavo veče, i čitavu noć, kad smo kod toga. Živi sa mnom u bungalovu. – Podigao je pogled i pojavio se tračak prethodne oholosti. – Uzgred, ta kuća se vodi na moje ime. Posedujem je. Nova žena mog oca... udovica, neće je se dokopati.

Virđilio je promenio ton u malo manje svadljiv. – Hvala vam što ste razjasnili to. Imam samo još jedno osetljivo pitanje: mislite li da je vaša sestra možda ubila vašeg oca?

– Naravno da nije. To je nezamislivo.

Ovog puta se na Adamovom licu pojavila uvređenost i naznaka još nečeg. Da li je potajno mislio da je ona sposobna za ubistvo? Dao sam sve od sebe da ga isprovociram.

– Rečeno nam je da je možda imala neke psihijatrijske probleme. Da li je to tačno?

– Da, ali ništa ozbiljno. Uvek je bila veoma napeta, ali lekovi koje uzima je smiruju. – Glas mu je postao nežniji. – Ona mi je starija sestra i volim je, i čitavog života sam se brinuo o njoj. Imala je problema, ali nije sposobna da ubije nekog, posebno ne našeg oca. Morate da mi verujete.

To je bacilo dodatno svetlo na odnos između sestre i brata. Očigledno je smatrao sebe sestrinim čuvarom. Virđilio je nastavio da ga ispituje.

– Kažite mi, imate li neku predstavu ko je mogao da ubije vašeg oca? Jasno je da nije bio omiljen čovek. – Mada su Natali i Elizabet Makgregor tvrdile da su videle njegovu nežniju, blažu stranu.

Adam se gotovo osmehnuo. – Omiljen? Većina ljudi ga nije volela, a neki su ga verovatno mrzeli. Nije bio čovek koji je mario za druge.

– Uključujući i svoju porodicu? – Mislio sam da pomenem to, a on je klimnuo glavom.

– Majka je provela trideset pet godina s njim, i to ju je gotovo ubilo.

– A da li ste ga *vi* mrzeli?

– Možda ga nisam mrzeo, ali nisam ga voleo, i nisam ga poštovao kao čoveka. Prezirao sam ga zbog ponašanja, posebno prema našoj majci. Da vam odgovorim na pitanje, inspektore, mnogi ljudi ga nisu voleli, ali ne mogu da se setim nikog ko ga je mrzeo dovoljno i bio dovoljno lud da pribegne ubistvu.

Kad smo izašli iz Adamove kancelarije, krenuli smo prema baru u atrijumu i naručili kafu. Popili smo je za stolom u uglu, daleko od radoznalih ušiju, i saglasili se da je njegova reakcija izgledala iskreno i spontano. Nismo ga zasad isključili iz istrage, ali izgledao je kao manje verovatan kandidat za ubistvo. Dok smo razgovarali telefon mi je zazvonio, i video sam da je Triša. Pogledom sam se izvinio Virđiliju i javio se.

– Zdravo, Triša, kako si?

– Zdravo, tata. Dobro sam, hvala, ali mama je skrhana.

– Da li je s tobom?

– Da, od juče. Bolno je očigledno da ju je taj raskid gadno pogodio. – Nastavila je nakon kratke pauze. – Ali nije sve toliko loše.

– U kom smislu?

– Kaže da ju je to navelo da zastane i razmisli o poslednjih nekoliko godina. Čak je promrljala nešto o tome kako je razvod od tebe bio možda najveća greška u njenom životu.

Morao sam da se potrudim da mi vilica ne padne. Ni za sto godina ne bih očekivao da to čujem. Moja žena me je napustila i razvela se od mene, iako sam napustio posao koji je toliko mrzela da bih provodio više vremena s njom. Ostavila me je zbog drugog muškarca, i to me je zabolelo. Mada nisam bio u vezi otad, nastavio sam svoj život i nisam imao nameru da ponovo prolazim kroz to. Zato sam oprezno odgovorio.

– Rekla si sama, Triša, uznemirena je. Daj joj malo vremena i preboleće. A što se tiče toga da ponovo budemo zajedno, bojim se da je prekasno za to. Šta je bilo, bilo je. – Pogledao sam u Virđilija koji je naglašeno gledao laminirani meni na stolu, iz tolike blizine, da je izgledalo da želi da ga nauči napamet. – Ne misli ona to. Samo je usamljena.

– Mislim da je više od toga, tata, makar se nadam da jeste.

– Eto, upravo si rekla: *nadaš* se. Slušaj, Triš, moraš biti realna. To se neće dogoditi. Osim toga, imam nov život u Toskani. Ne bi se snašla ovde.

– U vezi s tim... Predložila sam joj da ona i ja otputujemo na nekoliko dana, da se malo odmori. – Zastala je pre nego što je zadala završni udarac. – Mislila sam da odemo do Firence na dan-dva. Objasnila sam to svojoj šefici, i rekla mi je da uzmem nekoliko slobodnih dana. A mama nikad nije bila u Firenci, kao što znaš.

Moja baba je Italijanka, i često sam podozrevao da je nešto od Makijavelijeve DNK zaobilaznim putem došlo do moje ćerke. Bio je to odvažan plan, ali nimalo lukav.

– Stvarno ne mislim da je to tako dobra ideja, Triša. Gde biste odseli? Ne mogu da je pozovem da bude kod mene.

– Pronašla sam lep hotelčić nedaleko od glavne stanice u Firenci. Možemo da dođemo vozom od aerodroma u Pizi i stignemo tamo za malo više od sat vremena.

– A kad otprilike?

– Našla sam slobodna mesta u avionu za nedelju ujutro, a povratak bi bio u utorak uveče. Tako ćemo imati gotovo čitava dva dana za razgledanje. – Još jedna značajna pauza. – U svakom slučaju, ona misli da je to dobra ideja, tako da sam rezervisala sve.

Brzo sam razmislio. Danas je petak, što znači da dolaze za manje od četrdeset osam sati. Nisam video Helen duže od godinu dana, i za to vreme se sve promenilo za oboje. Trudeći se da ne izgledam zaprepašćeno, ponovo sam pokušao da je urazumim. – Triša, jesi li razmislila o tome? Jesi li sigurna da radiš pravu stvar?

– Jesam i znam da radim. Slušaj, tata: ti odluči. Mislila sam da možda odemo na večeru na neko neutralno mesto u nedelju uveče. Bez pritiska. Sedi s njom – biću pratilja ili sudija – i vidi kako će veče proteći. Ako prođe dobro, možeš ponovo da je vidiš u ponedeljak ili utorak, a ako ne prođe, makar ćeš je videti još jednom.

Kad se razgovor završio, pristao sam na večeru u nedelju – kao što je Triša znala da hoću – i čak sam dozvolio da me natera da dođem po njih i dovedem ih u svoju kuću sledećeg dana, u zavisnosti od toga kako veče prođe. Triša je insistirala da njena mama ima pravo da vidi gde živim i da upozna mog novog najboljeg prijatelja Oskara.

Završetak poziva poklopio se sa spuštanjem čašice bistre tečnosti ispred mene. Dok sam spuštao telefon na sto, pogledao sam Virđilija, ali pre nego što sam išta rekao, pokazao mi je rukom da treba da pijem.

Uradio sam kako mi je naloženo i, kad sam povratio kontrolu nad glasom, nakon velikog gutljaja grape, video sam da se osmehuje.

– Izgleda da ti je to baš prijalo.

– To jeste, ali ne i ovo pre toga. – Bio sam prijatno iznenađen što sam mogao da govorim nakon eksiranja žestokog pića. – Ali hvala. Verovatno si shvatio šta se dogodilo.

– Shvatio sam da organizuješ večeru za troje u nedelju uveče. Želim ti sve najbolje.

Znao je tužnu priču o mom razvodu i nije bilo potrebe da ga podsećam na to. Samo sam mogao da naručim još jednu kafu da bih prikrio miris grape u dahu i spremio se za predstojeći razgovor s ćerkom Reksa Hantera. Nisam se radovao tome, ali bio sam siguran da će to biti mnogo lakše nego ponovni susret s bivšom ženom u nedelju.

Razgovarali smo u kancelariji Pitera Nelsona, računovođe, koji je otišao u Firencu do kraja popodneva. Dženifer Hanter je već bila tamo kad smo stigli, sedela je za stolom, prava kao kolac, tako da smo morali da sednemo ispred nje. Uz moju povremenu pomoć, Virđilio je vodio razgovor na engleskom, i počeo je kao s njenim bratom, govoreći joj da se razgovor snima i savetujući joj da dobro razmisli pre odgovora. Saslušala je njegove reči i jedva primetno klimnula glavom. Dok je njen brat izgledao zaprepašćeno sadržajem novog testamenta i iznenadnom promenom životnih okolnosti, njen izraz je bio nedokučiv... na početku.

Nakon što nam je rekla puno ime i prezime i datum rođenja – imala je trideset pet godina – i trenutnu adresu u Australiji, Virđilio je počeo od noći ubistva.

– Rekli ste nam da ste u ponedeljak uveče bili na stazi koja vodi do vile, negde oko osam i četrdeset pet. Da li je to tačno?

– Vreme je tačno, ali nisam išla u vilu. Odbila sam da ostanem pod istim krovom s tom malom... novom očevom suprugom. Išla sam u kuću svog brata, gde sam odsela.

– A kako ste išli?

– Vozila sam bratov motor.

– Vozili ste motocikl?

Virđilio je bio iznenađen koliko i ja. Nekako nisam povezao tu otmeno odevenu ženu s nečim tako običnim. Zagledao sam se u nju dok je odgovarala. Ispod nadmenog izraza lica, video sam još nešto, nešto znatno primitivnije. Sigurno je zračila mržnjom – da li prema nama, ili novoj maćehi, ili životu uopšte, nije bilo poznato – ali nije bilo sumnje da se jedva suzdržava. Bilo je to kao gledanje jednog od onih islandskih gejzira dok prvi upozoravajući mehurići počinju da se pojavljuju pre nego što mlaz ključale vode eksplodira u nebo.

Izazovno nas je pogledala. – Šta fali voženju motocikla? Adam i ja smo išli u školu motociklima. – Čuli smo koliko se trudi da zadrži kontrolu nad glasom i temperamentom. – Naša porodica nije uvek živela u luksuznim vilama. Odrasli smo u drvenom bungalovu u provinciji. Tako smo živeli.

– Shvatam. Recite mi, molim vas, šta ste tačno videli dok ste vozili stazom pored osme rupe.

– Videla sam svog oca kako stoji kraj peščane prepreke, gde mu je telo kasnije pronađeno. Mahnuo mi je, ali nisam se zaustavila.

– Da li ste sigurni da je to bio vaš otac?

– Naravno da je to bio moj otac. Mislite da ne poznajem svog oca? – Glas joj se povisio za oktavu, i video sam da Virđilio daje sve od sebe da opusti napetost u prostoriji.

– Hvala vam. Kažite mi, da li biste rekli da ste se dobro slagali sa ocem? Izgleda mi da nije bio omiljen čovek. Čak se i vaš brat slaže sa mnom.

– Mrzela sam svog oca. – Te četiri reči bile su izgovorene neverovatno odmerenim tonom.

– Da li biste mi rekli zašto?

– Zbog načina na koji se ponašao prema mojoj majci. Možete li zamisliti kako izgleda, inspektore, kad vam se u školi rugaju zbog glasa koji prati vašeg oca?

– A kakav ga je glas pratio? – Mada smo obojica znali odgovor.

– Bio je siledžija i preljubnik, ali pre svega nije mogao da drži ruke dalje od tuđih žena, a neke od njih su bile majke mojih školskih drugova. Bio je takav čitavog života.

– Čak i nedavno? Sustizale su ga godine, zar ne? – Pošto je Hanter bio svega pet-šest godina stariji od mene, to me je pomalo žacnulo, ali nisam ništa rekao. Ljudi su mi govorili da su pedesete nove četrdesete, ali bilo je trenutaka tokom zime kad sam se budio osećajući se kao da mi je šezdeset šest.

– Rekla sam čitavog života i mislila sam čitavog života. Ta poslednja žena... – Videli smo kako se trudi da je ne zaspe uvredama. – Njegova poslednja žena bila je samo vrh ledenog brega. Da li ste znali, na primer, da je imao prljavu aferu sa Elizabet Makgregor, pomoćnicom direktora? A Adam kaže da je bilo i drugih. Taj čovek je izgubio kontrolu.

– A vi ste ga mrzeli zbog toga?

– Već sam vam rekla to.

– Da li ste ga mrzeli dovoljno da želite da je mrtav?

Nakon vrlo kratkog oklevanja, klimnula je glavom. – Mnogo puta sam se nadala da će umreti.

– Da li ste ga mrzeli dovoljno da ga lično ubijete?

Ponovo je odgovorila odmah. – Ne znam, možda. – Nije gledala u nas. Gledala je u prazno, negde kroz prozor. Pitao sam se da li će

80

Virđilio prihvatiti ovo neočekivano priznanje, ali glas mu je bio bez emocija kad je pitao: – A da li ste ga ubili?

– Ne, inspektore, nisam. – Ponovo ga je pogledala. – Ne mogu da kažem da mi je žao što je mrtav, ali nisam to uradila. – I nekako, uprkos svemu što nam je upravo rekla, poverovao sam joj.

– Činjenica da ste, prema sopstvenom priznanju, bili gotovo izvesno poslednja osoba koja ga je videla živog i da ste bili na mestu gde se dogodilo ubistvo. Smem li da pretpostavim da nemate svedoke koji mogu da potvrde vašu nevinost?

– Nemam svedoke, inspektore, ali isto se odnosi i na vas. – Prkosno ga je pogledala. – Nemate dokaz da sam uradila to, a pretpostavljam da ovde u Italiji i dalje verujete da je osoba nevina dok se ne dokaže da je kriva. I tako ćete morati da se potrudite i dokažete da sam kriva, ali ne možete jer nisam to uradila. Pored toga, nisam bila poslednja osoba koja ga je videla živog. To je bio ubica.

Virđilio nije reagovao na njenu provokaciju. Umesto toga, promenio je pristup.

– Vaš brat nam je rekao da ste se lečili zbog psihičkih problema. Da li je to istina?

Lice joj se smrklo. – To nema veze s vama. Ako želite da zatražite medicinske izveštaje, moraćete da dobijete nalog. U Australiji su te stvari poverljive. – Pogledala ga je mrko i zlobno. – Ali uveravam vas da to nema nikakve veze sa smrću mog oca.

Virđilio je, nimalo ometen, nastavio. – Zašto mislite da je vaš otac odlučio da izbaci iz testamenta vas i brata?

– Nema sumnje da je to zbog... zbog njegove nove supruge. Ona ga je naterala na to.

– I zbog toga ste se mnogo naljutili. Lično sam to video jutros. Otac je obavestio vašeg brata prošlog četvrtka da će promeniti testament. Da li vam je Adam to rekao?

Nakon kraćeg oklevanja, klimnula je glavom. – Da, jeste. Bio je besan, kao i ja.

– Dovoljno besan da razmišlja o ubistvu?

– Razmišljanje o ubistvu je jedna stvar. Preduzimanje nečeg u vezi s tim je druga stvar. – Zastala je na tren ili dva pre nego što je nastavila smirenijim tonom. – Pored toga, inspektore, nije mi bilo u interesu da ubijem oca. Da jeste, moguće je da bih postala ubica.

– A zašto?

– Dobijala sam od njega mesečni džeparac, koji je značio da mogu da radim šta želim.

– A to je?

– Ja sam umetnica, inspektore. Imam atelje u Australiji, u kojem slikam, i prodajem slike kad i gde mogu. Realna sam i znam da verovatno nikad neću zaraditi dovoljno od prodaje svojih slika, tako da je pet hiljada dolara koje mi je otac mesečno davao značilo da mogu da nastavim. Ne, nije mi koristilo da ga ubijem.

Opet sam bio sklon da joj poverujem.

8.

Subota

– Šta bi ti uradio, Oskare?

Nisam govorio o istrazi, ali njemu to nije bilo važno. Otkako me je Triša pozvala, razmišljao sam o dolasku svoje bivše žene. Nakon malo razmišljanja, rezervisao sam sto za nedelju uveče u malom restoranu u Borgo San Lorencu, u središtu istorijskog centra Firence. Virđilio mi ga je pokazao, i on i ja smo jeli tamo mnogo puta, i znao sam da će hrana biti dobra. Ali hrana je bila najmanja od mojih briga, što sam objašnjavao psu dok sam se vraćao u klub u subotu ujutru, na svoj poslednji čas tenisa sa Abigejl. Danas smo imali samo jedan sat, tako da sam poveo Oskara. Parkiraću se u hladu, a on će moći da drema u kolima, a onda ću ga odvesti u dugu šetnju.

– Šta ako Helen želi da ponovo budemo zajedno? Mora da shvati da su se stvari među nama nepovratno promenile. Moraću da joj objasnim to, ali ne radujem se tome. Moram da joj kažem, zar ne, Oskare?

Kad je čuo svoje ime, njegovo krzneno lice pojavilo se iznad naslona zadnjeg sedišta i na trenutak, kunem se, video sam u retrovizoru kako je odmahnuo glavom. Bilo je sasvim jasno da ni on nije znao. Izgleda da mu nije bilo važno koji jezik koristim, bio je dobar slušalac, ali voleo bih da mi povremeno odgovori.

– Ona ne zna ni reč italijanskog. Ako odluči da se preseli ovamo, bojim se da bi mogla da završi kao prva žena Reksa Hantera, ogorčena i besna. Ne bih podneo da me ponovo zamrzi. Bolje je da budem surovo iskren od početka. – Od razvoda, odnosi između mene i Helen nisu bili preterano srdačni, ali nije bilo ni neprijateljstva.

Oboje smo prihvatili situaciju i dali sve od sebe da nastavimo sa životom. Koliko god se deo mene radovao što ću je ponovo videti, racionalniji deo se bojao najgoreg.

Čuo sam kako je Oskar glasno uzdahnuo. Znao sam kako se oseća.

Parkirao sam se u hlad velikih borova, ostavio sve prozore napola otvorene i rekao Oskaru da bude dobar. Dok sam išao da se presvučem, video sam ga kako tužno gleda kroz bočni prozor, ali kad sam se vratio, odlučio je bio da legne. Možda nije bio previše srećan što je ostao sâm, ali preživeće, i biće nagrađen dobrom šetnjom.

Kad sam stigao do teniskog terena, zatekao sam zanimljiv prizor. Abigejl je već bila tamo i stajala kraj kapije, zaljubljeno grleći instruktora golfa Darija. Niko nije pomenuo tu vezu i zapitao sam se ima li nekog značaja za slučaj. Kad su me videli, rastali su se i on je otišao, mašući mi i osmehujući mi se u prolazu.

Čas se završio u deset i stajao sam i razgovarao sa Abigejl nekoliko minuta, pre nego što sam se vratio u klupske prostorije. Razgovor se, prirodno, bavio njenim odnosom s Dariom i potvrdila je da su njih dvoje vrlo bliski.

– Mislim da je to prava stvar, Dene. On je divan muškarac i dobro se slažemo. Upravo me je pitao da dođem da živim s njim, i pristala sam. – Pogledala me je u oči. – Činilo se da će ostati bez posla ovde, tako da je to veliko olakšanje.

– Da ostane bez posla? Zašto?

Namrštila se. – A šta mislite zašto? Zbog Reksa Hantera, naravno. – Pogledala je bojažljivo oko sebe, ali bili smo sami. – Pre nego što je Hanter otišao da se oženi, organizovan je golf turnir u klubu. Dario je igrao učetvoro s Hanterom i, umesto da mu dopusti da pobedi, Dario ga je pobedio. Hanter je bio toliko ljut da je rekao Dariju da počne da traži drugi posao. Bila sam stvarno zabrinuta. Uživam u svom poslu ovde, a posao instruktora tenisa nije lako pronaći, ali sad kad je Hanter mrtav, izgleda da ćemo Dario i ja ostati ovde i nadamo se da ćemo se skrasiti.

Poželeo sam joj sve najbolje i otišao da se presvučem. Sve vreme sam se pitao zašto mi Dario nije to ispričao, i pretvarao se da se priča o otpuštanju odnosi na jednog od njegovih prethodnika. Da li je shvatio da bi zbog toga postao osumnjičen za Hanterovo ubistvo? Da li to znači da je to uradio? Da, bilo bi to preterano za rešenje njegovih problema, ali nije se moglo pobeći od činjenice da mu je Hanterova smrt učinila veliku uslugu.

Kad sam se vratio do kola, pozvao sam Virđiliovu kancelariju i razgovarao s Inočentijem, koji me je podsetio na ono što sam zaboravio. Sutra je godišnjica braka Virđiliju i Lini, i idu na jedrenje oko ostrva Elba za vikend. Inočenti je sad bio zadužen za istragu i preneo sam mu najnovije vesti o učitelju golfa, i čuo sam ga kako stenje.

– Šef će poludeti kad čuje to: još jedno ime koje treba dodati na spisak sumnjivaca. Neće te iznenaditi kad čuješ da je alibi instruktora golfa, kad sam razgovarao sa svima u klubu, potvrdila Abigejl Kakosezvaše, tvoja instruktorka tenisa s divnim nogama. To znači da, ako su oni par, treba dodatno proveriti taj alibi, baš kao i alibi Adama Hantera, koji je obezbedila *njegova* partnerka. Razgovarali smo s njom, zove se Emili – još jedna lepotica – i potvrdila je da je bio kod kuće čitavo veče u ponedeljak, ali možemo li joj verovati? Počinjem da shvatam da naša prvobitna pretpostavka da većina glavnih sumnjivaca ima alibi nije tako čvrsta. Uzgred, razgovarao sam s tvojim prijateljem vinarom, Luiđijem Sinjezeom, a alibi za ponedeljak uveče dala mu je supruga i tri žene koje žive s njim, a svi su međusobno u nekom srodstvu, tako da je i to prilično bezvredno.

– Šta je s Nelsonom i Rouzlandom? Da li snimci s nadzornih kamera potvrđuju njihove priče?

– Da, u izvesnoj meri. Pokazuju da su se vratili u klub nešto pre devet. To je obično petnaestominutna šetnja – proverio sam sinoć – i pretpostavljam da je moguće da su pratili Hantera do peščane prepreke, ubili ga nakon što je njegova ćerka prošla na motoru, i onda ponovo strčali nizbrdo.

– Ali Rouzland nije sposoban za toliko trčanja.

– Slažem se, moguće je, ne i verovatno. Pored toga, koji bi motiv mogla da imaju njih dvojica?

Odvezao sam se iz kluba do istog parking mesta koje sam koristio u četvrtak, i ponovo prošao istim putem. Danas je bilo toplo, ali ne vrelo kao prethodnih dana i Oskar je srećno trčkao naokolo. Hodali smo prema rupi u žici da vidimo ima li otisaka stopala. Virđilio mi je rekao da su to njegovi ljudi već pregledali, ali uvek sam voleo da takve stvari proverim sâm. Odmah sam shvatio da je to uzaludan trud jer je zemlja bila tvrda nakon višenedeljne suše, ali pojavilo se nešto zanimljivo – ili, bolje rečeno, skrenuta mi je pažnja na to. Dok sam bio okrenut leđima, Oskar mora da se ponovo provukao kroz rupu u ogradi, i video sam njegov dugački crni rep kako zadovoljno maše dok je njuškao po visokoj travi na rubu terena za golf.

Pozvao sam ga i, na moje olakšanje, poslušno se vratio na drugu stranu, ali video sam da nosi nešto u ustima. Ovog puta to nije bio štap koji je trebalo da mu bacam ili loptica za golf, nego jedna bela kožna rukavica. Ubedio sam ga da mi je prepusti i nagradio sam ga bacanjem posebno velike borove šišarke u šumarak, da bi mogao da je donese. Dok je jurcao po žbunju, pažljivo sam gledao rukavicu.

Na osnovu mesta po kojem je njuškao, ta rukavica je bila na manje od sto metara od mesta zločina. Pretpostavio sam da je to rukavica za golf, mada nisam znao kako izgledaju. Nije bilo razloga da poverujem kako je imala ikakve veze sa ubistvom, ali nije izgledalo kao da je dugo ležala na zemlji, tako da sam je ubacio u jednu od Oskarovih vrećica za izmet – čistu! – i odlučio da je, za svaki slučaj, odnesem Virđiliju. Setio sam se jednog slučaja u Londonu od pre nekoliko godina, gde su forenzičari uspeli da pronađu delimičan otisak prsta *u* rukavicama. Ova rukavica je bila od meke kože, ali nije bila postavljena, tako da...

Nakon šetnje, vozio sam se pola sata do Firence i uspeo da pronađem mesto za parkiranje blizu železničke stanice. Dok sam prolazio kraj niza hotela idući prema policijskoj stanici, morao sam da pomislim na Helenin sutrašnji dolazak, i zapitao sam se gde će ona i Triša odsesti. Bio sam rastrzan između zadovoljstva zbog pomisli da ću je ponovo videti i užasa što ću morati da joj kažem kako nemam nameru da se ponovo upuštam u rizik nesrećne veze. Naš brak je bio srećan prvih dvadeset godina, ali postajao je sve gori kako su godine prolazile, a moj posao postajao sve zahtevniji. Verovatno je donela pravu odluku pre dve godine, da me ostavi, a ja nisam nameravao da ponovo prolazim kroz to.

Zatekao sam Inočentija u kancelariji i predao sam mu rukavicu uz napomenu da možda nema nikakve veze sa slučajem. Obećao je da će je poslati na analizu što je pre moguće. Razgovarali smo još malo o slučaju, i obojica smo se saglasili da iako imamo mnogo sumnjivaca, ne bismo lako izgradili slučaj protiv ma koga od njih. Dok je Oskar dremao na podu, očigledno uživajući u rashlađenom prostoru, pitao sam smem li da pogledam predmete uzete iz sefa Reksa Hantera. Proveo sam nekoliko minuta razgledajući zbirku papira i dokumenata, ali morao sam da priznam da tu nema ničeg neobičnog. Istraga je bila u zastoju, osim ako ne dođemo do novih informacija.

Tog popodneva sam se prošetao od svoje kuće do Montevolponea da proverim kako napreduju planovi za *festa del paese* naredne subote. Usput sam odveo Oskara do potoka kako bi mogao da se okupa. Mesec dana ranije je voda u tom bazenu bila dovoljno duboka da i ja plivam, ali sad je jedva bila dovoljno duboka da se Oskar praćaka. Mada je bilo malo svežije, dan je bio izuzetno vlažan, ali mislio sam da vidim prve naznake sivih oblaka koji se skupljaju na horizontu. Nije bilo sumnje da će svi zemljoradnici u okolini oduševljeno dočekati kišu. Kad govorimo o meni, imao sam neprijatan osećaj da bi ti sivi oblaci mogli da budu loš znak pred susret s mojom bivšom ženom sutra uveče.

Samo jedna osoba je sedela ispred Tomazovog kafića na trgu i, na moje iznenađenje, video sam da je to Bepe, osoba zadužena za održavanje terena u kantri klubu. Prepoznao me je i mahnuo mi.

– Dobar dan. Ima li nekih novosti?

Prišao sam mu sa Oskarom. – Ništa novo. Samo je prilično jasno da Reks Hanter nije bio omiljen.

– Tu ste u pravu. – Pomazio je Oskara po glavi. – Lep pas. Hoćete li ga prijaviti za izložbu naredne subote?

– Pristao sam, ali imam osećaj da se to neće završiti dobro. Postoji problem s njim i drugim psima.

– Želi da se bori protiv njih?

– Upravo suprotno. Bojim se da pomalo liči na Reksa Hantera.

Bepe se široko osmehnuo. – U tom slučaju, potražite pudlu Elizabet Makgregor. Ta se životinja ugledala na svoju vlasnicu, ako me razumete... – Namignuo mi je i pokazao prepoznatljiv pokret stisnutom pesnicom i podignutom podlakticom.

Pogledao sam svog psa, koji je sad držao glavu na Bepeovom kolenu. – Čuješ li to, pseto? Nema ljubakanja naredne subote, u redu? – Ponovo sam usmerio pažnju na Bepea. – Šta vas dovodi u Montevolpone?

– Čekam suprugu. Kod frizera je. – Pogledao je na ručni sat i ustao. – Sad sam se setio, rekao sam da ću sad otići po nju. Ja sam iz Akvarose, ona je iz Montevolponea, i uvek dolazi ovamo kod frizera. Da budem iskren, više dolazi zbog tračarenja nego ičeg drugog.

– Ako čuje neki trač o ubistvu Reksa Hantera, obavezno me obavestite, a ja ću to preneti inspektoru.

Ušao sam u kafić i naručio bezalkoholno pivo. Tomazo i Oskar su bili stari prijatelji, i doneo je psu posudu s vodom i malo hleba. Razgovarali smo i rekao mi je da pripreme za sajam idu dobro, mada će im biti potrebna sva moguća pomoć da nahrane pet hiljada ljudi – ili preciznije oko dvesta – naredne subote uveče. Obećao sam da ću pomoći i zahvalno je prihvatio moju ponudu. Osim straha da bi Oskar mogao da se obruka, radovao sam se tom događaju jer sam se sve više navikavao na život u Toskani. To me je ponovo podsetilo na Helen i sve vreme sam razmišljao o našem skorašnjem susretu dok sam se vraćao kući.

Kad sam stigao kući, razmišljao sam da sve očistim u iščekivanju gostiju u ponedeljak – u zavisnosti od toga kako prođe sutrašnje veče – ali Marija, moja čistačica, uradila je tako dobar posao da sam shvatio kako je to besmisleno. Bilo je kasno popodne i skuvao sam sebi šolju čaja i upravo sam seo da ga popijem u hladu lođe, kad mi je zazvonio telefon. Bio je to Inočenti i imao je važne vesti.

– Nešto se dogodilo udovici, Natali Hanter; odvezli su je u bolnicu. Izgleda da je otrovana. I dalje je živa, ali je u nesvesti. Kako šefa nema, da li bi mogao da dođeš u bolnicu sa mnom da vidimo šta se dešava i pomogneš mi s prevodom? Ako se probudi, moramo da znamo je li to uradila sama ili je neko pokušao da je ubije.

Odmah sam pristao i otrčao do kola. Ostavio sam Oskara u kuhinji s jednim od velikih psećih biskvita i naredio sam mu da bude dobar. U bolnicama, kao ni u golf klubovima, ne vole da im psi lutaju naokolo. Pola sata kasnije sastao sam se sa Inočentijem i jednim uniformisanim policajcem u glavnom predvorju bolnice *Santa Marija nuova* i pojurili smo hodnikom do odeljenja za intenzivnu negu. Kad smo stigli tamo, dozvolili su nam da provirimo kroza staklo u privatnu sobu u kojoj je Natali Hanter ležala u bolničkom krevetu prikačena za razne monitore, mašine, cevi i cevčice. Bila je bleda kao čaršav na kojem je ležala. Jedan lekar je izašao iz sobe, skinuo masku i podneo nam izveštaj.

– Preživeće. Isprali smo joj želudac i potrudili se da joj iz tela izbacimo što više *zankorepina*.

– *Zankorepin*? – To mi je zvučalo nekako poznato, ali Inočenti je tražio objašnjenje.

– To je lek za smirenje s brzim delovanjem. Predozirala se.

– Kad kažete „lek za smirenje", na šta tačno mislite?

Lekar je dugo i razočarano gledao Inočentija. – Mislim upravo na to. To je lek koji često koriste ljudi koji pate od akutne anksioznosti, napada panike i tako dalje. Ima umirujuće dejstvo na mozak. Ako se redovno uzima u odgovarajućoj dozi, može biti vrlo delotvoran. Ako se pretera, može da bude smrtonosan. Imala je sreće što su ljudi koji su je našli delovali brzo.

– Kako znate da je to taj lek?

– U ovakvim slučajevima, uobičajena je praksa da se izvadi krv odmah po prijemu pacijenta i da se potraže različiti patogeni. Dobili smo rezultate nekoliko minuta pre vašeg dolaska, ali bili smo sigurni od početka da je to nešto što je progutala, tako da smo joj već čistili sistem što je brže moguće.

Pitao sam Inočentija, i on mi je rekao da je Batista pronašao Natali kako leži bez svesti na podu salona, negde posle dva po podne. Pošto nije pila alkohol uz ručak, odmah je shvatio da to nije dobar znak i pozvao je hitnu pomoć.

Nakon što smo saznali da je pacijentkinja u veštački izazvanoj komi i da neće moći da razgovara ni sa kim najmanje dvadeset četiri sata, Inočenti i ja smo odlučili da napustimo bolnicu. Doktor nam je na rastanku rekao da se nada da će ona biti otpuštena u ponedeljak ili, verovatnije, utorak. Na moj predlog, uniformisani policajac je ostao ispred vrata na straži. Ako to *jeste* bio pokušaj ubistva, bojao sam se da bi počinilac mogao ponovo da pokuša. Kad smo izašli, Inočenti je pitao da li bih mogao da odem s njim do Hanterove vile zbog razgovora s batlerom i njegovom ženom, i rado sam pristao da pomognem. Putovali smo u dva automobila, ali Inočenti je očigledno žurio, upalio je rotaciono svetlo i sirenu i dao gas. Vozio sam iza njega, i projurili smo brzo kroz firentinska predgrađa. Zbog toga smo stigli u vilu za jedva dvadeset minuta i zatekli smo Batistu kako teši Marijarozu, svoju ženu, koja je plakala kao kiša. Kroz jecaje nam je postepeno ispričala sve.

– Sinjora Natali nije mnogo jela, i zato sam odlučila da joj danas skuvam supu – znate, dobru krepku supu punu povrća – i pojela je veliku zdelu uz malo hleba. Nakon supe, uspela sam da je navedem da pojede karamel krem i malo grožđa. Izgledala je prilično veselo kad je ustala od stola i otišla u salon.

– Šta mislite da se dogodilo?

– Otrov je bio u supi; mora da je bilo tako. – Marijaroza je zvučala kao da ne sumnja. – Nije bilo mesa ili ribe koji su mogli da se ukvare; to je bilo samo povrće i malo parmezana, a onda desert. Mora da je otrovana; to je jedino objašnjenje.

– Nije izgledala kao da želi da se ubije?

– Nipošto. U stvari, izgledala je i ponašala se opuštenije... još nije bila srećna, ali bila je manje uznemirena.

Batista je utešno spustio ruku na ženino rame. – Ispričaj im šta misliš... o prozoru.

Marijaroza je obrisala oči keceljom pre nego što je nastavila. – Pazili smo da vrata budu stalno zaključana, zbog neželjenih gostiju. – Nije pominjala imena, ali svi smo znali na koga misli. – Ali kako je danas bilo sparno, otvorila sam kuhinjski prozor jutros i, bez razmišljanja, ostavila ga otvorenog dok sam išla gore da spremim sinjorinu sobu. – Sad je zvučala malo smirenije. – Mislim da je neko ušao kroz prozor. Nema šanse da je iko uradio išta s kremom od karamela. Bio je u frižideru, i već se bio stegnuo. Da je neko pokušao da petlja oko njega, to bi bilo očigledno. Samo mogu da pretpostavim da je neko sipao otrov u supu?

– Da li je neko od vas dvoje jeo supu?

Batista je odgovorio za oboje. – U normalnim okolnostima, ja bih verovatno uzeo malo, ali danas je bilo vrlo sparno. Nas dvoje smo pojeli sendvič sa šunkom i sirom. – Pogledao me je u oči. – Hvala bogu, inače bismo sad i mi bili u bolnici... ili nešto još gore.

Marijaroza je podigla pogled sa svojih šaka. – Hoće li se sinjora oporaviti? Znate li kakav je to otrov bio?

Inočenti im je preneo dobre vesti da će se Natali verovatno oporaviti i da je izgleda otrovana nekom hemikalijom, ali nije rekao kojom. Nakon toga obišli smo kuhinju i Marijaroza je pokazala na pomenuti prozor. Sad je bio zatvoren. Kako glasi ona stara izreka o naknadnoj pameti? Imao je nisku prozorsku dasku i bio je očigledno dovoljno veliki da se neko provuče kroz njega. Izašli smo ispred ali smo otkrili – baš kao i kod rupe u ogradi – da je zemlja ispod prozora suviše tvrda da bi se na njoj videli otisci stopala. Pitali smo imaju li nadzorne kamere, ali rekli su da nemaju. Za svaki slučaj, otišli smo na sprat i potražili *zankorepin* u Natalinoj spavaćoj sobi i kupatilu, kao i u sobi njenog muža, ali bezuspešno. Čak smo proverili i kantu za otpatke, ali nije bilo tragova tog leka ili neke bočice u kojoj se možda nalazio.

Kad smo se vratili u prizemlje, Inočenti i ja smo prihvatili šolje s kafom od Marijaroze, koja je izgledala malo opuštenije sad kad nam je ispričala svoju priču i razgovarali smo o tome. Izgledalo je sigurno da je Natali otrovana, ali ko je to uradio? Ni Inočenti ni ja nismo mogli da zamislimo da su ovi divni stariji ljudi bili umešani u to, i bilo je pitanje ko nam onda ostaje? Inočenti je ukazao na očigledan problem.

– Što se mene tiče, sumnja pada samo na dvoje ljudi: Hanterovog sina i kćer, ali zašto? Ni ako ubiju Natali, očevo imanje neće pripasti njima. Sad je kasno za to. Dakle, ako su oni uradili to, to je moglo biti samo iz pakosti. Znaš... ako mi ne možemo to da imamo, neće ni ona.

– I ja tako mislim. A ako je to bila pakost, znam ko je najsumnji-viji. Mislim da treba da odemo i posetimo bungalov Adama Hante-ra, kako bismo razgovarali s njim i njegovom sestrom, posebno sa sestrom. Od njih dvoje, nemam sumnje da je ona opasnija, i mislim da je sasvim sposobna za ubistvo, ili makar pokušaj ubistva.

Inočenti je pozvao stanicu i dogovorio dolazak tima forenzičara da ispitaju ostatak supe i potraže otiske prstiju u kuhinji i na pro-zorskoj dasci, ali nijedan od nas nije gajio velike nade. Uz toliko kriminalističkih serija na televiziji u poslednje vreme, čak su i naj-gluplji kriminalci znali da je pametno da nose rukavice. Dok je Ino-čenti radio to, razgovarao sam s Batistom, koji je objasnio da postoji staza koja povezuje dve kuće. Rekao nam je da postoji zaključana kapija na ogradi između i dao nam je šifru za otključavanje. Otišli smo preko uredno pokošenog travnjaka i kroz šumarak čempresa, dok nismo stigli do čvrste kapije. Inočenti je uneo šifru, i krenuli smo prema bungalovu. To mesto kao da je izašlo iz nekog arhitek-tonskog časopisa, sa svojim velikim staklenim površinama, drve-tom i mermerom, kao i predivnim bazenom na padini. Ispružena na ležaljci kraj bazena bila je poznata figura u bikiniju. Gledala nas je kroz naočari za sunce kad je čula kako prilazimo.

– Šta želite? – Ovo nije bio najljubazniji pozdrav.

– Dobar dan, želimo da vam postavimo nekoliko pitanja. – Ino-čenti se trudio da oponaša Virđiliov varljivo srdačan pristup, a ja sam dao sve od sebe da zadržim taj ton u prevodu. Dženifer nije uzvratila istom merom.

– Zar mi niste već postavili i previše pitanja? – Sela je i umotala se u peškir. – Šta je sad?

– Zanima me vaše današnje kretanje, posebno sredinom jutra i u vreme ručka.

– Danas? Bila sam ovde. Zašto, šta se dogodilo?

– Niste napuštali bunglov čitavog dana?

– Upravo sam vam rekla, nisam.

– A šta je s vašim bratom i njegovom partnerkom? Jesu li ovde?

Odmahnula je glavom. – Otišli su u Firencu u kupovinu. Dobro, recite mi, šta se dogodilo?

– Otrovana je udovica vašeg oca, sinjora Hanter.

Zapravo se osmehnula, mada to nije bio prijateljski osmeh. Video sam da i dalje besni u sebi. – Tako joj i treba. Hvala vam što ste mi doneli lepe vesti.

– Zadovoljni ste što je otrovana?

– Ne budite toliko iznenađeni, policajče. Znate šta osećam prema njoj. Dobro, makar sad može da se pridruži mom ocu na mestu gde oboje pripadaju. – Osmeh joj je postao širi. – A ne sumnjam da će to biti u vatrama pakla.

– Može li neko da potvrdi da ste sve vreme bili ovde?

Osmeh nije napuštao njeno lice. – Niko, ali ne možete to da mi prikačite.

– Jer ste se potrudili da vas ne primete kad ste otišli da je ubijete?

– Jer vam kažem da nisam otišla tamo da nekog ubijem, i ne možete da dokažete to. – Vratila se na ležaljku i mahnula nam rukom. – I ne trudite se da me zovete na sahranu.

– Neće biti sahrane. Trovač nije uradio dobar posao. Natali je živa i u bolnici. Lekari kažu da će je možda otpustiti u utorak.

Dženifer je ponovo stavila naočari za sunce, ali imao sam utisak da je Natalin oporavak bio loša vest za nju. Brzo se pribrala, i kad je progovorila, i dalje je bila osorna. – Prava šteta. Dobro, više sreće sledeći put, ko god da je to uradio.

Ostavili smo je tamo, i dok smo se vraćali kroz kapiju, razmišljao sam o njenoj reakciji na vest. Bila je prava šteta što je nosila naočari za sunce jer sam uvek verovao da se mnogo može saznati iz posmatranja očiju osumnjičenog, ali na osnovu onog što sam joj video na licu, nije izgledala previše iznenađeno. Da li je ona uradila to? Sasvim je moguće. Problem je bio da to dokažemo. Kad smo bili dovoljno daleko od obe kuće, da niko ne može da nas čuje, zaustavili smo se. Inočenti je mislio isto kao ja.

– Nije dobra osoba. Mogla je to da uradi.

– Slažem se. Deluje vrlo hladnokrvno, samozadovoljno, sigurno u sebe, ali jesi li video kako je reagovala kad je čula da je Natali i dalje živa?

Inočenti je klimnuo glavom, i već je držao telefon u ruci. – Pozvaću stanicu i poslati još jednog policajca u bolnicu da čuva Natali Hanter. U pravu si: verovatno je i dalje u velikoj opasnosti.

9.

Nedelja

U nedelju uveče, bio sam nervozan kao tinejdžer pred prvi sa-stanak. Oskar mora da je predosetio to, jer je prišao i saosećajno me gurkao njuškom. Odveo sam ga u dugu šetnju po brežuljcima iznad svoje kuće tog popodneva – i poneo je čak tri štapa, koja sam dodao na hrpu donetih predmeta ispred kuće – tako da sam bio siguran da će spavati kad budem otišao u Firencu, posebno jer sam nameravao da ga nahranim pre nego što pođem. Nisam mogao da ga povedem sa sobom u restoran, jer nisu imali letnju baštu, a znao sam da će mi nedostajati njegova podrška.

Ali makar sam imao ćerku da mi pomogne.

Inočenti me je pozvao u vreme ručka da mi kaže kako je razgo-varao sa Adamom Hanterom i njegovom partnerkom, i da su po-tvrdili da su bili u Firenci prethodnog dana, ali uprkos navođenju prodavnica koje su posetili, nisu mogli da pruže konkretan dokaz da se nisu došunjali do vile da otruju supu. Bez pregledanja snima-ka s nadzornih kamera u centru grada, što je bio naporan zadatak, nije bilo načina da ih zasad isključimo sa spiska sumnjivaca, mada sam i dalje mislio da je sestra bolji kandidat za ubicu.

Vesti iz bolnice bile se pozitivnije. Natali se probudila iz kome tokom jutra i sad je izgleda spavala normalno. Izgovorila je svega nekoliko reči, ali to je bio dobar znak i obećao sam Inočentiju da ću u ponedeljak otići u bolnicu s njim, čim lekari izdaju odobrenje. Policija će je dotad čuvati.

Odvezao sam se u Firencu na večeru, i dalje više zabrinut nego srećan zbog mogućnosti da se sretnem s bivšom ženom. Pronašao sam mesto za parkiranje nekoliko ulica od restorana i pogledao na sat. Bilo je sedam i četrdeset pet, tako da sam polako hodao do restorana kako bih stigao tačno u osam, kako smo se dogovorili. Roko, vlasnik restorana, srdačno me je dočekao i pokazao preko pune sale za ručavanje prema okruglom stolu u udaljenom uglu, postavljenom za troje. Tamo je sedela Triša, okrenuta ka meni, a Helen mi je bila okrenuta leđima. Mahnuo sam ćerki i otišao do njih oduševljen kao hrišćanin koga su ubacili u arenu u kojoj je čopor lavova.

– Zdravo, tata. – Triša je skočila na noge, krenula ka meni i obavila mi ruke oko vrata. Dok me je ljubila u obraz, čuo sam je kako mi šapuće na uvo. – Izgledaš prestrašeno, ali sačekaj dok vidiš mamu. Čitavog dana je kao na ekserima.

Pomalo ohrabren, prešao sam poslednja tri koraka do stola i pogledao dole.

– Zdravo, Helen.

– Zdravo, Dene.

Okrenula je lice ka meni, i osetio sam neko olakšanje kad sam video da izgleda gotovo isto kao kad sam je poslednji put video. Kosa joj je bila malo duža, ali frizura je bila ista, a lice joj je bilo tako prepoznatljivo. Bila je odevena u otmenu, crvenu haljinu s printom i imala je odgovarajući ruž i pokušao sam da se setim kad je poslednji put stavila ruž za mene. Naravno, možda je to bilo zbog ćerke ili zato što je bila na odmoru. To nije ništa dokazivalo. A ako je i značilo nešto, šta s tim? Razvela se od mene, i to je bilo to...

Ili nije?

Stajao sam tamo trenutak ili dva, pitajući se da li da se rukujem s njom ili se sagnem i poljubim je u obraz, a onda sam odlučio da ne uradim ništa od toga i seo sam između njih dve.

– Nisi poveo Oskara? – Triša je sela i preuzela ulogu voditeljke.

– Psima je zabranjeno da ulaze u restoran. Dobro je, ostavio sam mu posebno veliku posudu hrane. – Mada je Helen sigurno od Triše čula za mog psa, okrenuo sam se prema njoj i ponudio joj objašnjenje, makar samo da bih nešto govorio. – Ponosni sam vlasnik crnog labradora. Sjajno je društvo. – Na trenutak sam zažalio zbog izbora reči. Nadao sam se da Helen ne misli kako govorim da je pas bolje društvo nego ona. Na moje olakšanje, osmehnula se.

– Triša mi je ispričala sve o njemu. Radujem se da ga upoznam.

U tom trenutku je vlasnik prišao da pita želimo li neko piće. Pogledao sam svoje gošće. – Da li bi boca penušavog vina bila prikladna?

Triša je brzo odgovorila. – Što se mene tiče, samo to što vas dvoje sedite zajedno izgleda mi kao povod za slavlje. Ja sam za.

Helen nije ništa rekla, i nakon kraćeg razmišljanja, naručio sam bocu penušavog rozea iz zapadne Toskane, nedaleko od obale. Otkako sam se preselio ovamo, brzo sam naučio da su Italijani veoma ponosni na svoje regionalne razlike, i mada sam znao da je Roko imao boce francuskog šampanjca i venecijanskog proseka u frižideru, bio sam siguran da će pozdraviti moj izbor lokalnog vina. Jedan konobar se pojavio minut kasnije s bocom i kiblom leda. Otvorio je bocu uz jedva čujno šištanje i napunio tri čaše pre nego što je spustio bocu u led i ostavio nas. Nameravao sam da održim zdravicu, kad me je ćerka preduhitrila, dižući čašu i ozareno nas gledajući.

– Živeli, mama, živeli, tata. Divno je što smo ovde ponovo kao porodica.

Helen i ja smo podigli čaše i kucnuli se, pre nego što smo uzeli po gutljaj vina. Osetio sam olakšanje što je vino dobro kao i pre i, za razliku od penušavog vina Luiđija Sinjezea, nije išlo u nos.

Naručili smo mešano predjelo, od tipičnih toskanskih brusketa, neke su bile sa seckanim paradajzom i maslinovim uljem, a neke s paštetom od pileće džigerice. Triša je vegetarijanka tako da ih nije probala. Nije znala šta propušta. Nakon toga su nam poslužili ručno sečenu kuvanu toskansku šunku i sočne komade narandžaste dinje, kao i izbor maslina različitih boja i veličina.

Postepeno, dok smo napredovali od predjela prema glavnom jelu – dve dame su odbile testeninu između – Helen i ja smo počeli da razgovaramo. Prvo smo pričali samo o ćerki, ali malo-pomalo sam video da se okrećem prema bivšoj ženi i obraćam joj se direktno, a i ona meni. Pričao sam joj o svom životu u Toskani, ali sam se trudio da izbegnem pominjanje činjenice da trenutno pomažem u istrazi ubistva. Ispričao sam joj o svojoj knjizi, mada sam umanjio očekivanja da će uskoro biti objavljena, a ona je zvučala kao da joj je drago zbog mene. Zauzvrat mi je ispričala o povremenom poslu koji je pronašla u lokalnoj humanitarnoj organizaciji, kojim je izgleda bila vrlo zadovoljna. Nije pominjala raskid svoje jednogodišnje veze s Timotijem Kakosezvaše, a ja nisam pitao.

Dok smo razgovarali, potajno sam je gledao, baš kao što sam siguran da je i ona gledala mene. Imala je nekoliko bora oko očiju koje nije imala pre godinu ili dve, ali u poređenju s našim poslednjim viđenjem usred razvoda braka, izgledala je dobro i privlačno kao i pre. Činjenica je da izgleda nisam prestao da je volim, i nadao sam se sve do kraja da bi stvari mogle ponovo da budu kao pre, ali i ranije sam doživeo razočaranje. Sad, koga zmije ujede i guštera se plaši, i znao sam da moram da snizim očekivanja, ali kako je večera odmicala, osećao sam kako moja rešenost slabi.

Za glavno jelo Triša je odabrala grilovani pekorino sir i grilovani plavi patlidžan, a Helen i ja smo naručili firentinski odrezak. To je ogroman goveđi odrezak na dasci, prekriven rukolom i parmezanom, uz brdo krompirića. Konobar je naseckao meso vertikalno i stavio komade na naše tanjire, dodajući kašiku punu krompira i povukao se uz tiho: – *Buon appetito.*

Obrok je bio izuzetan, ali tek što sam počeo da jedem, telefon mi je zazvonio. Bio je to nepoznat broj, i gotovo da sam odlučio da se ne javim, ali nešto me je navelo da pritisnem zeleno dugme. Čuo sam neki muški glas. Bilo mi je potrebno nekoliko trenutaka da ga prepoznam, pre svega zato što je bio vrlo uznemiren i gotovo je vikao.

– Den Armstrong? Da li ste to vi? Dobio sam vaš broj iz baze podataka u klubu, kad ste rezervisali časove tenisa. Pokušao sam da pozovem broj koji sam dobio od inspektora Pizana, ali niko se ne javlja. Slušajte, molim vas, nešto se dogodilo... – Zastao je i ispravio se. – Nešto užasno će se dogoditi... – A kasnije je dodao: – Ovde Adam Hanter – ali već sam shvatio to.

– Sačekajte trenutak, molim vas. – Promrljao sam brzo izvinjenje Helen i Triši i izašao na ulicu. – U čemu je problem, gospodine Hanter?

– Moja sestra je poludela. Uzela je moja kola i ide u Firencu da ubije Natali.

Nisam mogao da poverujem. Brat prijavljuje sestru? – Zašto mislite da želi da je ubije?

– Već je jednom pokušala. Upravo mi je rekla da je ona juče sipala otrov u supu. Nisam joj verovao na početku – jer tako je mogla da ubije ne samo Natali nego i Batistu i Marijarozu – ali kaže da je stvarno to uradila i otišla je da „dovrši posao" – njene reči. Kao što sam rekao, odlepila je.

Brzo sam razmislio. Ispred Nataline sobe nalaze se dva policajca, tako da ne bi trebalo da joj se nešto dogodi, ali shvatio sam da nam je Dženifer upravo dala priliku da je uhvatimo na delu. Nikakva oholost ili laži neće je izvući iz toga. Ako pozovem Inočentija, trebalo bi da možemo da joj postavimo klopku. Dao sam sve od sebe da mi glas ostane miran dok sam odgovarao, mada sam osećao kako mi adrenalin kola venama.

– Hvala na pozivu, gospodine Hanter, mi ćemo preuzeti stvari u svoje ruke. Ne brinite, pobrinućemo se da vaša sestra nikog ne ubije.

– Nije odgovorna za svoje postupke... – Sad je zvučao obeshrabreno. – Vidite, imala je probleme u prošlosti i zato je uzimala te lekove za smirenje. Izgleda da su prestali da deluju.

– Pobrinućemo se da se ništa ne dogodi nikom, uključujući i nju. Hvala vam, još jednom, što ste uradili pravu stvar, gospodine Hanter. – Mada bi pomoglo da nam je rekao o „problemima" svoje sestre kad smo ranije razgovarali s njim.

Čim je prekinuo vezu, pozvao sam Inočentija i osetio olakšanje što se odmah javio. Rekao sam mu za Adamov poziv i čuo sam ga kako je iznenađeno zviznuo. Zatim sam mu izneo svoj plan.

– Da sam na tvom mestu, rekao bih uniformisanim policajcima da se sakriju, a ti bi ušao i sakrio se u Natalinoj sobi. Kaži sestrama na recepciji da propuste Dženifer. Tako možeš da je uhvatiš na delu i imaćeš sve potrebne dokaze da je uhapsiš.

– Sjajan plan, Dene, ali postoji samo jedan problem: ja sam sad u Pontasijevu, na drugom kraju Firence. Biće mi potrebno dvadeset minuta ili čak pola sata da stignem do bolnice. Pozvaću dežurne policajce i reći im da postave klopku. Nadam se da će uspeti da urade to.

Zastenjao sam. Osim pretnje za Natali, to je bila sjajna prilika da uhvatimo ubicu. Duboko sam udahnuo i doneo brzu odluku. – Slušaj, Marko, ja sam sad u Firenci, ručam u Borgo San Lorenco. Mogu da stignem do bolnice za deset minuta. Pozovi svoje ljude i reci im da ću odmah doći, a onda ti dođi i zameni me, što pre budeš mogao.

Čuo sam uzdah olakšanja s druge strane. – Hvala, Dene, to je sjajno. Reći ću im da poslušaju svako tvoje naređenje kao da si inspektor lično. A ja odmah krećem.

Gurnuo sam telefon u džep i požurio natrag u restoran. Svestan da Dženifer sad juri prema bolnici, spremna da ubije, bio sam kratak.

– Veoma mi je žao. Nešto se dogodilo, moram da odem. Ako sve prođe kako treba, vratiću se za jedan sat.

Na moje iznenađenje, Helen je pružila ruku i uhvatila me je za podlakticu. – Nešto nije u redu? Jesi li dobro?

– Dobro sam, hvala. Ne radi se o meni. – Bio sam dirnut zabrinutim izrazom na njenom licu, ali nisam imao vremena za osećanja. – Objasniću ti kad se vratim. Stvarno mi je žao. *Ciao.*

Otišao sam do šanka i rekao Roku da ću se vratiti kasnije i da ne prihvati pokušaje moje porodice da plate račun. Uputio mi je ohrabrujući osmeh.

– Ovde ti verujemo, *Commissario.* – Zvao me je tako otkako sam počeo da dolazim ovamo s Virđiliom i otkad je saznao da smo obojica policajci.

Istrčao sam napolje i krenuo trkom prema bolnici – nakon toliko hrane, nije mi bilo do trčanja – i stigao sam tamo za manje od deset minuta. Znao sam da je vreme ključno. Adam je izgubio vreme pokušavajući da pozove Virđilija, a onda tražeći moj broj nakon što je njegova sestra otišla, tako da je Dženifer sad verovatno na putu ka bolnici. Nadao sam se da ću imati vremena da spremim sve. U bolnici sam zatekao dvojicu uniformisanih policajaca ispred Natalinih vrata i brzo sam im rekao šta želim da urade. Inočenti ih je već bio pozvao, a i oni su malo razmišljali. Soba kraj Nataline je bila prazna i stariji policajac je predložio da sačekaju tamo dok se ja krijem u njenoj sobi. Biće spremni da iskoče čim dobiju moj signal. Klimnuo sam glavom i pogledao oko sebe pre nego što sam primetio ono što mi je potrebno.

– Vidite ovo. – Uzeo sam malu metalnu posudu s kolica. – Kad je bacim na pod, lako ćete to čuti. To će biti vaš signal. Jeste li razgovarali s dežurnim sestrama?

– Da, gospodine, znaju da treba da zanemare sve posetioce.

Potapšao sam obojicu po leđima. – To je sjajno, momci. Vrlo dobro. U redu, uradimo to.

Dok su oni išli u susednu sobu, ušao sam u Natalinu. Tamo nije bio potpuni mrak i čulo se ujednačeno pištanje iz monitora za praćenje otkucaja srca, koji su zvučali umirujuće normalno. Na monitoru je pisalo 63, što mi je izgledalo kako treba. Nisam bio siguran za ostale brojeve na ekranu, ali izgledalo je da mirno spava, tako da sam je ostavio na miru i potražio neko skrovište. Drugi krevet u sobi bio je prazan i na trenutak sam razmišljao da legnem na njega, pokriven ćebetom, ali odlučio sam da bi mi bilo potrebno previše vremena da skočim i suočim se sa ubicom u pokušaju. Umesto toga, zauzeo sam mesto u uglu naspram Natalinog kreveta, prilično dobro sakriven jednim sklopljenim paravanom.

Čekao sam manje od petnaest minuta kad sam čuo škripu i video kako se vrata otvaraju. Spremio sam se i čekao. Jedna figura je ušla u sobu, pažljivo zatvarajući vrata pre nego što je pogledala oko sebe.

– Dene? Gde si? – Taj glasan šapat dopro je od vodnika Inočentija.

– Ovde sam, dođi i pridruži mi se. Neće moći da nas vidi s vrata.

Stisnuo se iza paravana pored mene i izneo vrlo razuman predlog. – Zar nisi rekao da imaš večeru u restoranu? Zašto se ne vratiš tamo? Ja ću se pobrinuti za sve.

Naknadna pamet je divna, mada izluđujuća stvar. Kad sad pomislim na to, sasvim mi je jasno šta je trebalo da uradim. Trebalo je da poslušam njegov savet i vratim se kod bivše žene i ćerke, koje su me čekale.

Ali nisam.

Možda je to bilo zbog uzbuđenja potere, ili nekog podsećanja na dane u službi, ili samo želja da vidim vrlo neprijatno ljudsko biće iza rešetaka, ali rekao sam mu da ću rado ostati s njim. Stajali smo iza paravana, jedan pored drugog, a jedini zvuk bio je pištanje mašina. Morali smo da čekamo još gotovo pola sata, i počeo sam da mislim da se Dženifer možda predomislila, kad smo čuli neki zvuk.

Pogledao sam na sat i video da je gotovo pola jedanaest, kad smo videli pomeranje kvake na vratima. Jedna figura je ušla i krenula odlučno prema Natali, zastavši samo da uzme jastuk s jedne obližnje stolice. Čak i u polumraku smo videli da je to Dženifer. Kad se nagnula napred da pritisne jastuk na Natalino lice, Inočenti i ja smo iskočili iz zaklona i uhvatili smo je. Bilo mi je drago što ju je Inočenti držao za drugu ruku, jer se Dženifer borila kao lavica, vrpoljila i bacakala, siktala i pljuvala nas besno. Uzeo sam metalnu posudu da pozovem pomoć, kad je neko upalio svetlo, a ona se iznenada opustila u našim rukama, i gotovo smo morali da je pridržavamo.

Inočenti je izvadio lisice i vezao joj ruke iza leđa, dok sam ja otišao da pozovem dva uniformisana policajca. Na osnovu Dženiferinog izgleda – prava pena joj je pošla na usta – nije bilo svrhe da pokušamo te večeri da razgovaramo s njom, tako da smo rekli dvojici policajca da je odvedu u stanicu. Inočenti i ja smo se upravo sređivali, kad nam je glas s kreveta privukao pažnju.

– Šta se događa? Ko je to? – Zvučala je vrlo slabo.

– U redu je, Natali. Ovde su Den Armstrong i vodnik Inočenti. Sve je u redu.

– Da li je to bila Dženifer? – Glas joj je i dalje zvučao nezemaljski. – Da li me je napala, ili sam sanjala to?

Prišao sam i uhvatio sam je za ruku. – Da, to je bila Dženifer, ali uhapsili smo je. Više ne može da vas povredi.

– Da li me je ona otrovala?

– Bojim se da je tako.

– Mislite li da je ona ubila mog... Reksa?

– Mislimo da je to vrlo verovatno, ali nadamo se da ćemo saznati sutra ako je stvarno ubila svog oca, kao što je pokušala da ubije vas. U svakom slučaju, ne brinite. Sve je u redu.

Legla je i video sam da je zatvorila oči. A onda, baš kad smo Inočenti i ja krenuli ka vratima, čuo sam ponovo njen glas, malo glasniji od šapata.

– Nije tako kao što izgleda.

Mislili smo da će reći još nešto, ali to je bilo sve. Videli smo da zatvara oči i pada u san.

10.

Nedelja uveče i ponedeljak

Nije tako kao što izgleda.

Stalno sam ponavljao te reči u mislima dok sam išao uzbrdo pod svetlošću zvezda, odsutno šutirajući šišarke koje je Oskar ostavio na tlu dok smo se peli. Izgledao je savršeno srećno, što je više nego što sam ja mogao da kažem nakon katastrofe s večerom. Ako nastavim da razmišljam o ubistvu, neću razmišljati kako sam uprskao ono što je moglo da bude neočekivano prijatno veče s bivšom ženom i ćerkom.

Kad sam se vratio u restoran malo posle jedanaest zatekao sam okrugli sto prazan i poruku na telefonu, u kojoj je pisalo:

Nismo mogle više da čekamo. Otišle smo u hotel.
Razgovaraćemo sutra. O, tata!

Za šankom, gde sam otišao da platim račun, vlasnik me je dočekao uz saosećajno odmahivanje glavom.

– Vi momci nikad ne prestajete, zar ne? Morate da uništavate privatni život. – Bez pitanja, stavio je dve čaše na šank i napunio ih veoma skupim francuskim konjakom. – To se ne razlikuje mnogo od mog života. Moj prvi brak je trajao dvanaest godina, a drugi nije izdržao ni deset. – Nazdravio mi je. – *Cin cin, Commissario.*

Dok sam hodao padinom po mrklom mraku, sat vremena kasnije sa svojim psom, i dalje sam razmišljao. Zašto nisam prihvatio Inočentijev savet i vratio se u restoran? Stvari s Helen su bile bolje nego što sam očekivao, nakon nesigurnog početka. Da li sam namerno pokušavao da sabotiram svaku mogućnost da ponovo budemo zajedno? Razočarano sam šutnuo jedan kamen, ali Oskar se nije potrudio da potrči za njim. Izgledao je potišteno kao i ja, ali možda je bio samo umoran. I ja sam bio, ali znao sam da me muči previše toga da bih zaspao.

„Nije tako kao što izgleda."

Šta je Natali mislila kad je to rekla? Seo sam na poznato oboreno stablo i razmišljao u potrazi za objašnjenjem. Naravno, to je možda bilo samo zato što je bila napola drogirana i napola uspavana, i nije mislila ništa posebno. Ili možda, počelo je polako da mi sviće, nije mislila na to što ju je Dženifer zamalo ubila. Šta ako je mislila na nešto drugo? Možda Dženifer nije bila stvarno Adamova sestra. Da nije Natali bila nešto drugo? Možda se ona i Reks Hanter nikad nisu venčali? Možda je sve to bila predstava Reksa Hantera da kazni svoju decu koju je smatrao bezvrednom, nezahvalnom ili nešto gore. Iznenada sam se setio dokumenata iz sefa, i shvatio sam da tamo nije bilo venčanog lista. Možda nije bilo venčanja. Ali, ako je tako, ko je Natali?

Setio sam se restorana dok sam sedeo tamo ispod stabala usred noći, s psom koji je hrkao kraj mojih nogu. Mogao sam samo da zamislim prizor u restoranu za stolom nakon mog odlaska nekoliko sati ranije. Imao sam osećaj da je Triša, pre ili kasnije, morala da kaže majci da sam se, prema njenim rečima, „ponovo igrao detektiva". Nije mi bio potreban stenogram njihovog razgovora da znam kako je Helen reagovala na tu vest. Evo nje, pravi poslednji pokušaj da se pomiri s bivšim mužem, čovekom koga je ostavila jer je sve više stavljao posao ispred nje – ili je ona to tako doživljavala – i uzvratio joj je radeći upravo to. Mora da je bila besna i verovatno veoma povređena.

Dugovao sam joj objašnjenje. Pogledao sam na sat i ustao. Video sam da Oskar otvara oči ali nije pokušao da se pomeri. Izgledalo je da mu je udobno... što je bilo suprotno od onog što sam ja osećao. Izvadio sam telefon. Bilo je prekasno da pozovem i izvinim se, i samo sam mogao da otežem i nadam se da ću moći da ispravim sve ujutro. Na kraju sam samo poslao Triši jednu reč.

Izvini. X

„Nije tako kao što izgleda." Stalno sam mislio na Nataline reči.

Da li je Reks Hanter smislio sve to samo da vidi kako će njegova deca reagovati kad saznaju da su razbaštinjena zbog njegove nove mlade žene? To nije imalo mnogo smisla, ali varanje na golfu kad se igra rekreativno, uništavanje istorijske zgrade jer ti kvari pogled, ili otpuštanje nekog kad te pobedi u igri takođe nije imalo smisla. Što sam više saznavao o tom tipu, to sam više shvatao koliko je bio čudan – čudan, samoživ, nemilosrdan i surov. Kao što je Virđilio rekao, sigurno je umesto tako komplikovane varke mogao da ih pozove i kaže im da će novac dati u humanitarne svrhe, ali možda je želeo da oni stvarno pate. Nije mogao da predvidi da će posledica njegovog lažnog braka biti ubistvo. Zar ne?

Odlučio sam da odem u policiju da još jednom proverim sa australijskim vlastima Natalin pravi identitet. Postojala je još jedna mogućnost koja mi je pala na pamet, i uhvatio sam sebe kako se radujem razgovoru s njom ujutro. Da li sam u pravu?

Legao sam u krevet u jedan ujutro, ispunjen pomešanim osećanjima. S jedne strane, postojalo je zadovoljstvo što sam uspeo da uhvatim ubicu – ili makar mogućeg ubicu – ali s druge strane nalazila se sumorna istina da sam uprskao poslednju priliku da se pomirim s Helen. Mada sam krenuo u restoran početkom večeri odlučan u nameri da joj objasnim kako ne vidim da imamo zajedničku budućnost, to je i dalje izgledalo kao mogućnost. Dok sam ležao i znojio se ispod samo jednog čaršava, kraj širom otvorenog prozora, na kraju sam postavio sebi stvarno nezgodno pitanje: da li mi je bilo lakše da odem i ostavim je – baš kao ona mene – nego da razgovaramo kao odrasli? I dalje sam razmišljao o tome kad sam konačno zaspao.

Dva sata kasnije probudila me je zasleplјujuća munja i grmljavina koja je zazvučala tako blizu da su mi uši zvonile nekoliko minuta nakon toga. Seo sam u krevetu dok je kiša napolju počinjala da pljušti, i kad kažem „pljušti" mislim da je lila kao iz kabla. Buka je bila kao ispod vodopada. Čuo sam jadno cviljenje odozdo i sišao da utešim svog hrabrog psa čuvara, koji se tresao od straha u svojoj korpi. Seo sam na keramičke pločice kraj njega i milovao sam ga po glavi dok je oluja dalje besnela. Ili, preciznije, grmljavina je trajala i dalje, a kiša nije prestajala. Na kraju sam se vratio u krevet, ali kad sam se probudio ujutro, zatekao sam crnog labradora, koji je trebalo da bude u prizemlju u svojoj korpi, zadovoljno ispruženog na podu kraj mog kreveta.

Kiša je još padala, a staza se pretvorila u reku. Čak ni Oskar nije bio previše zainteresovan za redovnu jutarnju šetnju i samo je izašao napolje da piški, i brzo se vratio. I opet se toliko pokvasio da sam morao da ga brišem peškirom, a kuhinja je celo jutro smrdela na mokrog psa.

Pogledao sam telefon da vidim ima li poruka od Triše, i ubrzo sam shvatio da nema signala. Grom mora da je oštetio predajnik. Izgledalo je kao da i dalje imam internet, pa sam poslao Triši imejl, pitajući je da li misli da bi trebalo da se izvinim njenoj mami, ali dobio sam odgovor tek popodne.

Zdravo, tata. Nadam se da je sve bilo u redu sinoć. Kao što možeš da zamisliš, mama nije bila zadovoljna. Rekla mi je da joj je to vratilo mnoge nesrećne uspomene. Posledica toga je da ćemo ona i ja otići vozom do Pize, gde ćemo prenoćiti. I dalje je vrlo uznemirena, tako da je to verovatno najbolje. Pozvaću te kad se vratimo sutra u Veliku Britaniju. XX

Pola sata kasnije, telefon je proradio i pozvao me je Virđilio, koji se upravo vratio s jedrenja. Imao je vesti.

– *Ciao*, Dene. Hvala ti što si bio sa Inočentijem sinoć. Sjajan ishod. Izvini što su te zvali, ali nije bilo signala na moru gde sam bio. Slušaj sad ovo: sidnejska policija nam je javila da je Dženifer Hanter provela neko vreme u mentalnoj bolnici zatvorenog tipa nakon dva nasilna čina koja, srećom, nisu rezultirala povredama. Otpuštena je pre nekoliko meseci. Pogodi koji je lek pila.

– Da nije slučajno *zankorepin*?

– Tako je. Forenzičari su pretražili jutros njenu sobu u bungalovu Adama Hantera, i pronašli dve prazne table *zankorepina* u korpi za otpatke. To je bila dvonedeljna zaliha, a doktor kaže da bi ta količina, zdrobljena i sipana u supu, bila dovoljna da uspava slona ili ubije nekoliko ljudi. Natali Hanter je imala mnogo sreće.

– Kako je ona danas? Da li su joj lekari dozvolili da razgovara s nama? Da li ti je Inočenti ispričao šta nam je rekla sinoć?

– Da, jeste, i malo smo proverili. Pitali smo ponovo australijske vlasti, ali isprave Natali i Dženifer Hanter su u redu. Nema ni traga venčanom listu tamo ili u vili, tako da izgleda da tu ima nečeg skrivenog. U bolnici kažu da bi želeli da je zadrže još jednu noć, ali da bi mogla da razgovara s nama kasnije danas. Inočenti kaže da si ponudio da dođeš i pomogneš. Da li je to u redu?

– Naravno, pod pretpostavkom da mogu da siđem s brežuljka. Staza se pretvorila u reku. – Pogledao sam kroz prozor i razveselio se kad sam video da je kiša gotovo prestala, mada je staza i dalje bila blatnjava.

– Ne brini, zamoliću karabinjere da pošalju landrover po tebe. Oni vole da gacaju po blatu. Doći će po tebe u dva, u redu?

Uspeo sam da prošetam Oskara, a onda ga odveo da pliva u sad nabujalom potoku da bi sprao blato sa sebe, pre nego što se tamnoplavi karabinjerski landrover pojavio vozeći uzbrdo kroz blato, da me odveze do Firence. Ostavili su me ispred bolnice, gde sam se u predvorju sastao s Virđiliom, i zajedno smo otišli do Nataline sobe. Zatekli smo je kako sedi na krevetu, izgledajući vedrije, ali, razumljivo, nimalo opušteno. Prva stvar koju je uradila bila je da mi se najsrdačnije zahvali što sam joj spasao život i onda je otkrila da je pokušaj ubistva nije potpuno iznenadio.

– Rekla sam Reksu da pravi veliku grešku. Takve stvari se nikad ne završe dobro. Rekla sam mu, ali me nije slušao. – Pogledala nas je dok smo sedali. – Što sam ga više upoznavala, to sam više shvatala da ume da bude vrlo tvrdoglav, iako su neke njegove odluke bile očigledno nerazumne.

– Kad kažete „takve stvari“, na šta tačno mislite? – Virđilio je govorio tiho i umirujuće.

– Igranje surovih igara s ljudima, sa svojom porodicom. Majka mi je rekla da ume da bude čudan, ali nisam znala koliko.

– Vaša majka ga je dobro poznavala? – Načuljio sam uši. – Da li će se moj predosećaj ispostaviti kao tačan?

– Vrlo dobro ga je poznavala. Znate, Reks mi je bio otac.

Virđilio i ja smo pogledali jedan drugog, i uočio sam zadovoljstvo na njegovom licu kad su stvari došle na svoje mesto. Naravno, moralo je da bude tako. Preuzeo sam ispitivanje. – Kažete nam da ste ćerka Reksa Hantera?

Klimnula je glavom. – *Vanbračna* ćerka Reksa Hantera. Napustio je moju majku pre trideset godina kad mu je rekla da je trudna, i odrasla sam mrzeći tog čoveka koga nikad nisam videla i koji se nije potrudio da vidi svoje dete. – Nadlanicom je obrisala oči.

– Kako ste se vi i on... – Virđilio je koristio svoj tihi, ohrabrujući glas.

– Vrlo mi je žao što sam vas obmanula, ali Reks me je naterao da se zakunem da ću čuvati tajnu. Nakon njegove smrti, bila sam toliko zbunjena, posebno zbog svih tih problema oko testamenta. Mislila sam da je lakše da se držim priče o braku dok se sve ne smiri. Kad sam vam rekla da sam ga upoznala pre svega devet meseci, to je bila istina. I takođe je istina da sam ga upoznala na klinici, ali nije bio pacijent. Moja mama je umrla prošle jeseni, i kad je saznao za to, došao je na kliniku da me potraži nakon toliko godina.

– Majka vam je umrla u Australiji?

– Da.

– A on je živeo ovde. Pa kako je saznao za njenu smrt?

– Banka mu je rekla. Vidite, plaćao je majci izdržavanje čitavog mog života, i kad je umrla, banka je kontaktirala s njim.

– A koliko je plaćao?

– Pet hiljada dolara mesečno. – Brzo je objasnila svoju izjavu. – Australijskih dolara. To nije bilo bogatstvo, ali bilo joj je dovoljno da preživi.

– I učinio je poslednji pokušaj da se ponaša pristojno uprkos tome što je napustio vašu mamu. – Bio sam zadivljen. Na osnovu onog što sam čuo o njemu, to je izgledalo neobično, ali samo je potvrđivalo koliko je bio čudan i nepredvidiv. Napokon, neki ljudi su ga voleli – ne mnogi, ali Elizabet Makgregor, na primer – tako da mora da je bio kao Džekil i Hajd.

– Više bih volela da sam imala oca. Ipak, kao što kažem, konačno je došao da me potraži, i sve što sam vam rekla o njegovim odlascima iz Italije u Australiju bilo je tačno, a vodio me je i na dva godišnja odmora. Mada je čekao gotovo trideset godina da uradi to, stvarno smo se povezali i uživala sam što konačno imam oca, posebno jer mi je mama bila nedavno umrla. Otkako sam ovde, slušala sam sve više i više o lošim stvarima koje je uradio, ali nikad nisam stvarno videla tu njegovu stranu. Sa mnom je bio šarmantan i ljubazan, iako vam je možda teško da poverujete u to.

– I kad je smislio plan da se vas dvoje pretvarate da ste u braku? I zašto?

– Pre nekoliko meseci, dok smo bili na odmoru u Vijetnamu. Ubedio je sebe da su njegova deca beskorisna – njegove reči – i rekao je da želi da ih testira. Ako se pojavi sa upola mlađom ženom i govoreći kako namerava da promeni testament, bio je siguran da će oni pokazati svoje pravo lice. Ako me prihvate, ili se makar ne budu previše bunili, to bi bio dokaz da nisu toliko loši koliko je on mislio. Kako se ispostavilo, bio je u pravu u vezi s njima, ili makar sa Dženifer. Adam je bio prilično neutralan prema meni, ali Dženifer je bila izrazito neljubazna. – Uzdahnula je. – A onda, naravno, ubili su ga i pokušali da ubiju mene. I dalje ne mogu da shvatim to.

Virđilio je požurio da istakne činjenice. – Još nema dokaza da su Dženifer ili Adam odgovorni za ubistvo vašeg oca. Nadamo se da ćemo saznati nešto više kad budemo danas razgovarali s Dženifer. Ali bilo kako bilo, činjenica je da verovatno Adamu dugujete život. Pozvao je Dena sinoć da nas upozori kako mu je Dženifer priznala da je pokušala da vas otruje, i da ide ovamo, s namerom da dovrši posao.

Natali je izgledala prijatno iznenađena. – Nisam znala... – Glas joj je zamro ali onda se pribrala. – To je dobro, to je stvarno dobro. Uvek sam mislila da je drugačiji od svoje sestre. – Odlučno je klimnula glavom. – Znate, mislim ono što sam rekla pre neki dan. Smatram da nije u redu što ih je moj otac tako izbacio, i nameravam da se pobrinem za oboje. Napokon, oni su mi brat i sestra. – Odlučno je klimnula glavom. – Čak i Dženifer, uprkos tome što je pokušala da mi uradi. Zvuči kao da ima velike probleme. Nadam se da će dobiti lečenje umesto kazne.

– Sigurno joj je potrebna pomoć. Izgleda da već godinama ima psihijatrijske probleme.

– Baš grozno. Reks nije trebalo da je provocira na taj način, znajući za njenu prošlost. Sećam se da sam ga molila da ne pokreće svoju malu predstavu, ali, kao što sam rekla, bio je vrlo tvrdoglav.

Kad smo izašli iz bolnice, Virđilio i ja smo krenuli u neki bar. Nakon kiše je bilo osetno svežije – ne hladno, ali manje vruće nego ranije – i seli smo u letnju baštu da popijemo kafu. Obojica smo i dalje razmišljali o onome što nam je Natali rekla.

– Bio je uvrnut i zloban tip, nego šta. – Virđilio me je pogledao. – Shvatam od koga je Dženifer to nasledila.

– A opet, Natali deluje izuzetno uravnoteženo. Zbog druge majke, naravno. Zadivilo me je što je odlučila da se pobrine za njih dvoje. – Popio sam gutljaj kafe. – Kaži mi nešto: da li misliš da je u pravu? Da li misliš da su Hantera ubila njegova deca, ili makar jedno od njih?

– Da vidimo šta ćemo saznati od Dženifer, ali ko zna? Kako ja to vidim, oni su jedini ljudi s jasnim motivom i klimavim ili nepostojećim alibijem.

– Ali Adam je zvao sinoć da spase Natalin život. – Znao sam da ta verzija događaja ne oslobađa Adama automatski od odgovornosti, i kad je Virđilio odgovorio, bilo je jasno da i on misli isto.

– Priznajem da ga to predstavlja u dobrom svetlu, ali to je možda obmana. Nije mogao da zaustavi sestru da krene u osvetnički pohod, tako da je pokušavao da se distancira od nje.

Vratio sam se s njim u policijsku stanicu, gde nas je Dženifer Hanter čekala u sobi za ispitivanje, sa uniformisanim policajcem koji je ćutke stajao iza nje. Dženifer je nastavila da gleda u svoje šake kad smo ušli i nije ništa rekla dok je Virđilio uključivao uređaj za snimanje. Počeo je od njenog imena, vremena i datuma, a onda joj se direktno obratio.

– Dženifer Dajana Hanter, optuženi ste za pokušaj ubistva Natali Hanter. To se odigralo sinoć u bolnici *Santa Marija nuova* u Firenci. Šta imate da kažete u svoju odbranu?

Napokon je podigla pogled. – Pitajte svog prijatelja. Bio je tamo. – Otrovno me je pogledala.

– Pitam vas, Dženifer. Da li poričete pokušaj ubistva?

– Samo mi je žao što sam sprečena da to uradim. – Ton joj je bio nepopustljiv.

– Nameravali ste da je ubijete?

– Zaslužila je da umre.

– Shvatiću to kao da. – Nije pokušala da porekne to, tako da je Virđilio nastavio. – A da li ste otrovali supu koju je pojela u subotu?

– Da, ali očigledno nisam dobro obavila posao. – Nije bilo ni traga kajanju, samo nezadovoljstva što joj plan nije uspeo. Virđiliova sledeća rečenica ju je trgla iz prividne nezainteresovanosti.

– Možda ćete želeti da znate da biste, da ste ubili Natali Hanter, ubili svoju sestru, tačnije polusestru.

Bilo je potrebno neko vreme da shvati šta je rečeno i onda ga je pogledala, s nevericom na licu. – Polusestra? Kakve su to gluposti?

Virđilio joj je ukratko ispričao šta nam je Natali rekla, i oboje smo videli kako se izraz na Dženiferinom licu menja kako je sve shvatila. Kad je završio s pričom, ona je bila bleda kao krpa i uznemirena, sušta suprotnost agresivnom i prezrivom držanju od pre nekoliko minuta.

– Ona mi je sestra? Imam sestru?

– I gotovo ste je ubili, baš kao što ste ubili svog oca.

Naglo je trgnula glavom. – Nisam ubila svog oca. Drago mi je što je mrtav – posebno sad kad sam čula kakvu je bolesnu šalu izveo sa Adamom i sa mnom – ali nisam to uradila. Rekla sam vam i pre. Da, videla sam ga na terenu, da, mahnuo mi je. Nema potrebe da kažem, nisam mu uzvratila i samo sam se odvezla. Kad sam ga poslednji put videla, bio je živ.

I to je ostala njena priča, i držala se nje – a ja sam joj poverovao. Obojica smo pola sata pokušavali da je nateramo da prizna ubistvo, ali ostala je odlučna da nije to uradila. U jednom trenutku sam je pitao da li je njen brat uradio to, a ona se nasmejala – istim jezivim smehom u kojem nije bilo ničeg veselog.

– Adam? Ni za hiljadu godina. Nema petlju za to. I dalje me zove da ubijem pauka kad ga vidi.

– Mislite da nije sposoban za ubistvo?

– Mora da se šalite.

Virđilio je na kraju završio razgovor i Dženifer su odveli u pritvor. Pogledao me je i umorno uzdahnuo.

– Ne znam za tebe, Dene, ali meni je potrebno piće.

Izašli smo i videli da se nebo dotad prilično razvedrilo, i sunce se probilo kroz oblake. Pronašli smo sto ispred jednog kafića nedaleko od policijske stanice i naručili dva hladna piva. Oko nas su prolazile gomile turista, nesvesne da smo na tragu ubice. Prvo nismo mnogo govorili, bili smo zadubljeni u misli, sve dok Virđilio nije rekao ono o čemu sam i ja razmišljao.

– Sklon sam da joj poverujem da nije ubila Hantera, ali ko ga je onda ubio?

– Znam, i ja se osećam isto i razmatrao sam druge osumnjičene. Ako zaboravimo na Dženifer i Adama, na tren, to nam ostavlja Natali. Nijedan od nas je ne vidi kako ubija nekog štapom za golf, ali možda je videla novi testament i shvatila da će naslediti sve i ubila Hantera kako bi se odmah dokopala novca. Štaviše, možda ga je ubila ne samo zbog novca nego da mu se osveti što joj je napustio majku. Sad kad znamo da je Natali njegova vanbračna ćerka, to povećava izglede da je ona naš ubica, koliko god to neverovatno zvučalo.

Virđilio je polako klimnuo glavom. – Nema pravi alibi za vreme ubistva. Batler i njegova žena su nam rekli da su čitave večeri bili s njom u vili, ali ta kuća je velika. Odatle do mesta zločina ima manje od deset minuta peške. Mogla je lako da se iskrade, ubije ga i vrati se neprimećeno. I ne zaboravi da je njena prva reakcija nakon što ju je Dženifer napala da okrivi brata i sestru za ubistvo oca.

– Dakle, Natali mora da bude ozbiljan sumnjivac, ali koga još imamo? Računovođa i Englez koji su igrali golf s njim imali su priliku, ali nismo uspeli da pronađemo neki ozbiljan motiv. Kakvi su izgledi da je računovođa falsifikovao račune i proneverio pare?

– Zasad nismo ništa otkrili. Moji ljudi i dalje proveravaju, ali sve izgleda čisto. Tražio sam detaljan izveštaj o finansijama. Taj drugi tip, Rouzland, izgleda da nije imao mnogo kontakta s Hanterom osim redovne partije golfa, tako da nema ničeg sumnjivog kod njega. Tu je instruktor golfa koji je trebalo da dobije otkaz. Inočenti ga ispituje da utvrdi zašto nam to nije rekao i pitaće ga zašto je izmislio priču da se to dogodilo nekom drugom. Ako tome dodamo činjenicu da se Hanter udvarao njegovoj devojci, to mu daje dodatni motiv. Alibi mu je dala partnerka, tako da ne možemo da isključimo ni njega.

– A tu je i Luiđi Sinjeze, seljak koji ga je mrzeo. Sviđa mi se taj tip, ali rupa u ogradi bi mu obezbedila bezbedan i lak pristup Hanteru i mogućnost da se neprimećeno povuče, tako da je i dalje u igri. A ne smemo da zaboravimo pomoćnicu direktora. Poverovao sam joj kad je rekla da je bila zaljubljena u Hantera, ali ljubav dovodi do zločina iz strasti. Možda se iskrala preko terase i ubila ga u nastupu ljubomore nakon što se pojavio s drugom, mlađom ženom, nesvesna da je Natali Reksova ćerka.

Virđilio je polako klimnuo glavom i tužno me pogledao. – Uprkos svoj zabavi sinoć u bolnici, i dalje nismo mnogo napredovali. Moram ponovo da razgovaram sa svim tim ljudima, zar ne?

– Mislim da moraš. Obavesti me ako ti bude potrebna moja pomoć. – Popio sam pivo i ustao. – Moram da obiđem psa pre nego što počne da grize sve oko sebe. Ima li šanse da me odvezeš do kuće? Ja ću platiti račun. – Krenuo sam prema šanku.

Kad sam platio pivo, Virđilio je upravo završavao telefonski razgovor. – Karabinjerski taksi će biti ovde za pet minuta. Mnogo ti hvala na pomoći, Dene. Žao mi je što smo te juče omeli. Nadam se da ti to nije pokvarilo nešto.

– Nisam siguran da je imalo šta da se pokvari. Bilo je to vrlo čudno veče.

Dosad smo dobro upoznali jedan drugog, i brzo sam mu ispričao šta se dogodilo. Njegova reakcija je bila očekivano saosećajna. – Inočentijev poziv nije mogao da dođe u gore vreme, zar ne? Baš mi je žao. Da li to znači da odustaješ od svoje bivše žene?

– Da budem iskren, to je sve vreme bila moja namera, a sad sigurno zvuči kao da je ona odustala od mene. – Slegnuo sam ramenima. – Ne sviđa mi se kako se to dogodilo, ali znam da je tako najbolje.

– A sve se raspalo zbog stare priče: ko je važniji porodica ili posao?

– Ti i Lina nekako uspevate.

Virđilio je klimnuo glavom. – Zasad, ali ne mogu da kažem da je previše srećna zbog toga što me zovu u bilo koje doba dana. Zato sam je za godišnjicu odveo na mesto gde sam znao da se to neće dogoditi. Ali, Dene, što se tiče tebe i tvoje bivše, verovatno si u pravu kad kažeš da treba da prekinete veze. Činjenica je da ti je detektivski posao u krvi. Znaš da mnogo cenim tvoju pomoć, ali ti nisi plaćen za to – osim tih neophodnih časova vežbanja bekhenda. – Osmeh mu se pojavio na licu kad se dosetio nečeg. – Znaš šta bi trebalo da uradiš: zašto ne postaneš privatni detektiv? Ovde sigurno ima mnogo ljudi koji govore engleski kojima je potrebna pomoć profesionalca kao što si ti.

– Kažeš da mi savetuješ da zaboravim Helen i usredsredim se na detektivski posao? – Uočio sam isti karabinjerski landrover kako se približava, ponovo blistav, nakon što je opran od blata.

– To je nešto što moraš sam da zaključiš, prijatelju.

11.

Ponedeljak uveče i utorak ujutro

Oskar i ja smo te večeri proveli dosta vremena raspravljajući se šta treba da uradim... pa, dobro, ja sam raspravljao dok je on ležao i slušao. Makar sam znao da dugujem Helen izvinjenje što sam otišao onako, ali nisam mogao da izbacim Virđiliov savet iz glave. Den Armstrong, privatni detektiv, zvučalo je kao iz nekog noar petparačkog romana Rejmonda Čendlera iz tridesetih godina dvadesetog veka, ali morao sam da priznam da je zvučalo dobro.

– Vidim nas, Oskare, kako rešavamo slučajeve kao savremeni Šerlok Holms. Ti možeš da budeš doktor Votson. – Pogledao sam ga, ispruženog na podu kraj mojih nogu. – Ili bi radije bio baskervilski pas? Slušaš li me, Oskare? Ponekad se pitam da li gubim vreme pričajući ti. Šta misliš o tome? – Kad je čuo svoje ime, otvorio je jedno oko, video da nema hrane i ponovo zažmurio uz bolan uzdah. Nimalo ometen odsustvom njegovog interesovanja, nastavio sam da sanjarim. – Ja u mantilu, sa šeširom, ti s burencetom koje ti visi s ogrlice, kao neki bernardinac. Samo što će *tvoje* burence biti puno pribora za rešavanje zločina, a ne rakije. A da, sad mogu da nas vidim...

Telefon mi je prekinuo sanjarenje. Kad sam se javio, video sam da je gotovo ponoć i iznenadio sam se – i odmah zabrinuo – kad sam video da je to Triša, a ne Virđilio, koja zove u ovo doba.

– Zdravo, dušo, da li je sve u redu?

– Dobro sam, hvala, tata. Ostavila sam mamu u sobi. Bila je umorna nakon obilaska grada tako da je već legla. Rekla sam joj da idem na piće kako bih mogla da izađem i razgovaram s tobom.

– Kako je ona? Bilo mi je grozno što sam morao onako da odem. Ako ti kažem da sam sprečio da ubiju jednu tvoju vršnjakinju, da li bi to popravilo utisak?

– O, tata, oboje znamo da ne bi odjurio da nije bilo važno. Mama je rekla to isto za vreme večere. Nije problem što si morao to da uradiš, u stvari jeste problem što si morao to da uradiš. Kazala mi je da je uvek znala da je bila na drugom mestu u tvom životu, a sinoć se to još jednom dokazalo. – Pre nego što sam išta rekao, nastavila je pozitivnije. – Ali nije sve toliko loše, tata. Došla je ovde vrlo zbunjena. Da li je napravila najveću grešku u životu kad te je ostavila? Da li da pokuša ponovo? Pa, sad zna da je bila u pravu – za sebe, ne obavezno za tebe i mene – i to joj je nekako pomoglo.

Nisam mogao da krivim Helen. Zar nisam upravo sanjario da budem poput Filipa Marloua, ili lika iz neke od pripovedaka Konana Dojla, kad je trebalo da pronađem prave reči da se izvinim bivšoj ženi? Bila je u pravu. Voleo sam svoj posao – mada sam često kukao zbog njega – i voleo sam svoju ženu, ali možda je vreme da priznam sebi, ako ne i njoj, da sam više voleo posao.

U utorak ujutro, Virđilio me je pozvao da me zamoli za pomoć prilikom drugog razgovora s Vilijamom Rouzlandom, krupnim industrijalcem iz Stouka na Trentu, čiji je nerazumljivi naglasak zbunjivao firentinskog inspektora. Ovog puta ćemo otići do njegove kuće, umesto da on dođe u klub. Negde posle dva sata, ubacio sam Oskara u automobil, uz obećanje da ću ga kasnije prošetati, i krenuo sam. Rouzland je živeo na manje od deset minuta vožnje od kluba u predivnoj staroj vili usred divnog vrta s predivnim žbunjem i šibljem. Mada je dvorište bilo ogromno, prilaz koji je vodio do kuće, između dve stare kolibe, bio je uzak i jedva da je bilo mesta da se parkiramo pored blistavog mercedesa, otmenog alfa romeo crvenog kabrioleta i Virđiliovog automobila.

Ostavio sam Oskara u kolima, sa otvorenim prozorima, i otišao do Virđilija. Zajedno smo prišli ulaznim vratima, koja je otvorio vlasnik lično, danas odeven u golfersku odeću. Verovatno otkad je

Hanter ubijen nije mogao besplatno da igra golf prethodne večeri, pa je to nadoknađivao sad. Njegovo već rumeno lice bilo je još crvenije i čelo mu se ponovo znojilo, ali to je možda bilo zbog vrućine a ne nečiste savesti.

– Uđite, gospodo. – Rouzland nas je proveo kroz predvorje s visokom tavanicom u savremenu staklenu baštu, dozidanu iza kuće. Ta plastična grozota izgledala je nakalemljena na vilu koja je bila stara najmanje dvesta godina, i pitao sam se kako je uspeo da dobije građevinsku dozvolu – ili možda jednostavno nije nikom rekao. Moguće je da je pripadao istoj školi kao Reks Hanter kad je reč o građevinskim dozvolama. Ipak, morao sam priznati da, iako je staklenik bio ružan, klima-uređaj je radio u pozadini i bilo je prijatno sveže. Pozvao nas je da sednemo i ponudio nam piće. I dalje je izgledalo da mu je neprijatno, ali ljudi se obično osećaju tako kad ih policija ispituje.

Virđilio je odmahnuo glavom i nastavio zvanično. – Hvala vam na ponudi, sinjor Rouzland, ali došli smo poslovno i nemamo mnogo vremena. Voleo bih da vam postavim još nekoliko pitanja o ubistvu Reksa Hantera.

Rouzland je seo naspram nas i pletena stolica je zaškripala pod njegovom težinom. – Naravno, inspektore, izvolite. Danas idem na golf tek u šest, tako da imam mnogo vremena.

– Voleo bih da nam ispričate o istoriji kantri kluba. Čuo sam da ste bili deo prvobitnog konzorcijuma koji je ovde napravio teren za golf.

– Da, bio sam. Bilo nas je trojica: Pjetro Groseto, Alesandro Merkurio i ja.

– A od koga ste kupili zemlju?

– Pjetro Groseto je posedovao veliki komad zemlje, i prodao ga je konzorcijumu, pritom lepo zaradivši. – Po izrazu Virđiliovog lica, on nije razumeo veći deo onoga što je Rouzland rekao, pa sam mu preveo i video ga kako klima glavom.

– A ostatak zemljišta?

– Kupili smo ga od nekoliko meštana.

To mi je dalo ideju. – Da li je jedan od njih bio Luiđi Sinjeze?

Namrštio se. – Da, i vrlo dobro je prošao u tom poslu. Prvo nije želeo da proda, i čekao je dok mu nismo platili astronomsku sumu koju je želeo. Bez njegove parcele ne bismo imali pun pristup koji nam je bio potreban. Ucenjivao nas je, i bio je svestan toga.

To je bila novost. Zapitao sam se zašto Luiđi nije pomenuo da je bogato plaćen za prodaju svoje parcele. Nečista savest, možda? – A da li ste se zbog toga zavadili s njim?

Slegnuo je ramenima i odmahnuo glavom. – Ne stvarno. To je bio posao. Da sam bio na njegovom mestu, uradio bih isto.

– A šta je sa ostalom dvojicom iz konzorcijuma? Šta su oni mislili o Sinjezeu?

– Kao i ja, da je to bio samo posao. Nije bilo svađe, mada moram da priznam da smo se razveselili kad smo čuli da Reks želi da mu ukrade komad zemlje.

– Verujete da je Hanter pokušavao da nepošteno dođe do te zemlje?

Slegnuo je ramenima. – Takav je čovek bio. – Očigledno, kakve god da je zamerke Rouzland imao na njega, one nisu bile dovoljne da ga spreče da prihvati besplatnu partiju golfa. Mentalno sam ubacio Rouzlanda na spisak *Ljudi koje ne volim*.

– A vi i vaši partneri ste prodali gotov teren za golf Reksu Hanteru pre sedam godina?

– Tako je.

– Verujem da je vaš prijatelj Piter Nelson tad radio za vaš konzorcijum. Da li je dobar računovođa?

– Da, dobar je računovođa. – Oklevao je nekoliko sekundi. – Ali, recimo to ovako, kad je odlučio da ostane i radi za Reksa u klubu, bili smo zadovoljni.

– Zašto? Mislio sam da ste rekli da je bio dobar računovođa?

– Bio je dobar u poslu, ali bilo je nekoliko problema. Znate, računi su pomalo neprozirni, neke svote novca su nestajale, ništa što smo mogli da dokažemo, ali ne bih ga ponovo zaposlio.

– A ipak ste svake nedelje igrali golf s njim. Možda čak nameravate da i večeras igrate s njim?

– Dobro se slažemo na terenu za golf. Pored toga, nisam nameravao da odbijem priliku da imam teren za sebe jednom nedeljno.

– To je samo potvrdilo ono što sam već znao o njemu. Zvučao je iznervirano kad je nastavio. – Naravno, sad je to gotovo.

– Hoćete li večeras igrati s Piterom Nelsonom?

– Da, i sa Adamom Hanterom. Šteta je što više nemamo teren samo za sebe. – Kad je video da smo odmahnuli glavama, objasnio je. – Bilo je to kao da imate hotelski apartman s privatnim džakuzijem i sobaricom. Nema ničeg boljeg od toga.

– Kad govorimo o sobaricama, jeste li znali za zanimanje Reksa Hantera za suprotan pol?

Rouzland se srdačno osmehnuo. – Mislim da je prava reč „opsednutost". Žene su za Reksa bile kao droga. Bio je zavisnik. – Izraz gađenja pojavio mu se na licu. – Ta njegova navika bila mi je odvratna.

U tom trenutku je jedna visoka lepa žena prošla kroz vrt, ne pogledavši nas. Sasvim neočekivano, na sebi je imala najprljaviji mogući radnički kombinezon. Izgledala mi je poznato i ubrzo sam se setio gde sam je video. To je bila žena koja je protrčala kraj mene u sredu ujutru, kad sam išao u klub na prvi čas tenisa sa Abigejl. Verovatno je to bila Rouzlandova ćerka, i izgledalo je da se bavi nekim hobijem koji joj pomaže da ostane u formi – možda slika kao Dženifer Hanter. Ponovo sam pogledao debeljka. Uvek me je čudilo kako izuzetno ružni ljudi imaju najlepšu decu. Naravno, podsetio sam sebe da moja Triša izgleda znatno bolje nego njen tata.

Do kraja razgovora nismo saznali više ništa od Rouzlanda. Njegov opis Nelsona kao potencijalnog prevaranta bio je zanimljiv, posebno jer je Nelson rekao kako su on i Rouzland zastali da razgovaraju o finansijskim problemima na dan ubistva. Ako je Nelson stvarno bio prevarant, zašto bi Rouzland slušao njegove savete?

Prva stvar koju je Virđilio uradio kad smo izašli bila je da pozove kancelariju i kaže Inočentiju da još detaljnije proveri klupske finansije, za slučaj da je računovođa uzimao malo za sebe. Ako jeste, i njegov šef je to saznao, to bi moglo da obezbedi nedostajući motiv za ubistvo. Dok je razgovarao sa Inočentijem, Virđilio je dobio dve zanimljive, mada razočaravajuće vesti.

– Izgleda da si pronašao neku rukavicu na terenu za golf.

– Ne bih da prisvajam tuđe zasluge; pronašao ju je moj pas.

– Pa, loša vest je da forenzičari nisu uspeli da pronađu otiske na njoj, ali otkrili su tragove krvi koja pripada Reksu Hanteru.

Neko vreme sam razmišljao o posledicama tog otkrića. Sad je izgledalo da je to bila rukavica koju je nosio ubica, ali da li nam je to pomagalo da identifikujemo njega ili nju? Virđilio je razmišljao na isti način.

– To bi moglo da ukaže na njegova dva partnera za golf...

– Da, ali ne zaboravi Darija, instruktora golfa... ili Adama Hantera, kad smo već kod toga. Obojica su imala rukavice za golf, i bilo bi logično da ubica nosi rukavice. Pitam se... – Dao sam sve od sebe da se setim. – Da li je to bila desna ili leva rukavica?

– Leva, i prema Inočentijevim rečima, to znači da je ubica bio levak. Izgleda da golferi koriste samo jednu. Ne pitaj me zašto. Loša vest je da je proverio i da su svi sumnjivci dešnjaci, tako da nam to ne pomaže.

– A što se tiče rukavica, Natali je mogla da uzme jednu iz očeve torbe i, kad smo već kod toga, Elizabet Makgregor, pomoćnica direktora, imala je pristup golferskim rukavicama dok je radila tamo.

Pogledali smo jedan drugog i kazao sam prilično bespomoćno: – To nam ne pomaže mnogo, zar ne?

Virđilio je nemoćno odmahnuo glavom. – Reći ću Inočentiju da pretraži torbe za golf svih sumnjivaca, ali ako naš ubica ima i zrno pameti, već je nabavio novu rukavicu.

– I kuda ćemo sad?

– Ja idem u klub da ponovo razgovaram sa instruktorom golfa i pomoćnicom direktora. Posebno me zanima šta ju je privuklo čoveku koga su gotovi svi mrzeli. Zar nisi rekao da želiš da odvedeš Oskara u šetnju? Zašto ne bi krenuo prema kući Luiđija Sinjezea? Ako slučajno naletiš na njega, probaj da mu postaviš nekoliko pitanja o kupovini zemlje. Saznaj koju je to tačno zemlju Hanter pokušavao da mu otme, i vidi možeš li ga isprovocirati da prizna koliko je mrzeo tog čoveka.

– Pokušaću i videću njegovu reakciju kad kažem da znamo za rupu u ogradi. Ako ju je napravio ili upotrebio, možda će se odati.

Oskar je pronašao Luiđija Sinjezea ili, preciznije, pronašao je Čezarea, medvedvuka, i taj div nas je odveo do svog gospodara, koji je bio u jednom od vinograda, čučao i radio nešto oko loze. Da se čudovišni pas nije pojavio, ne bih primetio seljaka. Mom sumnjičavom umu to je dokazalo koliko bi mu lako bilo da se šunja kroz vinograd, provuče kroz rupu u žici, umlati Hantera i onda pobegne neopaženo. Kad me je video, uspravio se i mahnuo mi levom rukom. Desnom je još držao kalemarske makaze.

– Dobar dana. Poveli ste psa u šetnju?

Mahnuo sam mu i on je ljubazno prišao do šljunčane staze kojom sam hodao, kako bismo mogli da razgovaramo. Mada su se putevi brzo sušili, zemlja u polju ispod njegovih nogu bila je i dalje vrlo vlažna i čizme su mu bile prekrivene lepljivim blatom. Moje patike bi poprimile ne tako ljupku mrku boju da sam pokušao da odem do njega.

– Dobar dan, Luiđi, orezujete lozu?

– Ne stvarno, to radimo zimi. Uočio sam trulež na jednoj od loza i želim da odsečem sve pre nego što se proširi. – Ispružio je ruke iza sebe i teatralno se protegnuo. – Prestar sam za ovoliko saginjanje. Zemljoradnja je posao za mlade.

– Zar nemate sina ili ćerku koji bi mogli da vam pomognu, možda da preuzmu posao kad dođe vreme?

– Imam dva sina, ali nijednog od njih ne zanima zemljoradnja. Jedan je policajac, u Pratu, a drugi je na Univerzitetu u Firenci. Pogodite šta studira? Istoriju! – Iz tona mu se jasno čulo šta misli o tome. – Želi da bude nastavnik.

– Nekad sam bio policajac – ne ovde, u Londonu. U stvari, pomalo pomažem u istrazi ubistva Reksa Hantera tako što prevodim. – Gledao sam hoće li nekako reagovati, ali video sam samo radoznalost.

– Da li sumnjaju u nekog?

– U veći broj ljudi, rekao bih. – Odlučio sam da ne okolišam. – I vi ste verovatno na tom spisku.

Šeretski mi se osmehnuo, nimalo nalik na Dženiferino zlobno keženje. – Napokon slavan. Antonio, moj sin, rekao mi je da će posumnjati u mene jer mi je porodica obezbedila alibi. Kako misle da sam uradio to? Koliko sam čuo, razbijena mu je lobanja?

Klimnuo sam glavom. – Jednom od njegovih palica za golf. – Nešto mi je palo na pamet. – Ne vidim kako biste to uradili bez preskakanja ograde od dva metra.

Osmeh mu je postao širi. – O, tu grešite. Postoji rupa u ogradi malo dalje. – Podigao je ruku i pokazao makazama u smeru osme rupe. – Video sam je juče i nameravao sam da je zatvorim, ali onda sam pomislio da je to možda dokaz i ostavio sam je tako.

Bio sam zadivljen. Naravno, ovaj lukavi seljak možda blefira, znajući da smo već otkrili rupu u ogradi, ali nadao se da će njegova iskrenost doprineti uverljivosti. Sviđao mi se taj čovek, ali upoznao sam dovoljno uverljivih zlikovaca u svoje vreme da bih znao kako ništa ne treba da shvatam zdravo za gotovo. Zasad sam glumio ne-obaveštenost.

– Ko je napravio tu rupu? – Palo mi je na pamet, dok sam to pitao, da je njegov čudovišni pas verovatno dovoljno jak ne samo da napravi rupu nego i da progrize nekoliko metara žice i nekoliko stubova ako mu se prohte.

– Mislim da je pitanje *šta* je napravilo tu rupu. Ako se bolje za-gledate, videćete da je žica iščupana iz zemlje. Jedina životinja ovde dovoljno jaka za to jeste divlja svinja. Ovde imamo pravi problem s njima. Ne samo što jedu useve nego kljovama iskopavaju čitave bilj-ke i nanose ogromnu štetu. Uništile su mi nešto vinove loze, i zato se trudim da redovno proveravam ogradu.

– Hvala vam što ste mi to rekli. Preneću to inspektoru. Uzgred, rekao mi je da vas pitam koji je komad zemlje Hanter pokušavao da vam oduzme?

– Mislite, pokušavao da mi *ukrade*. – U glasu mu se čula prava ogorčenost. – A što se tiče toga koji je to deo, upravo stojite na nje-mu... odnosno, kraj njega. Prostire se od ograde do puta – gotovo jedan hektar prvoklasne obradive zemlje.

– A to uključuje šumu i maslinjak?

– Tako je. Tamo ima maslina starijih od dvesta godina. Znate šta je Hanter želeo da uradi? Želeo je da izgradi hotel, što znači da bi posekao sva stabla.

– Ali sigurno postoje neki zakoni koji brane to? – Namerno sam postavio sugestivno pitanje, i Luiđi je odmah odgovorio.

– Za vas ili mene, naravno, ali Hanteri ovog sveta ne brinu za zakone ako imaju prave prijatelje. – Ironično se osmehnuo.

– Kad govorimo o prijateljima, upravo smo razgovarali s Vilija-mom Rouzlandom. Verujem da ga poznajete.

Osmeh je nestao. – Nije mi prijatelj. Taj debeli Englez grozno go-vori italijanski. Jeste li znali to? Živi ovde gotovo dvadeset godina, i jedva da je naučio nekoliko reči.

– Čuo sam da je bio deo konzorcijuma koji je napravio teren za golf i da ste im tad prodali jednu parcelu.

– Tako je, i zacepio sam najvišu moguću cenu. – Podigao je po-gled. – A onda su prodali Hanteru, ali on i Hanter su ostali bliski. Video sam ih kako igraju golf zajedno.

Da li ih je posmatrao iz zaklona šume? Pogledao sam ga pravo u oči. – Problem je, Luiđi, što inspektor misli da ste imali priliku da ubijete Hantera, ali i jak motiv. Jeste li sigurni da nemate ništa da mi priznate?

– Pa, mogu samo da ponovim da ga nisam ubio. Nikad ne bih ubio drugog čoveka, čak ni gada kao što je bio Hanter.

Činjenica je da sam mu poverovao.

12.

Utorak popodne

Odvezao sam se do vile tog popodneva da još jednom porazgovaram s Natali, koja je, mada i dalje slaba, bila otpuštena iz bolnice. Poveo sam Oskara sa sobom, kako bismo kasnije mogli da odemo u šetnju, i pustio sam ga da iskoči kad je video svog drugara, Virđilija, koji čeka ispred vile u svojim kolima. Dok mu je moj pas lizao šaku, obavestio me je o tome šta se dogodilo otkako smo poslednji put razgovarali.

– Elizabet Makgregor, pomoćnica direktora, i dalje poriče bilo kakvu vezu s Hanterovim ubistvom. Rasplakala se kad sam to rekao, i ako je glumila, bila je vrlo dobra u tome.

– Da li misliš da je stvarno bila zaljubljena u Hantera?

Polako je klimnuo glavom. – Mislim. Rekla mi je koliko ga je volela i koliko je brižan, darežljiv i strastven bio. Izgleda da je stvarno umeo da bude šarmantan kad mu je to odgovaralo, iako većina ljudi nikad nije videla tu njegovu stranu.

– A instruktor golfa?

– Inočenti je već ispitao Darija Rosija, ali potražio sam ga i postavio mu nekoliko pitanja. I dalje poriče umešanost, i sklon sam da mu poverujem. Pitao sam ga zašto je izmislio priču o drugom instruktoru golfa koji je otpušten, i rekao je da je bilo onako kako si mislio: nije želeo da se pročuje za slučaj da novi vlasnik ne uradi baš to. Ali dao mi je zanimljivu informaciju. Nakon ubistva je prodao dvanaest rukavica za golf, a dve su kupili ljudi s našeg spiska sumnjivaca.

– Pretpostavljam da su to Nelson i Rouzland.

– Napola si u pravu; jednu je kupio Nelson, a drugu Adam Hanter. I naravno, ne možemo znati da li je instruktor golfa uzeo za sebe zamensku rukavicu s police u svojoj prodavnici. Bojim se da nam ta rukavica ne pomaže mnogo.

Ispričao sam mu šta mi je Luiđi Sinjeze rekao o parceli, i kako je sâm ispričao za rupu u ogradi. Virđilio je klimnuo glavom, ali obojica smo znali da će nam biti potrebno mnogo više dokaza ako želimo da optužimo za ubistvo nekog od sumnjivaca.

Nameravao sam da vratim Oskara u kola kad su se otvorila ulazna vrata i Batista, besprekorno odeven i bezizrazan kao uvek, pojavio se i naklonio nam se.

– Gospodo, uđite. *Sinjora* pita da li želite da uvedete i psa. Voli pse. Čeka vas u salonu.

Pitao sam se da li im je Natali otkrila svoj pravi identitet, ali Batistin izbor reči nije mi rekao ništa. Danas se ženama na italijanskom uglavnom obraćaju sa *sinjora*, a ne *sinjorina*, čak i kad nisu udate.

Natali nas je čekala u salonu, i kad je videla Oskara, čučnula je da ga pomazi. On je bio urođeno prijateljski nastrojen – posebno prema ženama – i veselo ju je njuškao, mašući repom. Dok ga je gledala, na zabrinutom licu joj se čak pojavio osmeh.

– Sedite. – Pokazala je na drugu sofu. – Da li je taj divni pas vaš, Dene? Videla sam ga kroz prozor i želela sam da ga upoznam.

– To je Oskar, i siguran sam da je i on srećan što je upoznao vas. – Uvek sam mislio da je Oskar dobar u procenjivanju ljudi, tako da je njegova vrlo prijateljska reakcija bila sigurno dobar znak što se mene tiče, mada verovatno ne bi bila prihvaćena na sudu. Na trenutak sam zamislio porotu sastavljenu od pasa, i lovačkog psa sa sudijskom perikom, ali brzo sam odbacio tu pomisao. Verovatno bi tas na vagi pravde prevagnuo u korist osumnjičenog s najviše pseće hrane. Palo mi je na pamet da sam malo smekšao otkako sam prestao da budem Armstrong iz Skotland jarda. Nema sumnje da bi Helen to smatrala napretkom, mada je sasvim druga stvar šta bi moj stari načelnik zaključio na osnovu toga. Jedini psi koje je voleo bili su hot-dogovi, po mogućnosti s dosta senfa.

Natali je ustala i otišla da zatvori vrata. Kad se vratila na sofu, obratila se Virđiliju. – Postoji nešto što želim da vas pitam, inspektore. Da li da otkrijem ljudima ko sam, umesto da istrajavam u laži da sam bila udata za Reksa? Šta mislite da treba da uradim? Batista i Marijaroza su mi veoma dragi, i bili su veoma ljubazni prema meni. Mislim da je pošteno da im kažem istinu, ali samo ako se vi slažete.

– To zavisi samo od vas. Ljudi u bolnici znaju, Dženifer zna – mada, koliko sam svestan, nije imala posetioce kojima bi to rekla – a i policija zna. Da sam na vašem mestu, rekao bih svima. Biće zanimljivo videti kako će vaš polubrat reagovati na tu vest.

Dok je Virđilio govorio, nešto mi je palo na pamet i obratio sam se Natali. – Kako bi bilo da za sutra sazovete sastanak i objavite svima ko ste? To bi vam dalo priliku da objasnite da je vaš otac igrao komplikovanu igru i možete da naglasite da to nije bila vaša ideja. Jasno recite da ste bili nevoljna saučesnica u njegovim spletkama. Rado ću vam pomoći oko prevođenja. – Pogledao sam Virđilija i video sam da je klimnuo glavom. Shvatio je šta nameravam.

– Mislim da je to dobra ideja. – Natali je, prirodno, oklevala. – Pretpostavljam da ima smisla da kažem svima odjednom, umesto da pomalo prenosim informacije. Koga da pozovem?

Brzo sam joj dao nekoliko predloga. – Pozovite ljude koji su poznavali vašeg oca. Ako želite, mogu da obavim nekoliko poziva u vaše ime. Sigurno polubrata i njegovu partnerku, uz klupsko osoblje, ali možemo da pozovemo i neke komšije, ako ste saglasni.

Natali je izgledala kao da joj je laknulo. – Ako biste mogli da pozovete ljude, to bi bilo vrlo ljubazno. Da im ponudim hranu i piće? Ne znam kako se to ovde radi.

Virđilio je imao predlog. – Zašto ne bismo pozvali ljude da dođu na piće u vilu sutra uveče, recimo u šest? Tako će ljudi koji rade moći da dođu posle radnog vremena i onda mogu da odu kući na večeru. A što se tiče pića, predlažem da Batista pogleda u podrum vašeg oca. Siguran sam da ima nekoliko boca proseka ili šampanjca negde. Ako nema, siguran sam da će Batista moći da pomogne.

Nakon što je to odlučeno, Virđilio je prešao na ozbiljnije stvari. – Verovatno ste dosad shvatili da ste, zbog toga što ste nasledili sav očev novac, glavni osumnjičeni za njegovo ubistvo. – Natali nas je oštro pogledala, ali Virđilio je podigao ruku da je umiri. – Den i ja smo razgovarali, i ne verujemo da ste ubica, ali moramo da pratimo sve tragove i pokušamo da vas isključimo iz istrage.

Svalila se na sofu i klimnula glavom. – Naravno, morate da radite svoj posao. Pomoći ću vam koliko mogu, ali i dalje mislim da, ako je Dženifer dovoljno luda da pokuša da ubije mene, onda je dovoljno luda da ubije mog oca. – Moj pseći radar verovatno je primetio zabrinutost u njenom glasu, i bio sam srećan kad je ustao i otišao da joj pruži podršku spuštajući joj glavu u krilo. Zahvalno ga je pomilovala dok je inspektor nastavljao.

– Uistinu, ali Dženifer nije jedina sumnjiva. – Virđilio nije naveo imena ostalih. – Što se vas tiče, mnogo bi mi pomoglo ako bi neko mogao da potvrdi vašu priču da ste bili u vili u vreme kad vam je otac ubijen. Znamo da su Batista i Marijaroza bili u vili, ali kažu da su bili u kuhinji dok ste vi bili ovde. – Pokazao je na balkonska vrata koja vode u vrt. – Vidite, mogli ste da se iskradete, ubijete svog oca i vratite se neprimećeno. Da li je u vrtu radio neko ko vas je možda video? Da li ste nekog pozvali, razgovarali preko *zuma*, nešto slično?

Odmahnula je glavom. – Čitala sam knjigu. – Pokazala je na knjigu u mekom povezu na stolu. – Ali pretpostavljam da ćete reći kako sam to mogla da radim bilo kad. – Zaćutala je kad se setila nečeg. – Ali gledala sam *Skaj njuz* u devet sati, ako vam to pomaže. Govorili su o poplavama u Kvinslendu.

Virđilio joj se zahvalio i zabeležio sve to, mada smo obojica znali da u vreme odloženog gledanja programa to ne znači ništa. Postavili smo pitanja, ali nismo ništa saznali. Na kraju joj se Virđilio zahvalio i ustao, a za njim Oskar i ja. – Poslaćemo pozivnice za sutra uveče, a jedan od mojih ljudi će sutra obavestiti Batistu o broju gostiju, kako bi on i njegova žena mogli sve da pripreme.

Kad smo izašli iz kuće, Virđilio i ja smo zastali u hladu na nekoliko minuta, i rekao sam mu šta mi je prolazilo kroz glavu kad sam predložio okupljanje. – Mislio sam da bi bilo dobro da okupimo sve sumnjivce – osim Dženifer, naravno – na jednom mestu kako bi mogao da ih uznemiriš lažnom objavom o skorom rešenju slučaja, novom dokazu ili tako nešto. To bi moglo da navede ubicu da se oda.

– To je dobra ideja. Šta misliš da sastavim zvaničnu objavu – možeš da je prevedeš na engleski – u kojoj kažem da očekujemo nove dokaze u roku od dvadeset četiri sata, koji će nas odvesti do ubice? Znaš, uobičajeno: mislimo da ćemo uskoro moći da uhapsimo nekog. – Slegnuo je ramenima. – Mada, ako to nikog ne uzbuni, ponovo se vraćamo na početak.

– Prepusti meni da lično pozovem Adama, Nelsona i Rouzlanda. Rouzland je rekao da će njih trojica igrati golf u šest, pa mogu da povedem Oskara u šetnju i obavestim ih o pozivu i vidim kako će reagovati.

Radeći na osnovu pretpostavke da je potrebno otprilike sat i po vremena da Reks Hanter i njegova dva prijatelja stignu do osme rupe u noći ubistva, pas i ja smo se vratili nešto posle sedam i otišli do spornog dela šume dok se nismo približili mestu zločina. Naravno, u daljini sam video Rouzlanda, Nelsona i Adama Hantera kako se približavaju. Rouzland je čak uspeo da dobaci loptu na dvadesetak metara od mesta na kojem sam čekao, i lako sam mogao da mu privučem pažnju kad je prišao da je udari. Zamolio sam ga da pozove svoje prijatelje kako bismo razgovarali kroz ogradu i ostavili su svoje torbe i prišli, očigledno zbunjeni što sam tu.

– Dobro veče, gospodo. Drago mi je što sam vas uočio. – Moteći na Oskara da se ne bi ponovo provukao kroz rupu u ogradi, pozvao sam ih na „okupljanje" koje će se održati u vili sutradan u šest uveče. Primetio sam oklevanje na Adamovom licu i dodao sam zlokobnu najavu: – Inspektor se nada da će imati objavu koja će uticati na sve vas.

Ne dajući im priliku da se raspitaju za prirodu predstojeće najave, veselo sam im mahnuo i vratio se u šumu sa Oskarom. Kad su nestali iz vidokruga, razmišljao sam o njihovim reakcijama. Sva trojica su u izvesnoj meri pokazala ne samo iznenađenje nego i izvesnu zabrinutost. Sutrašnje veče će biti zanimljivo.

13.

Sreda uveče

Sutrašnje okupljanje bilo je vrlo zanimljivo.

Virđilio i ja smo stigli u pola šest i objasnili smo Natali šta želimo da kaže. Izjavila je da će rado uraditi kako joj je savetovano, i ponovila je veoma važnu završnu rečenicu nekoliko puta kako bi bila sigurna da će je izgovoriti kako treba. Kad su gosti počeli da pristižu, Virđilio i ja smo ih pažljivo posmatrali. Mnogi su izgledali kao da su prvi put u Hanterovoj vili, a ostali su bili opušteniji. Batista i Marijaroza su postavili sto kraj vrata salona, gde su se nalazila pića. Po bocama na stolu, reklo bi se da je podrum Reksa Hantera bio dobro opskrbljen. Rešen da zadržim bistru glavu, uzeo sam čašu ledene gazirane vode za sebe i stao kraj prozora odakle sam mogao da osmatram čitavu sobu.

Prvi su stigli zaposleni iz kluba, Dario, instruktor golfa, i njegova devojka, moja učiteljica tenisa Abigejl. S njima je došla i pomoćnica direktora Elizabet Makgregor, a lice joj je bilo kao otvorena knjiga. Nije bilo teško pročitati šta joj prolazi kroz glavu dok je zurila u raskošan nameštaj, blistave mermerne podove i razmetljivu zbirku umetničkih slika na zidovima. Mada je delovala kao da nije ništa očekivala kad je razgovarala s nama, sigurno je deo nje potajno žudeo da postane gospodarica ove kuće. Na moj predlog, Virđiliovi ljudi su pozvali i Rafaela, recepcionera, i Analizu, šankericu, kao i domare Bepea i Alfreda i vrtlarku Ines.

Sledeći je stigao Luiđi Sinjeze. Seljak je bio gotovo neprepoznatljiv u otmenom odelu, košulji s kragnom i kravati. S njim je bio jedan mladić kratke crne kose i uredno potkresanih brkova. Crte lica su nepogrešivo otkrivale da je jedan od Luiđijevih sinova. Na osnovu pokornog načina na koji se pozdravio s Virđiliom, pretpostavio sam da je to sin policajac. Kad sam video njih dvojicu kako izgledaju pomalo zbunjeno, prišao sam da ih pozdravim i predstavio sam ih Natali. Zasad sam im samo rekao njeno ime i činjenicu da je postala vlasnica vile i kantri kluba. Otkriće njen pravi identitet za nekoliko minuta. Luiđijev sin je, ispostavilo se, prilično dobro govorio engleski i ostavio sam ih da prijateljski ćaskaju. Nadao sam se samo da će to pomoći zakopavanju ratne sekire nakon problema koje je izazvao pokušaj njenog oca da ukrade Luiđijevu zemlju.

Nakon njih su došli Nelson i Rouzland, izgledajući pomalo bojažljivo, ali obojica su uspevala to da prikriju, mada sam morao da primetim kako je Rouzland naiskap popio prvu čašu skupog viskija Reksa Hantera i odmah uzeo drugu. Na kraju, ali ne i najmanje važan, stigao je Adam Hanter, s nedokučivim izrazom lica. Bila je očigledno da mu je vila poznata, ali sigurno mu nije bilo lako da vidi Natali kao gazdaricu.

Natali se dobro snašla. S obzirom na to da je tad prvi put videla mnoge od tih ljudi, dala je sve od sebe da zvuči gostoljubivo. Uz moj simultani prevod na italijanski, zahvalila se svima što su došli i onda im rekla da se raduje što će ih upoznati. Zatim je prešla na stvar.

– Verovatno se pitate zašto sam vas pozvala da dođete ovamo tako brzo nakon smrti Reksa Hantera. Činjenica je da moram da objasnim neke stvari. – Video sam da su svi načuljili uši. Nije se čula ni mušica dok su svi gledali sitnu priliku u tamnoj haljini. – Znate, Reks Hanter nije bio moj muž. Bio mi je otac.

Očekivao sam kolektivni uzdah gostiju, i bio sam razočaran. Očekivano, jedina osoba koja je uzviknula bio je Adam. Krenuo je napred, dok nije stigao do svoje polusestre, dovoljno daleko da ne izgleda preteći, ali video sam kako se vodnik Inočenti ipak napeo. Ali Adamova reakcija bila je sve samo ne agresivna.

– To objašnjava toliko toga. Čak i ličiš na matorog. To me je mučilo otkako sam te video. Sad se sve uklapa. Ali čemu ta predstava?

Natali je čak uspela da mu se bledo osmehne dok je objašnjavala kako se srela sa ocem u Australiji nakon smrti svoje majke, i kako je on smislio to što je nazvala „ludom igrom". Nije iznela pojedinosti zašto je Reks odlučio da izvede taj mračni trik, i bilo je zanimljivo videti koliko su malo gosti bili iznenađeni time. Bilo je jasno da je ludačko, nerazumno ponašanje bilo uobičajeno za Reksa Hantera.

Druga osoba čije sam lice pažljivo gledao bila je Elizabet, pomoćnica direktora i bivša ljubavnica preminulog. Kad je shvatila da se on na kraju nije oženio mlađom, izraz strahopoštovanja joj se pojavio na licu. Voleo bih da sam mogao to da snimim, jer je sigurno zahtevalo ponovno gledanje, ali izgledalo mi je kao mešavina olakšanja i žaljenja. Da li je to žaljenje bilo zbog toga što je ubila Hantera iz pogrešnog razloga?

Pred kraj svog kratkog govora, Natali je uverila sve u kantri klubu da neće biti promena, i video sam je kako gleda pravo u svog polubrata kad je rekla to. Što se tiče njega, izgledao je znatno veselije, i nadao sam se da to predstavlja dobar znak za nastavak njihovog odnosa – pod pretpostavkom da jedno od njih nije ubica. Na kraju, rekla je rečenicu koju smo joj Virđilio i ja predložili. – Ne mogu da vam kažem koliko olakšanje osećam jer mi je policija rekla da je ostvarila napredak i da će ubica mog oca uskoro biti uhapšen. – Okrenula se prema Virđiliju i zahvalila mu se pre nego što je pitala želi li on da kaže nekoliko reči.

Ako je napetost u sobi ranije bila opipljiva, sad je bila gotovo nepodnošljiva. Virđilio je namerno odugovlačio pre nego što je istupio napred, a ja sam gledao lica ispred sebe, tražeći naznake krivice. Već smo ustanovili da je naš ubica vrlo dobar glumac, i nisam se iznenadio što se niko nije posebno isticao.

Adam je i dalje izgledao zbunjeno nakon polusestrinog otkrića, tako da je bilo posebno teško rastumačiti njegov izraz lica. Učinilo mi se da sam video tračak bojazni na Rouzlandovom bucmastom licu, ali Nelson je kraj njega izgledao opušteno i, naravno, bili su zajedno na terenu i to je obezbeđivalo alibi za obojicu. Izraz lica Elizabet Makgregor nije se promenio, ali već je izgledala zaprepašćeno, tako da to nije ništa dokazivalo. A što se tiče Darija, instruktora golfa, i Luiđija Sinjezea, izgledali su zainteresovano ali, kao što sam rekao, ubica je bio dobar glumac.

Virđilio je bio kratak i jasan. – Imam zadovoljstvo da vas oba- vestim da imamo ključnu novu informaciju koja bi trebalo da bude značajna za našu istragu. Bojim se da moram da zamolim sve vas da ne napuštate ovu oblast. Nadam se da ćemo sutra uveče doneti zadovoljavajući zaključak naše istrage. Hvala vam.

Nakon toga su gosti počeli da se razilaze, a ja sam nastavio da motrim govor tela svakog od njih dok su izlazili. Od svih njih, Eliza- bet je bila najemotivnija, a najnezainteresovanije su izgledali Luiđi i njegov sin. Klupsko osoblje je izgledalo pomalo zabrinuto, ali čak ni instruktor golfa nije izgledao ni najmanje krivo. Da sam morao da se kladim na osobu koju su najviše uznemirile Nataline i Virđiliove objave, to bi sigurno bio Rouzland. Pitanje je bilo koji je motiv imao da ubije Hantera? Izgledalo je neverovatno da je nekako imao korist od Australijančeve smrti, nije izgledao kao tip koji bi bio uključen u ljubavni trougao, i nije izgledalo ni da ima razloga da mu se osveti. Dok sam ga gledao kako odlazi, pomislio sam da možda uvek izgle- da tako nakon nekoliko žestokih pića.

14.

Sreda kasno uveče

Kad sam se vratio kući kasnije te večeri, nakon večere s Virđiliom i Oskarom u malom restoranu s terasom koja gleda na poslednja uzvišenja pre doline reke Arno i same Firence, poveo sam Oskara u dugu šetnju da razbistrim glavu, i kad sam se vratio kući zatekao sam dva imejla. Prvi je bio od Helen, drugi od neke nepoznate osobe. Otvorio sam prvo onaj od bivše supruge. Očekivano, imao je veze s mojim naglim napuštanjem večere za vikend.

Zdravo, Dene,

Drago mi je što sam te ponovo videla u Firenci. Stvarno tako mislim. Hvala ti na obroku u kojem sam veoma uživala. Žao mi je što si morao hitno da odeš, ali drago mi je što sam čula od Triše da uživaš u tome što radiš. Moraš da živiš kako želiš i znam da će to biti uvek drugačije od onog što ja želim.

Veoma sam uživala u danima provedenim u Toskani i razumem zašto si odlučio da se preseliš tamo. Želim ti vrlo srećan život.

Helen x

Uzeo sam jednu od Luiđijevih boca crnog vina i napunio čašu. Nakon velikog gutljaja, ponovo sam pročitao imejl i razmislio o tome što je Helen rekla. Razmišljajući o događajima u poslednjih nekoliko dana, znao sam da je imala pravo što je okončala našu vezu. Jedno od nas je moralo da uradi to, i ona je bila brža od mene. Zaslužila je nekog boljeg od mene... ili makar nekog ko iskreno može da kaže da mu je ona najvažnija u životu. Mada je to imalo smisla, nije ublažilo razočaranje koje je došlo nakon shvatanja da smo Helen i ja sad nepovratno razdvojeni.

Srećom, drugi imejl je uspeo u tome.

Bio je od jedne dame koja se zove Suzan, i ispostavilo se da je ona urednica u izdavačkoj kući u Londonu kojoj sam poslao svoj krimić. Suština je bila da joj se knjiga veoma svidela i nudili su mi ugovor za dve knjige s mogućnošću produžetka, u „zavisnosti od prodaje". Kad sam pročitao taj imejl, skočio sam na noge i zaprepastio psa igrajući po kuhinji kao ludak, neprestano ponavljajući:

– Svidelo joj se, svidelo joj se.

Uskoro ću postati objavljivan pisac.

Oskar je skočio na noge i pridružio mi se u plesu. Toliko sam bio uzbuđen da gotovo nisam čuo telefon sve dok neskladna zvonjava nije prekinula moju euforiju i javio sam se. Bio je to Virđilio i, prema zvuku, bio je u automobilu.

– Zdravo, Dene, vesti: Rouzland je pronađen mrtav.

– Bože! Nadali smo se nekakvoj reakciji na večerašnji sastanak, ali sigurno nisam očekivao to. Šta se dogodilo? Da li je to bilo samoubistvo, ubistvo, infarkt?

– Saobraćajna nesreća, izgleda. Kola su mu pronađena prevrnuta u suvom potoku nedaleko od kuće. I dalje je bio vezan sigurnosnim pojasom.

– Jesmo li sigurni da je to bila nesreća?

– To sam želeo da proverim. Hoćeš li sa mnom?

Sastao sam se s Virđiliom na mestu nesreće, nedaleko od kantri kluba, petnaestak minuta od moje kuće. Dosad sam već dobro poznavao taj put. Bio je uzak i vijugav, i bilo mi je teško da shvatim kako je Rouzland mogao da vozi dovoljno brzo da bi izgubio kontrolu. Taj otmeni mercedes – sad znatno manje otmen nakon što se prednjim delom zabio u kamenito korito potoka – bio je prevrnut, a patolozi su već bili dole, čekajući da Virđilio pogleda pre nego što odnesu telo. Poznata figura patologa Đanija prišla je da nas pozdravi.

– *Ciao*, Virđilio, *ciao*, Dene. Umro je pre dva do četiri sata, recimo između šest i osam. Izgleda da se ugušio. – Videvši izraz na našim licima, pokazao je na vozilo gde je krupno Rouzlandovo telo mlitavo visilo naglavačke vezano očigledno vrlo jakim sigurnosnim pojasom. – Ima modrice na čelu, verovatno od udarca u nešto, možda u volan, i to ga je sigurno onesvestilo. Način na koji su se kola prevrnula, pojas preko grla i njegova težina uradili su ostalo.

Virđilio i ja smo se sagnuli da zavirimo u kola, i odmah sam osetio alkohol. Setio sam se da sam video Rouzlanda kako je popio najmanje dva viskija na okupljanju, i bio sam siguran da je to doprinelo nesreći, a možda ju je i izazvalo. Forenzičari su upalili svetla i unutrašnjost vozila bila je dobro osvetljena. Prozor na vozačkoj strani bio je otvoren i izgledalo je kao da su se uključila najmanje četiri vazdušna jastuka, ali nisu mogli da spreče Rouzlandovu smrt. Modrice na čelu pravile su gotovo horizontalnu liniju i mora da se odmah onesvestio. Izraz na licu mu je bio iznenađujuće smiren, i izgledalo je kao da je umro gotovo mirno.

Otišao sam malo dalje do policajaca koji su radili, obeležavajući trakom oblast gde je oboren znak „Zabranjen lov" pokazivao gde su kola sletela s puta. Nije bilo tragova kočenja na asfaltu ili travi, i izgledalo je gotovo kao da se nesreća odigrala usporeno. Dok sam se i dalje muvao naokolo, Virđilio je stao kraj mene.

– Čudno je kako ti vazdušni jastuci nisu uspeli da ga spreče da udari glavom u volan. – Neverica u njegovom glasu odgovarala je mojim razmišljanjima.

– I čudno je kako auto nije išao brzo kad se dogodila nesreća, inače bi bilo tragova proklizavanja, ako ne na asfaltu, onda na travi kraj puta, a izgleda da niko nije dolazio iz suprotnog smera. – Otišao sam u suprotnom smeru pedesetak metara, ali jedini tragovi na koje sam naišao bili su tako stari da se preko njih nalazila osušena konjska balega. Virđilio mi se pridružio.

– Šta misliš da se dogodilo, Dene?

Imao sam vremena da razmislim o tome. – Možda sam sumnjičav, ali imam osećaj da ovo uopšte nije bila nesreća. Šta kažeš na ovakav scenario? Rouzland odlazi iz Nataline vile oko pola sedam, pristaje da poveze nekoga ko traži da izađe ovde. Otvara prozor da se oprosti od te osobe i ona ga onesvesti udarcem nekim tupim predmetom koji nosi sa sobom, a onda odgura kola s puta. – Video sam ga kako je zakolutao očima. – Da, znam, nategnuto je. Možda nam snimak s nadzorne kamere kad je napuštao klub otkrije da li je imao putnika.

– A ako nije?

– Ono što je verovatnije jeste da je vozio kući polako nakon što je popio previše i video nekog poznatog. Zaustavio se, otvorio prozor i nagnuo se napolje, a neko ga je udario u lice teškim predmetom. Na osnovu oblika rane, rekao bih da je to nešto ravno kao palica za kriket, ili gvozdena šipka, i ubica je mogao da bude muškarac ili žena. Pošto smo u Italiji, kladim se da je to pre bila gvozdena šipka nego palica za kriket. Napadač je onda okrenuo volan – koji je sigurno posle obrisao – i sklonio Rouzlandovu nogu s kočnice. Automobil ima automatski menjač i pod pretpostavkom da je motor bio upaljen, kola bi se odvezla niz padinu i pala u potok.

Virđilio je klimnuo glavom. – Zvuči mi moguće. Samo jedna stvar: motor je bio ugašen. Forenzičari kažu da se nije samo ugasio; neko je to uradio. Postoji dugme koje treba pritisnuti.

– Pretpostavljam da je ubica pratio kola nizbrdo da proveri da li je Rouzland i dalje živ. On ili ona je onda ugasio motor da spreči da buka privuče pažnju prolaznika, mada mislim da nema mnogo ljudi koji se šetaju ovim putem uveče. Ubica je verovatno sedeo i gledao Rouzlanda kako se davi. – To nije bila prijatna pomisao. – Možda je čak namestio sigurnosni pojas tako da izazove gušenje. Prilično hladnokrvno ubistvo.

Virđilio je doviknuo patologu: – Đani, jesi li pronašao novčanik? Telefon?

– Novčanik sa četiristo evra i nekoliko platnih kartica. Ali nema telefona.

– Jesi li potražio otiske na volanu?

– Obrisan je. Nema čak ni žrtvinih.

Virđilio me je pogledao. – Dobro, ako žrtvini otisci nisu tamo, onda to sigurno nije nesreća, a izgleda da motiv nije pljačka. Organizovaću pretragu okoline u nadi da ćemo pronaći gvozdenu šipku ili bejzbol palicu ili nešto slično. Možda čak pronađemo i njegov telefon. Problem je što ovde u divljini ne postoje nadzorne kamere, tako da nećemo znati ko je bio napadač.

135

– Mislim da mora da je poznavao napadača. Ne mislim da bi čovek kao Rouzland stao ovde usred nedođije, na seoskom putu, zbog nekog nepoznatog.

– Slažem se. Reći ću timu da pretraži ivice puta po dvestotinak metara na svaku stranu, u nadi da će pronaći tragove guma drugog vozila. Srećom, od jučerašnje kiše zemlja je još dovoljno mekana za ostavljanje otisaka. Takođe ćemo potražiti otiske stopala blizu vozila, ali mnogo ljudi je silazilo otkako je nesreća prijavljena.

Jedna neželjena misao mi se pojavila u glavi, ali morao sam da je saopštim. – Naravno, postoji jedna osoba koju Rouzland poznaje, a koja živi blizu: naš prijateljski seljak, Luiđi Sinjeze. Ako je čekao pored puta i mahnuo, pretpostavljam da bi se Rouzland zaustavio. I dalje ne vidim Luiđija kao ubicu, ali samo razmišljam.

– U pravu si, moguće je.

– Ko je prijavio da su kola sletela s puta?

Pogledao je u svoju beležnicu. – Neka žena po imenu Tereza Marki. Živi u jednoj od kuća blizu Rouzlandove, koja se nalazi četiri-pet minuta odavde, i vraćala se biciklom kući od prijateljice, negde oko petnaest do osam. Videla je da nešto sija, uočila kola u jaruzi i sišla da vidi da li je neko povređen. Tad je otkrila telo i pozvala policiju. Sad se vratila kući, u stanju šoka, s jednom od mojih policajki koja je čuva dok ne dođe njena ćerka.

– A Rouzlandova supruga? Da li je obaveštena?

– Inočenti i još jedna policajka su s njom, a ja upravo idem tamo. Zove se Silvija ali ne znam da li govori italijanski. Ako ga govori loše kao Rouzland, biću u nevolji. Hoćeš li sa mnom?

Pratio sam ga do Rouzlandove kuće, koja je bila udaljena tek tri minuta. Čitava kuća je bila osvetljena, a dva policijska automobila bila su parkirana ispred. Virđilio je uspeo da se ugura između njih i malog sportskog automobila, a ja sam ostavio svoja kola iza njih, blokirajući prilaz. Pokucali smo na vrata i Inočenti nam je otvorio.

– U salonu je i, razumljivo, vrlo je uznemirena.

Rouzlandova supruga, sad udovica, izgledala je iznenađujuće, bar meni. Ispostavilo se da je to ona visoka žena koju sam video u sportskoj opremi prvog jutra u klubu i onda u Rouzlandovom vrtu, i to nije bila njegova ćerka, kako sam mislio, nego supruga. Bila je vrlo privlačna žena, stara između trideset pet i četrdeset, i izgledala je zdravo. Sedela je na sofi s papirnom maramicom u ruci, crvenih očiju, vidno vrlo uznemirena. Uz nju je bila jedna policajka.

– Sinjora Rouzland, moje saučešće. Ja sam Inspektor Pizano iz Firence. – Virđilio je seo naspram nje, a ja sam ostao pozadi sa Inočentijem.

Upravo sam nameravao da prevedem na engleski to što je rekao za slučaj da ona loše govori italijanski kao njen muž, ali pre nego što sam progovorio, odgovorila je, a njen toskanski naglasak je pokazao da joj nije potrebna moja pomoć.

– Hvala vam, inspektore. To je sigurno bio šok.

– Kad ste večeras očekivali povratak svog muža?

– Obično večeramo u osam. Često kasni tako da nisam počela da se brinem do pola devet. Pokušala sam da ga pozovem, ali nije se javio.

– Da li ste čuli da mu telefon zvoni?

– Ne, samo sam dobila poruku da nije dostupan. Ovde postoje neka mesta bez signala. Htela sam da ga pozovem ponovo, ali nekoliko minuta kasnije javio mi se jedan od vaših policajaca i rekao mi za nesreću.

– Kad smo kod toga... nažalost, moram da vas obavestim da to izgleda nije bila nesreća.

Razrogačila je oči. – Mislite neko...

Virđilio je klimnuo glavom. – Da, bojim se da je vrlo izvesno da je vaš muž ubijen.

Silvija Rouzland je zaprepašćeno sedela i ćutala neko vreme, pre nego što su joj suze potekle niz obraze. Ili je bila izuzetna glumica ili se stvarno zaprepastila. Virđilio joj je dao vremena da se sabere pre nego što je nastavio s pitanjima.

– Sinjora Rouzland, možete li se setiti ikog ko bi želeo da ubije vašeg muža? Da li je imao neprijatelje?

– Ne, nijednog... makar ne neprijatelje koji bi želeli da ga ubiju. Bavio se poslom i pretpostavljam da je imao neke nezadovoljne mušterije, ali nikog ko je želeo da ga *ubije*.

Virđilio se nagnuo napred i utišao glas da ublaži udarac. – Žao mi je što moram da vas pitam, ali ovo je istraga ubistva i moramo da otkrijemo ko je uradio ovo vašem mužu. Moram da primetim da ste primetno mlađi od muža. Da ne postoji neki ljubomorni ljubavnik?

Tupo ga je gledala nekoliko trenutaka pre nego što je odgovorila. – Mislite, da li imam ljubavnika koji je možda ubio Vilijama? – Izraz lica joj se promenio od iznenađenja do besa. – Sigurno nemam. Volela sam muža, inspektore, i nikad ne bih ni pomislila da mu uradim nešto tako. – Zvučala je besno, ali imao sam osećaj da nešto u njenom odgovoru ne zvuči sasvim iskreno, ali možda sam samo postao cinik pod stare dane.

Virđilio je brzo smirio situaciju. – Hvala vam, sinjora Rouzland. Kao što sam rekao, morao sam da postavim to pitanje, i ne bih želeo da to shvatite kao neku klevetu. Imam još svega nekoliko pitanja i više vas nećemo gnjaviti. Smem li da pitam koliko dugo ste u braku?

Izduvala je nos i naslonila se na jastuke. – Vilijam i ja smo u braku godinu i po. Venčali smo se u januaru prošle godine.

– Da li je ijedno od vas već bilo u braku?

– Da, oboje. Razvela sam se od prvog muža pre tri godine, a Vilijam od svoje žene pre dve.

– A kad ste upoznali muža?

– Pre otprilike tri godine, nedugo posle razvoda. – Podigla je pogled. – Radila sam u fabrici... znate, njegovoj fabrici keramike u Montespertoliju. Ja sam slikarka i vajarka po profesiji, i oslikavala sam lonce i tanjire pre pečenja. To mi je i dalje hobi, mada više ne radim u fabrici. Imam svoj atelje u dvorištu.

Rouzland je menjao prvu ženu za noviji model: mlađu, čvršću i zdraviju. Mogao sam da zamislim kako je to uticalo na njegovu bivšu ženu. Možda bi vredelo razgovarati s njom. Izgleda da je i Virđilio pomislio isto.

– Imate li adresu njegove bivše žene?

Silvija Rouzland je odmahnula glavom. – Nažalost, umrla je od raka prošle godine. Bilo je to vrlo tužno. – Opet je uspela da zvuči vrlo uverljivo.

– A jeste li vi ili muž imali dece?

– Nažalost, nismo.

– Na kraju, moram da vas pitam, postoji li neko ko može da potvrdi da ste bili ovde između šest i osam večeras?

Ubacio sam svoje pitanje i video iznenađenje na oba lica. – A šta ste večeras imali za večeru?

– Ovaj, testeninu s belim lukom i maslinovim uljem. Vilijam voli... voleo je testeninu. A zatim odrezak. Imamo plinski roštilj.

Osmehnuo sam joj se. – Zvuči divno, hvala.

Virđilio je ponovo preuzeo ispitivanje. – Da li bi vam smetalo da malo razgledamo? Možda da vidimo njegovu spavaću sobu?

– Idite kud god želite. Njegova soba je prva zdesna. Moja je sledeća.

– Imate odvojene spavaće sobe?

Pocrvenela je. – Ako morate da znate, to je bilo zbog njegovog hrkanja. Jednostavno nisam mogla da spavam u istom krevetu s njim.

Dok smo Virđilio i ja išli na sprat da pogledamo spavaću sobu, pogledao me je i promrmljao: – Šta ti je prava ljubav...

Počeli smo od Rouzlandove sobe, ali nismo pronašli njegov telefon. Pretražio sam džepove njegovog sakoa i pantalona koje su visile na naslonu stolice, a i pogledao sam u fioke noćnog ormarića. – Možda ga je ostavio dole.

Ali nije. Pretražili smo kuću, ali nije bilo ni traga od telefona. Izašao sam u dvorište i pogledao kamenu kućicu u kojoj je bio atelje njegove supruge, ali nije bilo ni traga ničeg osim nove peći i nekih prilično lepih lonaca i skulptura. Silvija Rouzland je bila nadarena. U međuvremenu, Virđilio je uzeo od nje broj žrtvinog telefona i rekao Inočentiju da zatraži od telefonske kompanije da proveri pozive koje je obavio tokom dana. Na kraju smo se oprostili od Silvije Rouzland i napustili kuću. Na parkingu sam pogledao na sat. Bila je ponoć. Pogledao sam Virđilija.

– Hoćeš li kod mene na piće?

Virđilio je odmahnuo glavom. – Ne, hvala. Bolje da se vratim kod svoje žene. Uzgred, moram nešto da ti pokažem. Da li bi sutra došao do Firence? Povedi Oskara, obavezno. To ima veze i s njim.

Nakon što mi je probudio radoznalost, obećao sam da ćemo Oskar i ja biti u Virđiliovoj kancelariji sutra u jedanaest, da vidimo šta to želi da nam pokaže.

15.

Utorak ujutro

Dok sam sledećeg jutra išao ka Firenci, i dalje sam razmišljao o tri velika događaja od prethodnog dana: Rouzlandovoj smrti, imejlu od Helen i predivnoj vesti od Suzan iz Londona o objavljivanju knjige. Bilo je to neprofesionalno od mene, ali, od te tri stvari, najmanje sam mislio na debeljkovu smrt. Tokom noći sam se pomirio sa onim što sam već znao: konkretno, da je moja veza s bivšom ženom stvarno i trajno završena. Šta je to značilo za moju budućnost tek je trebalo da se vidi. Za početak, više nije bilo razloga da ne razmotrim ozbiljno Virđiliov predlog da postanem privatni detektiv. Ili je bilo? Jedna prepreka se uklonila sama od sebe, ali mogla bi da se pojavi druga. Da li je moju bivšu ženu zamenila moja književna karijera? Da li bi bilo pametno da prihvatim ugovor da napišem još knjiga dok istovremeno započinjem novu karijeru kao privatni detektiv?

I dalje sam razmišljao o tome kad smo Oskar i ja stigli do policijske stanice. Policajci na recepciji su me već poznavali i nije im smetalo što će moj četvoronožni prijatelj da se popne sa mnom stepenicama do Virđiliove kancelarije koja gleda na moćnu tvrđavu Da Baso, čiji su ciglani i kameni zidovi iz šesnaestog veka dominirali trgom ispred policijske stanice. Virđilio je stajao kraj bele table za pisanje, na kojoj su se nalazila imena sumnjivaca u slučaju ubistva u kantri klubu, ispod fotografije Reksa Hantera koji leži u peščanoj prepreci. Na jednoj strani table nalazilo se ime Vilijama Rouzlanda, a crni krst uz ime označavao je da je mrtav. Kraj njega se nalazilo ime udovice, Silvije Rouzland, a Virđilio je napisao crveni upitnik pored njenog imena. Mahnuo mi je i sagnuo se da potapše Oskara.

– *Ciao*, Dene. Jesi li uspeo da se naspavaš nakon sinoćnjih događaja?

– Spavao sam dobro, hvala. Ima li nečeg novog?

– Upravo sam dobio izveštaj patologa o Rouzlandu. Umro je od srčanog udara, ali izazvan je gušenjem. Ali, važnije, Đani je potvrdio tvoju teoriju da ga je neko udario nečim tvrdim, verovatno metalnim, a nema naznaka da je doživeo takav udarac od ičega u kolima. Pošto je vozački prozor bio otvoren, Đani se slaže s tobom da se žrtva verovatno nagla da pogleda nešto ili da razgovara s nekim kad je udarena. To ga je onesvestilo i još je bio u nesvesti kad se ugušio. To je sigurno ubistvo.

– Ko bi želeo da ga ubije? Sigurno to ima neke veze sa ubistvom Reksa Hantera, ili mislimo da nema? Ako je tako, da nije to bila njegova žena? Da li je Rouzland ubijen jer je znao previše, video nešto što nije smeo, ili je ljubavnik njegove mlade žene pokušavao da ga skloni s puta kako bi se domogli njegovog bogatstva?

– Delim tvoj cinizam povodom mladih žena koje su udaju za starce zbog novca, ali izgledala je stvarno uznemireno, a prema mom iskustvu, nema mnogo ubica koje plaču za svojim žrtvama.

– Znam na šta misliš, ali nešto u njenoj reakciji nije izgledalo iskreno. Ne mogu tačno da odredim, ali ne sviđa mi se činjenica da nema alibi u vreme ubistva. Budimo realni: spremanje testenine s belim lukom i maslinovim uljem i odreska ne zahteva mnogo pripreme. Da sam u kući osetio miris ratatuja ili bujabesa, lakše bih joj poverovao.

Osmehnuo se. – Bujabes i ratatuj? U Italiji smo, ne u Francuskoj.

– Pa, krepka čorba od zeca ili prženi luk, onda. Ali nisam ništa namirisao.

– Misliš da se možda iskrala i ubila svog muža?

– Moguće je, a nije morala ni da koristi kola. Možda je peške otišla do mesta zločina. Nije daleko i ne bi joj trebalo mnogo vremena. Na osnovu onog što sam video, u dobroj je formi, tako da je mogla da otrči tamo i vrati se vrlo brzo. Ili možda nije radila sama. Možda je bila mamac kraj puta, dok je njen ljubavnik čekao s gvozdenom šipkom. – Nemoćno sam odmahnuo glavom. – Slažem se

141

da je izgledala uznemireno, i plakanje može da označava iskren bol, i možda je to moj problem, ali ne mislim da bi trebalo da je isključimo iz istrage. Možda je Rouzland ubijen jer je otkrio da ona ima ljubavnika i hteo je da nešto preduzme. Ljubavnik ga je ubio da ga ućutka. Možda je ubica oženjen i bojao se problema?

– Sve je moguće, a ako je imala ljubavnika, ko je on? Neko koga poznajemo? Neko iz kluba?

– Pod pretpostavkom da je odabrala nekog bližeg po godinama od svog muža, to nam ostavlja Adama Hantera, Pitera Nelsona ili instruktora golfa. Adam i Dario imaju partnerke, ali mislim da je Nelson kazao da živi sam. Naravno, to je možda i neko potpuno nepoznat. – Zastao sam na tren, intenzivno razmišljajući. – To je samo pomisao, ali šta ako ljubavnik Silvije Rouzland nije obavezno muškarac? Šta je sa Elizabet Makgregor, pomoćnicom direktora? Šta ako je ta priča o njenoj vatrenoj i velikoj ljubavi prema Reksu Hanteru samo varka? Možda je Elizabet tajanstvena ljubavnica Silvije Rouzland.

– Sve je moguće, ali naravno da Rouzlandovo ubistvo možda nema nikakve veze s njegovom ženom. Možda čak nema nikakve veze s Hanterovim slučajem, mada, kao i ti, mislim da bi to bila prevelika slučajnost. Mislim da to mora biti povezano sa ubistvom Reksa Hantera, ali kako?

– Ako pretpostavimo da verovatno *jeste* povezano s Hanterovim ubistvom, kladim se na Pitera Nelsona. Šta ako je on ubio Reksa Hantera na terenu za golf prošle nedelje, a Rouzland to video, ali iz nekog razloga obećao da će ćutati? Sve je išlo dobro do naše male predstave sinoć, koja je navela uplašenog Rouzlanda da prizna, a Nelson je znao da će morati da ga ubije kako bi ga ućutkao. Šta misliš?

– Mogao je da uradi to, ali nemamo motiv. Da, Nelson nije mnogo voleo svog šefa, ali naučio je da ga podnosi. Priznajem da mi se načelnik ne sviđa previše, ali sigurno neću otići i ubiti ga. Pored toga, zašto bi Nelson iznenada reagovao sad? Šta ga je navelo da uradi nešto tako radikalno? Bolje da ipak proverimo snimke nadzornih kamera u klubu. Moguće je da je Nelson otišao pre Rouzlanda sinoć

i postavio zasedu na delu puta za koji je znao da nema mnogo pro-
meta. Ali neće biti lako dokazati to.

– A tu je i Luiđi Sinjeze. Možda možemo da primenimo istu
logiku i na njega. Provukao se kroz ogradu i ubio Hantera prošle
nedelje, ali Rouzland ga je video. Iz nekog razloga, Rouzland je pri-
stao da ćuti o tome što je video, ali onda se sinoć predomislio i tako
je Luiđi znao da mora da ga ubije.

Virđilio je iznervirano frknuo i spustio olovku na sto. – Dobro,
rekao sam ti da želim nešto da ti pokažem. Jesi li za kratku šetnju?

Oskar je odmah prepoznao tu čarobnu reč – tečno je govorio
oba jezika kad se radilo o hrani ili šetanju – i krenuo je ka vratima.
Virđilio je izašao iz policijske stanice i otišao tri ulice desno. Onda je
skrenuo u jednu uličicu punu parkiranih automobila, i hodali smo
dvestotinak metara dok nismo došli do polukružnog ulaza na nekoj
neupadljivoj fasadi. Bili smo u istorijskom centru grada, i znao sam
da su mnoge od tih zgrada izgrađene za vreme renesanse. Kao neko
koga veoma zanima taj istorijski period, pratio sam Virđilija kroz
vrata s mnogo iščekivanja. Ušli smo u jedno kamenom popločano
dvorište i skrenuli desno na široko kameno stepenište koje je vodilo
gore. Dok smo se peli, divio sam se podsetnicama starosti te palate
– statuama u nišama, prozorskim okvirima od rezbarenog kamena
i zasvođenim tavanicama – dok se nismo zaustavili ispred jednih
vrata na prvom spratu. Virđilio je izvadio ključ i otvorio stara vrata
od rezbarenog drveta. Uveo je mene i mog psa i mahnuo rukom, uz
sve širi osmeh.

– Pa, šta misliš, Dene?

Pogledao sam oko sebe. Bili smo u malom predsoblju, odvoje-
nom od sobe iza još jednim lepim vratima, a ova su bila delimično
staklena. Kroz staklo sam video da je pod nepokriven, da je pro-
storija očigledno prazna, osim ogromnog starog drvenog stola kraj
prozora. Ušao sam i pogledao oko sebe. Prvo što sam primetio bila
je freska koja je prekrivala veći deo zida s leve strane. Bila je oči-
gledno vrlo stara i prikazivala je neki ruralni prizor muškaraca u
pantalonama s mačevima na bokovima, koji jašu za čoporom pasa
u poteri za nesrećnim jelenom. Na suprotnom zidu nalazila su se

143

dvoja vrata. Bila su otvorena i video sam da jedna vode u malu kuhinju, a druga u kupatilo. Zainteresovano sam se okrenuo i video da me Virđilio dobrodušno gleda, i dalje se široko osmehujući.

– Dobro došli u kancelariju Dena Armstronga, privatnog istražitelja. Šta misliš o tome?

Na trenutak nisam znao šta da kažem i Virđilio je iskoristio moju ćutnju da iznese svoj plan. – Mislio sam da bi trebalo da imaš kancelariju ovde i lepu mesinganu pločicu na zidu ispred. Nema potrebe da trošiš bogatstvo na oglašavanje: tome služi internet. Ima na stotine, hiljade ljudi koji govore engleski, samo u Firenci, a još hiljade po čitavoj Toskani, i bog zna koliko u ostatku Italije. Kladim se da će među njima biti onih koji imaju previše delikatne probleme da bi ih izneli policiji. A uvek ima i slučajeva koje mi ne možemo da rešimo. Mislim da ćeš vrlo lepo zarađivati hvatanjem begunaca, nadzorom nevernih bračnih drugova, pronalaženjem porodičnog nasleđa, a možda čak... – pogledao je Oskara i osmehnuo se – izgubljenih ljubimaca. Pa, šta kažeš?

Tad sam već bio prevazišao prvobitno iznenađenje. – To je zadivljujuća pomisao. Otkako si predložio to, razmišljao sam o svemu, ali postoji jedan veliki problem: od razvoda i odlaska u penziju moram da krpim kraj s krajem. Ne mogu da priuštim plaćanje prostora u samom centru grada. Na divnom je mestu, nedaleko od železničke stanice, katedrale, tvoje kancelarije. Znam da neće biti jeftino.

Osmeh mu je postao širi. – Dobro, tu si pogrešio. Vidiš, sve donedavno, ovu je kancelariju koristio moj stric za svoj mali posao. Izvozio je toskansku keramiku širom sveta i dobro mu je išlo. Upravo je napunio sedamdeset pet i konačno popustio pred zvocanjem moje strine i penzionisao se prošle nedelje. Naleteo sam juče na njega i rekao mi je da je pre dvadeset dve godine ugovorio iznajmljivanje na trideset godina, po vrlo razumnoj ceni. Ako želiš, možeš da imaš ovo mesto u narednih osam godina, za četvrtinu aktuelne cene.

To je zvučalo vrlo primamljivo. Otišao sam do prozora pozadi i video da gleda na lepo dvorište, koje je bilo veće nego što mi se isprva učinilo. Tu je čak bio i mali vrt, s leve strane, s glicinijama koje se penju uza zidove i ružinim žbunovima u punom cvatu oko male statue koja je ličila na Veneru. Dva automobila bila su parkirana ispred nečeg što je izgledalo kao mala radionica. Uvek radoznali Oskar mi je prišao i propeo se na zadnje noge, naslanjajući šape na prozorsku dasku dok je i on virio napolje, raširenih nozdrva uživajući u novom mirisu. Pogledao sam ga i pomazio po ušima.

– Šta misliš, doktore Votsone? Da li smo zainteresovani?

Liznuo mi je ruku i shvatio sam to kao podršku. Okrenuo sam se prema Virđiliju. – Moraću dobro da razmislim. Kad tvoj stric mora da dobije odgovor?

– Koji je danas dan? – Pretvarao se da računa. – Četvrtak, zar ne? Ne žuri i obavesti me do vikenda.

– Vikenda? On počinje sutra uveče.

Osmeh je i dalje bio tu. – Kako bi bilo da mu kažem nedelja uveče? Kao što možeš da zamisliš, ljudi čekaju u redu da se dokopaju ovog mesta, ali rekao sam mu da si mi blizak prijatelj, a ja sam mu uvek bio omiljeni sinovac. Znam da će me sačekati.

– Dakle, to znači da imam tri dana da odlučim o čitavoj svojoj budućnosti... jao.

Dalji razgovor je prekinuo Virđiliov telefon. Bio je to kratak poziv i kad je prekinuo vezu, izgledao je iznenađeno. – Adam Hanter se pojavio u mojoj kancelariji i želi da razgovara sa mnom. Želiš li da pođeš?

Brzo smo se vratili u policijsku stanicu i zatekli smo Adama i jednu stariju ženu kako nas čekaju. Čim sam je ugledao bio sam siguran da znam ko je ona. Virđilio ih je uveo u svoju kancelariju i Adam ju je predstavio na engleskom.

– Ovo je moja majka, Džun Hanter. Upravo je doletela iz Australije.

Majka ga je brzo ispravila. – Sad sam Džun Holman. Odlučila sam da vratim devojačko prezime.

Bila je namrštena, ali pošto je verovatno imala iza sebe dvadesetčetvoročasovni let, to nije bilo iznenađujuće. Otprilike je bila mojih godina, godinu ili dve manje-više, ali ostarila je znatno bolje nego ja. Uz bez sumnje ofarbanu plavu kosu i izuzetno glatku kožu, i dalje je bila vrlo zgodna žena, veoma slična svojoj ćerki Dženifer, i to mi je odmah privuklo pažnju. Adam Hanter me je predstavio kao inspektora Armstronga, i svi smo se rukovali pre nego što im je Virđilio rukom dao znak da sednu. Stajao sam kraj prozora sa svojim psom, a Virđilio je seo za sto.

– Čemu dugujem ovu posetu, sinjor Hanter? – Setivši se da nam je rečeno kako Adamova majka mrzi Italiju i italijanski jezik, Virđilio se držao engleskog.

– Rekao sam majci da je Dženifer uhapšena i došla je da je poseti. Da li će to biti moguće?

Virđilio je usmerio pažnju na Adamovu majku. – Ne vidim nikakav razlog zašto da ne. Jutros sam dobio izveštaj o vašoj ćerki, i biće vam drago da čujete da se, otkako ponovo uzima lekove za smirenje, ponaša znatno razumnije, mada mora da ostane u pritvoru. – Oklevao je. – Pretpostavljam da znate da je priznala pokušaj ubistva Natali Hanter. Pretpostavljam da ste čuli da je vaš muž imao još jednu ćerku?

Odgovor je bio pun otrova. – Uvek sam sumnjala da Reks ima kopilad širom sveta. Sad kad je jedno isplivalo na površinu, pitam se koliko ih još ima. – Koliko god da je bila privlačna, Džun Holman je imala pogan jezik. – Razumem da je Reks sve ostavio njoj, a ne svojoj pravoj deci. To je sramota.

Virđilio joj se obratio umirujućim tonom. – Ne mogu da komentarišem odredbe testamenta, ali ako želite, mogu da pozovem i proverim možete li da posetite ćerku danas.

– Da... hvala vam. – Video sam kako se trudi da se smiri. Još više je ličila na ćerku kad je besna, i bilo je lako videti kako je otrovna mešavina ove žene i podjednako otrovnog Reksa Hantera doprinela da Dženifer postane takva kakva jeste. Čudo je što i brat nije ispao takav. Ili jeste? Imamo samo reč njegove partnerke da nije izlazio u ponedeljak uveče. Možda je ispod te prijateljske spoljašnjosti kucalo crno srce. Napokon, da je on sinoć stajao kraj puta, siguran sam da bi se Rouzland zaustavio. Gledao sam ga kad je Virđilio nastavio.

– Dok ste ovde, sinjora Holman, smem li da vas pitam možete li se setiti nekog starog neprijatelja koga je vaš muž možda imao?

Odmahnula je glavom. – Koliko vremena imate? Spisak ljudi koje je sjebao – i mislim na sva značenja te reči – beskrajno je dug. Čudim se što ga neko nije ranije ubio. Da budem iskrena, inspektore, da sam mogla da smislim kako da uradim to i prođem nekažnjeno, rado bih to sama uradila.

Ili je možda, mislio sam, odabrala rešenje da ubedi sina ili nekog drugog da to uradi dok ona ima neoboriv alibi jer je bila na drugom kraju sveta. Virđilio je nezadovoljno progunđao.

– Pretvaraću se da nisam to čuo. – Usmerio je pažnju na Adama. – Kažite mi, da li je neko u Italiji bio u ozbiljnoj zavadi s njim?

Video sam da Adam okleva, i razmišlja. – Znate da je bio uključen u raspravu oko zemlje kraj terena za golf, zar ne? Koliko sam čuo, vlasnik te zemlje nije bio najzadovoljniji.

– Gospodin Luiđi Sinjeze, da, znamo za njega. Da li ga poznajete?

– Video sam ga u njivi nekoliko puta, ali nikad nismo razgovarali. Parnicu je pokrenuo moj otac, i on je razgovarao sa Sinjezeom.

– Još neko? Molim vas, oboje dobro razmislite. – Kad su odmahnuli glavama, Virđilio je prihvatio najuviđavniji ton. – Sinjora Holman, čuo sam da se muž razveo od vas jer ste počinili preljubu. Da li je to istina?

– Inspektore, zaboga! Da li su takva pitanja neophodna? – Adam je sad zvučao odlučnije.

– Ovo je istraga ubistva. Sigurno *jesu* neophodna. – Virđilio je ponovo usmerio pažnju na Adamovu majku. – Bojim se da mi je potreban odgovor.

– Istina je da sam priznala to. U stvari, rekla sam to Reksu tokom jedne večere, ali istina je da je jedina neverna osoba u našem braku bio Reks.

– Zašto ste priznali nešto što niste uradili?

– Jer sam mu dve godine tražila razvod a on je samo otezao. Novac je mnogo značio Reksu i znala sam da ću ga, ako mu dam priliku da se izvuče bez plaćanja svega što mi je dugovao, to navesti na akciju. Čak sam odabrala pažljivo trenutak da Pirandelo, Reksov advokat može da me čuje.

Virđilio i ja smo se kratko zgledali. Imali smo pretpostavku o tome kako je besni ljubavnik bivše žene mogao da počini ubistvo, mada je činjenica da je čekao toliko dugo činila to neuverljivim. Pod pretpostavkom da je Adamova majka govorila istinu i da nije postojao drugi muškarac, to znači da možemo da precrtamo još jednog sumnjivca sa spiska.

Virđilio je uzeo telefon i pozvao pritvor da ugovori majčinu posetu ćerki. Dok je govorio, postavio sam nekoliko pitanja.

– Kako vam je protekao let iz Australije? To je dugo putovanje.

– Nego šta. Čekala sam u Singapuru pet sati dok nisu rešili neki problem s avionom. Stigla sam u Rim tek juče popodne, i odlučila sam da prenoćim tamo. Stigla sam u Firencu pre sat vremena. I dalje sam iscrpljena.

Stigla je u Italiju pre Natalinog okupljanja i Rouzlandove smrti. Slučajnost? Brzi voz *frečarosa* prelazio je gotovo trista kilometara od Rima do Firence za malo više od sat i po, i mogla je da doputuje juče i ubije Rouzlanda. Ali pitanje je, zašto?

Nastavio sam sa ispitivanjem. – Smem li da pitam koliko dugo nameravate da ostanete ovde?

– Što kraće mogu. Samo želim da se pobrinem da Dženifer dobije potrebnu terapiju i vraćam se u Australiju.

– Pretpostavljam da je i ranije imala slične probleme.

Klimnula je glavom. – Bojim se da je nasledila sve te loše osobine od svog oca. – Primetio sam da ne želi da prizna da i kod nje postoje loši geni. – Novi lekovi izgleda dobro deluju...

– Dok ih nije zdrobila i upotrebila da ubije svoju polusestru. – Prekinuo sam je i namerno zazvučao grubo da bih video kako će reagovati, ali Adam je reagovao prvi.

– Duboko u duši, Džen nije loša osoba. Samo joj je mozak u magli.

– Adam je u pravu: morate razumeti da nije odgovorna za svoje postupke. – Bio sam pomalo iznenađen kad sam čuo nežniji ton u njenom glasu. Možda ispod te grube spoljašnjosti nije bila tako loša.

– Siguran sam da će dobiti odgovarajuću terapiju. Gde ćete odsesti dok budete ovde?

Adam je odgovorio umesto majke. – Kod mene.

Virđilio je spustio telefon na sto i izjavio da ona može da vidi ćerku u dva sata i objasnio joj kako da dođe do pritvora. Nakon toga, njih dvoje su ustali i zahvalili mu se izuzetno ljubazno na izdvojenom vremenu, pre nego što su otišli.

Kad su se vrata zatvorila za njima, Virđilio je ustao i pridružio mi se kraj prozora. Rekao sam mu šta je Adamova majka kazala za dolazak u Italiju prethodnog dana i kako je mogla da stigne ovamo sinoć, i obojica smo stajali i ćutke zurili u trg ispod, duboko zamišljeni. Prošlo je neko vreme pre nego što me je pogledao.

– Kaži mi nešto, Dene: misliš li da je Reksa Hantera i Vilijama Rouzlanda ubila ista osoba?

– I ja sam se pitao to. Pretpostavljam da to zvuči moguće ili, u najmanju ruku, ako ubica nije isti, verujem da su te dve smrti gotovo sigurno povezane.

– A rekao si da bi se opkladio na Pitera Nelsona, računovođu?

– Da, mada nije imao motiv. Jesi li siguran da nema ničeg sumnjivog u računima?

Vratio se do svog stola i dao mi tanku fasciklu. – Evo izveštaja analitičara. Nisu pronašli ništa sumnjivo.

Pregledao sam brojke na papirima. Sve je stvarno izgledalo transparentno i legalno. Plate klupskog osoblja su bile tu, i video sam da Nelson dobija veliki iznos. Kad sam pregledao prethodnu godinu, video sam redovnu mesečnu uplatu od pet hiljada evra u jednu australijsku banku, verovatno Dženiferin džeparac, i još toliku svotu tokom prethodnih godina, kad je Natalina majka bila živa. S vremena na vreme, kao što nam je Nelson rekao, velike sume su prebacivane na privatni račun Reksa Hantera, da bi se nadoknadilo početno ulaganje. Na dnu strane se jasno videlo da je klub poslovao dobro i da je bio profitabilan. Što se tiče sivih oblasti, nisam ih uočio. Stručnjaci koji su pregledali račune bili su u pravu: izgledalo je da Piter Nelson nije falsifikovao poslovne knjige. Pogledao sam Virđilija.

– Dakle, ako to nije bio Nelson, možda je Rouzland naš ubica, a Nelson je, iz ko zna kog razloga, odlučio da okrene glavu na drugu stranu i obezbedi mu izmišljeni alibi govoreći da su zajedno otišli s terena za golf.

– Pitanje je zašto bi pristao da počini takvo krivokletstvo. Mislim da ću otići do kluba i ponovo razgovarati s gospodinom Nelsonom. Šta radiš danas? Vraćaš se kući da pišeš?

– Kad smo već kod toga, imam sjajne vesti. – Ispričao sam mu za imejl koji mi je poslala Suzan iz izdavačke kuće i izgledao je oduševljeno.

– Blago tebi, Dene. Da, mogu da te zamislim, kako pišeš u kancelariji nedaleko odavde, kad ti iznenada neko pokuca na vrata i tajanstvena žena odevena u crno uđe u tvoju kancelariju. Traži tvoju pomoć u rešavanju neke misterije – možda pronalaženje skrivenog blaga ili nečeg sličnog – i to na kraju postane zaplet tvoje sledeće knjige. Možda će ti biti potrebna veća mesingana tabla ispred: Den Armstrong, privatni istražitelj *i romanopisac.*

Nisam odgovorio, ali to je zvučalo prilično dobro.

Potapšao me je po leđima. – U svakom slučaju, pitao sam se da li bi hteo da nekad odemo na tenis. Nismo igrali nekoliko nedelja, i želim da vidim da li su ti one poduke poboljšale bekhend.

– To mi zvuči dobro. Zašto ne zakažeš termin u kantri klubu nakon razgovora s Nelsonom? Pošalji mi poruku i doći ću da ti se pridružim.

16.

Četvrtak popodne

Igrali smo tenis od tri do četiri tog popodneva i na terenu je bilo neverovatno vruće. U stvari, bili smo jedini koji smo igrali. Virđilio je, mudro, rezervisao samo jedan sat, i bili smo prilično srećni što smo prestali kad je termin istekao. Bio sam i srećan jer je moj bekhend bio bolji i uspeo sam, za promenu, da ga pobedim.

Seli smo na klupu u hlad i ukratko mi je prepričao razgovor s knjigovođom. Što se tiče prethodne večeri, Nelson tvrdi da je napustio Natalino okupljanje i otišao do kluba s Rouzlandom. Obojica su ostavili kola na parkingu. Rouzland je skrenuo levo i krenuo prema kući, a Nelson kaže da je otišao pravo do svog stana u Firenci, mada, pošto živi sâm, niko nije mogao to da potvrdi. Snimci s nadzornih kamera na ulazu u klub potvrdili su tu priču, pokazujući dva automobila koja su izašla istovremeno, a Nelson je skrenuo desno prema Firenci, a ne levo prema Rouzlandovoj kući, ali naravno da je mogao da se vrati nekim drugim putem. I pored toga, putovanje od kluba do Rouzlandove kuće bilo je toliko kratko da bi Nelsonu bilo vrlo teško da stigne do mesta „nesreće" pre žrtve.

A što se tiče večeri kad je ubijen Reks Hanter, Nelson je nastavio odlučno da tvrdi kako ni on niti Rouzland nisu bili umešani. Ostavili su Reksa na terenu u pola devet i vratili se u klub, zastajući povremeno da pričaju o poslu. Kamere na parkingu kluba pokazale su da su ušli u svoja kola i odvezli se pre devet – ponovo je Rouzland skrenuo levo, a Nelson desno. Nije bilo kamera usput koje bi potvrdile njihove izjave, a sad kad je Rouzland bio mrtav, niko nije mogao da potvrdi ili ospori Nelsonov opis događaja. Kad smo ga pitali zašto je kupio novu rukavicu za golf, iz kante za smeće pored stola izvadio je staru rukavicu s neravnom poderotinom, govoreći Virđiliju da je bila stara gotovo deset godina i da je bilo vreme da je zameni.

Sve je zvučalo vrlo uverljivo.

Inočenti je poslat da ponovo razgovara s Luiđijem Sinjezeom, koji je tvrdio da je napustio Natalino okupljanje i otišao pravo svojoj kući, gde je proveo ostatak večeri s rođacima, koji su potvrdili njegov alibi... uključujući i sina policajca. Ako je ubio Rouzlanda, to je značilo da je mnogo ljudi spremno da lažno svedoči da bi ga spaslo. Ni Virđilio niti ja nismo ga videli kao ubicu tako da, zasad, nismo mogli mnogo toga da uradimo.

Krenuli smo ka klupskim prostorijama nakon partije tenisa, a onda smo naišli na dvoje ljudi koji su stajali na parkingu i razgovarali. Oboje smo poznavali, ali iznenadili smo se kad smo ih videli zajedno. To su bili Dario, instruktor golfa i Silvija Rouzland, ucveljena udovica. I dalje je izgledala sumorno, ali s obzirom na to da joj je muž nedavno ubijen, nije izgledala kao da pati. Pretpostavio sam da je išla u fitnes centar, jer je bila odevena u pripijeni šorts od spandeksa i tesnu majičicu, koja je otkrivala impresivne trbušnjake. Nije bilo sumnje da je vodila računa o svom telu, mnogo bolje nego ja o svom. A što se tiče odsustva reakcije na muževljevo ubistvo, možda je samo bila jedna od onih srećnica koje uspevaju da ostave loše vesti iza sebe i nastave sa životom.

Ili možda nije.

U prolazu nas je učtivo pozdravila, a Dario nam je mahnuo. Virđilio je sačekao dok se nismo udaljili pre nego što je istakao očigledno.

– Dvoje naših potencijalnih osumnjičenih se poznaju. To je zanimljivo.

Slažem se. Nije obavezno sumnjivo, ali sigurno je zanimljivo. Pitam se koliko dobro ga poznaje. On je zgodan momak. Da nije on njen tajanstveni ljubavnik?

– Iako on i tvoja učiteljica tenisa tvrde da su u vezi. – Virđilio je teatralno zakolutao očima. – Počinjem da mislim da sigurno ima nečeg u vodi u Akvarosi što navodi sve da se ponašaju kao zečevi. Ako farmaceutske kompanije počnu da je flaširaju, zaradiće bogatstvo.

– Možda si nanjušio nešto.

Kad sam izašao iz svlačionice nakon osvežavajućeg, hladnog tuša, uočio sam Elizabet Makgregor iza recepcije i zastao sam da porazgovaram s njom. Već je čula za Rouzlandovu smrt i izrazila je žaljenje. Kad sam je upitao da li ga je dobro poznavala, odmahnula je glavom.

– Dovoljno često sam ga viđala ovde, ali nikad se nismo družili. Njegova žena i Džun, Reksova bivša žena, često su zajedno išle u fitnes centar i bile su prijateljice. Reks mi je rekao da ih se klonim, jer nije želeo da ijedna od njih sazna za našu vezu.

To je bilo neobično. Silvija Rouzland ne samo što je poznavala instruktora golfa nego su ona i bivša Hanterova žena bile prijateljice – a Džun Holman je upravo stigla iz Australije. Da li su bile toliko dobre prijateljice da su se sastale sinoć da ubiju muža Silvije Rouzland, iz ko zna kog razloga? Imao sam muke da zamislim muškarca Rouzlandovih godina i fizičkog stanja uključenog u ljubavni trougao, i nisam mogao da shvatim kakvu je korist Džun imala od njegove smrti. Možda to prijateljstvo – pod pretpostavkom da pomoćnica direktora govori istinu – ništa ne znači, ali dodalo je još šaku blata u već mutnu vodu.

Upitno sam pogledao Elizabet. – Mislite da njegova žena nije znala za vas i Reksa? – Ines vrtlarka je rekla kako je to bila javna tajna.

– Ako jeste, nikad nije ništa rekla. Podsećam vas, sklanjala sam joj se s puta i retko sam je viđala.

Odlučio sam to da pitam Hanterovu bivšu ženu kad sledeći put naletim na nju. A to nije bilo jedino pitanje koje sam imao za nju. Sačekao sam dok se Virđilio nije pojavio iz svlačionice i krenuo sam napolje za njim, a onda sam ga upitao šta sad namerava da uradi.

Pogledao je na sat. – Pola pet. Kad smo već ovde, idem do Hanterove vile da razgovaram s kuvaricom i batlerom. Oni su i dalje potencijalni osumnjičeni za Hanterovo ubistvo, mada nismo pronašli motiv i, iskreno, ne vidim da je jedno od njih to uradilo. Ali moramo biti temeljni, a oni će možda moći da nam kažu nešto više o bivšoj Hanterovoj ženi. Hoćeš li sa mnom?

Klimnuo sam glavom. – Dobra ideja. A nakon toga lako možemo da odemo do Adamovog bungalova. Nadajmo se da se njegova majka vratila iz posete Dženifer. Otkako sam je video jutros nešto me muči. Da li nam je rekla istinu kad je kazala da je izmislila vezu s nekim nepoznatim muškarcem, ili je stvarno postojao neko? A ako jeste, ko je to bio?

Odvezli smo se do vile, svako svojim kolima, i parkirali se ispred. Sasvim očekivano, Batista mora da nas je čuo i čekao je kraj vrata u besprekornoj crnoj livreji.

– Gospodo, dobar dan. Došli ste kod sinjore Natali?

– Ne, Batista, došli smo da porazgovaramo s vama i vašom suprugom. Voleo bih da razgovaramo o bivšoj supruzi sinjora Hantera.

Batista je bio sjajan batler, ali ni on nije uspeo da spreči da mu preko dostojanstvenog lica pređe izraz koji je podsećao na saosećanje. – Naravno, gospodine. Moja žena je u kuhinji. Molim vas, uđite.

Pratili smo ga do kuhinje, gde smo zatekli ozbiljne kulinarske pripreme. Sto je bio prekriven staklenim teglama – onim velikim s metalnom kopčom za zatvaranje i debelim gumenim prstenom za zaptivanje – i predivan miris paradajza i belog luka ispunjavao je vazduh. Marijaroza je spremala sos za testeninu i nakon što sam pojeo samo sendvič za ručak i odigrao napornu partiju tenisa, osetio sam kako mi se nozdrve šire i želudačni sokovi rade. Stajala je kraj velikog šporeta, oprezno mešajući nešto u velikom loncu. Na Virđiliov zahtev smanjila je vatru i seli smo za sto. Virđilio ju je zasuo brojnim pitanjima.

– Žao mi je što vas uznemiravam i obećavam da vas neću dugo zadržavati. Ne bih voleo da vam zbog mene propadne sos, koji miriše predivno. Samo sam želeo da vam postavim neka pitanja o bivšoj ženi Reksa Hantera, Džun.

Batista je oprezno odgovorio. – Bila je dobra žena... ispod grube spoljašnjosti, ali muž joj je zagorčavao život.

– Zbog toga što je bio ženskaroš?

Batista je ozbiljno klimnuo glavom. – Znam da ne treba govoriti loše o mrtvima, ali u pravu ste: sinjor Hanter se ponašao skandalozno prema sinjori Džun.

– Kad kažete da je bila dobra žena *ispod grube spoljašnjosti*, možete li to da nam bolje objasnite?

Ovog puta je odgovorila Marijaroza. – Imala je gadnu narav, kao njena ćerka. Mogla je da se razbesni zbog sitnice.

Batista je dodao: – Iskreno, iskaljivala se na nama samo kad bi je muž iznervirao.

Marijaroza je klimnula glavom. – U pravi si; sve njene nevolje poticale su od muža.

– A čuo sam da je počela da se opija? Elizabet Makgregor iz kluba nam je rekla o tome. Izgleda da je Džun Hanter mrzela život u Italiji do te mere da se okrenula piću.

Bledo su nas pogledali. Batista je odgovorio za oboje. – Ne znam zašto je sinjora Makgregor rekla to, inspektore, ali nikad nisam video sinjoru Hanter da je popila više od male čaše vina uz obrok. Sinjor Hanter je, s druge strane, preterano pio u mnogim prilikama.

Virđilio i ja smo se pogledali. Ta verzija događaja znatno se razlikovala od onog što nam je Elizabet Makgregor rekla. Ko je govorio istinu? Ako je ovo tačno, da li je pomoćnica direktora namerno lagala, ili je njen ljubavnik lagao nju o alkoholizmu svoje supruge?

– Takođe smo čuli da je priznala kako je bila neverna svom mužu i da je to dovelo do razvoda. Da li je to istina?

Batista je klimnuo glavom. – Da, na večeri, pred desetak gostiju. Posluživao sam i čuo sam sve to. – Isti izraz saosećanja prešao mu je preko lica. – Da budem iskren, inspektore, kazala je unapred Marijarozi i meni šta će reći.

– Kazala vam je da je počinila preljubu?

– Kazala nam je da se... ljubakala s drugim muškarcem. – Upotrebio je italijansku reč *avventura*, koja je zvučala uzbudljivije nego engleski prevod.

– A šta mislite da je podrazumevala pod ljubakanjem?

Kunem se da sam video dve mrlje srama koje su se pojavile na Batistinim obrazima na tren ili dva, pre nego što skinuo odgovornost sa sebe. – Razgovarala je o tome s Marijarozom.

Marijarozini obrazi su sad bili boje sosa od paradajza. – Otkrila mi je da je... ovaj... zgrešila s jednim muškarcem, jednim od muževljevih prijatelja. Kazala je da se to dogodilo samo jednom i da je odmah zažalila, ali taj muškarac je, s druge strane, izgleda postao ozbiljan. Kazala je kako je to rekla mužu tokom večere da bi ubrzala razvod, za kojim je žudela, a delimično i da preduhitri tog muškarca da ne uradi nešto glupo kao što je razgovor s njenim mužem.

– A da li je otkrila identitet tog muškarca?

– Te večeri, pred gostima, nije.

– A vama? Da li je rekla nekom od vas?

Usledila je kratka pauza tokom koje su njih dvoje pogledali jedno drugo, a onda je Batista klimnuo glavom. – Kazala je Marijarozi da je to bio sinjor Nelson, računovođa.

Virdilio i ja smo ponovo pogledali jedan drugog. Da li su batler i njegova žena obezbedili mogući motiv za ubistvo jednom od naših glavnih sumnjivaca? Da li je Hantera ubio ljubomorni ženin ljubavnik? Da li je to konačno zrak svetlosti u ovom sve mračnijem slučaju? Možda će se ispostaviti da sam bio u pravu kad sam slutio da je Nelson ubica.

Virdilio je završio razgovor nakon toga. Dok smo izlazili, Batista nas je otpratio do salona, gde smo zatekli Natali koja je izgledala mnogo vedrije. Kraj nje je sedela jedna riđokosa žena lica punog pegica. Natali se čak osmehnula kad nas je videla. – Zdravo, dođite i upoznajte moju najbolju prijateljicu, Poli. Stigla je jutros iz Australije i sjajno je što je ovde. – Rukovali smo se s njom i onda otišli. Kad smo izašli na parking, prirodno smo poveli razgovor o računovođi.

– Dobro, to će nam uštedeti trud da pitamo Hanterovu ženu koji je to muškarac bio. Iznenada Nelson izgleda mnogo zanimljivije.

– Svakako. Pod pretpostavkom da Batista i njegova žena govore istinu, sve je verovatnije da je tvoj osećaj bio ispravan, Dene. Trudili smo se da pronađemo motiv za njega, i sad ga imamo. Šta misliš o ovoj verziji? Nelson je kipteo od besa otkako se Džun vratila u Australiju, jer je bio hiljadama kilometara odvojen od žene koju voli. Kad je izgledalo da Reks Hanter ima novu ženu i širok osmeh na licu, Nelson je odlepio i ubio ga iz čiste zlobe.

– Moguće je. – Naslonio sam se na haubu svojih kola i odmah zažalio. Stajala su tamo čitavo popodne na suncu, i sad su bila vrela. Odskočivši od njih, dodao sam nekoliko misli. – Biće ti potrebno više od toga da ubediš sudiju. Kad bismo mogli samo da prišijemo nešto Nelsonu, kao petljanje s knjigama, na primer.

– To ne izgleda verovatno. Moji ljudi mi kažu da računi izgledaju savršeno, sve do poslednjeg evra.

– Poslednjeg evra? – Iznenada sam se setio nečeg. – Sačekaj malo, možda *jeste* falsifikovao račune. Sećaš li se da je Dženifer rekla kako je dobijala mesečni iznos od pet hiljada australijskih dolara? – Virđilio je klimnuo glavom. – A zar nije Natali rekla da je njena mama dobijala isti iznos? Ali, koliko se sećam, kad sam pregledao klupske račune, video sam iznos od pet hiljada *evra* koji je svakog meseca uplaćivan u neku banku u Sidneju za Dženifer i još pet dok Natalina majka nije umrla. Koliko australijski dolar vredi ovih dana?

Dok sam postavljao to pitanje, već sam vadio telefon da proverim i odgovor je bio prosvetljujući. – Jedan australijski dolar vredi jedva dve trećine evra, tako da je pet hiljada dolara svega tri i po hiljade evra. Ono što me zanima je šta se dogodilo sa evrima koji su preostajali svakog meseca.

Virđilio me je potapšao po ramenu. – To je to, Dene, vrlo dobro. Naravno! Baciću se odmah na to, ali kladim se da si u pravu. Ako je Nelson mažnjavao po hiljadu petsto evra od svake od njih mesečno tokom godina koje je radio ovde... – Video sam ga da računa u glavi znatno brže nego što bih ja to uradio. – To iznosi trideset šest hiljada godišnje i pomnoženo sa sedam godina to je gotovo četvrt miliona evra... a to nije malo.

– Zašto tvoji ljudi ne bi kontaktirali s bankom u Australiji i proverili šta se događalo s viškom novca svakog meseca? Spreman sam da se kladim da negde postoji račun na ime Pitera Nelsona. To je gotovo savršen zločin. Hanter nije razgovarao sa svojom ćerkom niti majkom svog vanbračnog deteta, tako da nije mogao da zna da ga je Nelson prevario.

Virđilio se ubacio. – Sve dok ga banka nije obavestila o smrti Nataline majke pre devet meseci i on otišao da se sastane s ćerkom koju dotad nije video. Natali mora da mu je kazala koliko su dobijale ona i majka, i tad se sve saznalo. Hanter mora da je rekao Nelsonu da će ga prijaviti policiji za proneveru, a Nelson ga je ubio da ga ućutka.

– Zvuči mi dobro. Šta ćeš da uradiš? Da ga uhapsiš sad ili da sačekaš potvrdu iz australijske banke?

– Ako večeras pošaljemo imejl banci, trebalo bi da dobijemo odgovor ujutro. Hajde da sačekamo dotad pre nego što razgovaramo s njim. Nema razloga da poveruje da smo mu na tragu, tako da ne mislim da će pokušati da pobegne. – Nagnuo se i pobedonosno me je potapšao po obrazu. – To je to, mislim da si rešio slučaj. Znali smo da je imao sredstva i priliku, a sad znamo da je imao i motiv.

– Za oba ubistva. Rouzland mora da je video kako Nelson ubija Hantera, ali onda je počeo da se predomišlja i razmišljao je da nam prizna, tako da je Nelson nekako pronašao neku prečicu da stigne do puta koji vodi do Rouzlandove kuće kako bi mogao da ga zaustavi. Tako je mogao da ubije jedinog svedoka ubistva.

– A to bi objasnilo zašto je prozor na Rouzlandovim kolima bio otvoren i nije bilo traga proklizavanja. Mora da je video Nelsona i zaustavio se da vidi šta ovaj želi.

Kasnije, kad je temperatura počela polako da pada, izveo sam Oskara u šetnju. Ovog puta sam mislio da obiđem šumu blizu mesta Rouzlandovog ubistva. Pokušao sam da uverim sebe da je to bila samo obična radoznalost, a ne nepoverenje u sposobnost Virđiliovih ljudi da pronađu telefon, ali podsvesno sam s prezirom razmišljao o tome. Uvek sam verovao u temeljne provere. Odvezao sam se tamo i usporio kad smo stigli do suvog rečnog korita. Mercedes je već bio odvučen i svi tragovi policijskog prisustva su nestali. Pretraga okoline verovatno je završena i bio sam prilično siguran da bi me Virđilio pozvao da su pronašli išta važno.

Sve što je ostalo bio je oboren znak „Zabranjen lov" i malo zgaženog žbunja. Parkirao sam se kraj puta i Oskar i ja smo pošli u šumu. Bila je to eklektična mešavina drveća od visokih čempresa do niskih trnovitih žbunova i čak nekoliko kvrgavih maslina, koje su ili bile ostatak napuštenog maslinjaka ili samonikla stabla. Gust sloj suvog lišća i borovih iglica ispod otežavao je hodanje jer se nije moglo znati šta je ispod njih. Otkrio sam to na svoju štetu, kad sam zamalo izvrnuo gležanj nakon što sam ugazio u neku životinjsku rupu.

Kao i obično, Oskar mi je donosio štapove, šišarke i druge manje prijatne predmete da mu ih bacam. Kad je trebalo donositi nasumične predmete, Oskar nije bio probirljiv. Odlučio sam da mu bacim nekoliko komada drveta koje mi je doneo umesto praznih patrona za dvocevku, plastičnih boca ili praznih pivskih limenki. Kad smo se vraćali na put nakon što smo napravili širok krug, moj pas je doneo nešto izuzetno. Probio se kroz suvu travu i žbunje i pojavio se s malim predmetom u ustima, koji je ponosno spustio pred moje noge i samo je stajao, nestrpljivo dahćući.

Bio je to mobilni telefon razbijenog ekrana. Podigao sam ga pomoću papirne maramice i pogledao ga. Nikad nisam video Rouzlandov telefon, ali mislio sam da je velika slučajnost što sam ga pronašao ovde, svega nekoliko metara od mesta zločina. Nisam krivio policajce koji su pretraživali oblast. Traženje tako malog predmeta među suvim lišćem bio je gotovo nemoguć zadatak – osim ako nisi labrador sa urođenim nagonom za pronalaženje stvari.

Mada je ekran bio razbijen, telefon je izgledao relativno novo, a mala jabuka na poleđini ukazivala je da nije bio jeftin. Bilo je jasno da nije bio ovde tokom prošlonedeljne oluje. Labrador je, kraj mojih nogu, tiho cvileo što me je podsetilo da čeka da mu bacim telefon, ali odmahnuo sam glavom, uzeo štap i bacio njega. Ubacio sam telefon u još jednu od Oskarovih vrećica za izmet i bezbedno ga smestio u džep pre nego što sam napravio nekoliko fotografija da bih označio gde ga je Oskar pronašao. Zatim smo krenuli prema kolima.

Pozvao sam Virđilija da mu kažem za telefon i dogovorili smo se da se sastanemo zbog primopredaje u jednom malom baru koji smo obojica dobro poznavali, u predgrađu Firence, na brežuljku nedaleko od Mikelanđelovog trga. Odatle je pucao spektakularan pogled na crvene krovove Firence, isprekidane kupolama, tornjevima i kulama,

sa ogromnom katedralom u sredini, koja se uzdizala iznad svih osta-
lih zgrada okolo. Stigao sam prvi i seo u senku jednog izbledelog sun-
cobrana s reklamom za koka-kolu, a moj pas je srećno ležao ispod
stola, kraj mojih nogu. Gledao sam u taj legendarni grad ispred sebe
i, sad kad je izgledalo da smo rešili slučaj ubistva, pokušao sam da
razmišljam o planovima za budućnost.

Den Armstrong, privatni istražitelj, zvučalo je primamljivo, ali i
Den Armstrong, pisac bestselera. Naravno, rekao sam sebi, šanse da
jedna od mojih knjiga postane bestseler bile su gotovo nepostojeće.
Da, čuda se događaju, ali prema mom iskustvu ne tako često. Isto-
vremeno, nije bilo garancije da će moja nova istražiteljska avantura
proći imalo bolje od mojih knjiga. Dok sam čekao Virđilija, otišao
sam na internet na telefonu i nisam se iznenadio kad sam prona-
šao čak tri detektivske agencije u Firenci. Na osnovu njihovih sajto-
va, izgleda da su sve tri imale dozvolu za rad koju izdaje policijska
uprava. To mi je zvučalo komplikovano, ali nadao sam se da će mi
prijateljstvo s Virđiliom koristiti ako se budem odlučio na to. U tom
trenutku pojavio se Virđilio.

– *Ciao*, Dene. Izvini što si čekao. Svaka ti čast na pronalaženju
telefona.

– Treba da se zahvališ baskervilskom psu.

– *Bravo*, Oskare! – Sagnuo se da pomiluje labradorove uši.

Dodao sam mu telefon i rekao mu tačno mesto na kojem smo ga
pronašli. Klimnuo je glavom i rekao mi da će sledećeg jutra poslati
tamo tim s detektorom za metal, za slučaj da je ubica bacio oružje
ubistva u istoj oblasti.

Oskar je dotad već počeo da skače po italijanskom prijatelju.
Konobarica je došla i Virđilio je naručio dva hladna piva za nas i
uspeo da je ubedi da pronađe neki keksić za Oskara, u znak zahval-
nosti. Ispostavilo se da su ti keksići oni u obliku lepeze kojima se
ukrašava sladoled, a uvek gladni labrador ih je pojeo u slast. Nakon
nekoliko gutljaja piva, Virđilio mi je rekao zašto je zakasnio.

– Ponovo sam razgovarao s Dženifer Hanter. Da li je to bilo zbog
toga što je videla majku ovog popodneva ili zbog lekova, ali bila je
znatno razumnija, i verujem da je stvarno pokušavala da odgovori

na moja pitanja. Nešto je pomenula u razgovoru. Sećaš li se da je rekla kako je videla oca da stoji kraj peščane prepreke te večeri? Pa, kazala je nešto što je trebalo da shvatim ranije. Kaže da joj je mahnuo, ali pošto ga je izbegavala kao kugu od dolaska iz Australije, ona njemu nije mahnula. Nisu se mnogo voleli, tako da nije razumela zašto je gubio vreme da joj maše.

Sinulo mi je. – Naravno... jer to nije bio on.

Virđilio je odlučno klimnuo glavom. – Jer to nije bio on. Što više mislim o tome, sve više sam uveren da je njen otac, kad je ona prošla na bratovljevom motoru, već bio mrtav i ležao u pesku, nevidljiv sa staze. Kaže da nije videla lice muškarca koji joj je mahnuo, jer je već bio pao mrak, ali prepoznala ga je po silueti i kožnom šeširu.

– Imaš li taj šešir?

– Da, i poslao sam ga u laboratoriju da vide mogu li uzeti neke otiske s njega. Trebalo bi da znamo ujutro.

– Dobro, jedno je jasno: to nije mogao biti Rouzland; njegova silueta se znatno razlikuje od Hanterove. – Pogledao sam Virđilija. – Ali Piter Nelson i Reks Hanter su visoki i prilično vitki. To je mogao da bude Nelson, kao što smo mislili.

– A ako jeste, da li to znači da je Rouzland bio saučesnik, ili je samo pristao da obezbedi alibi za delo koje je Nelson počinio?

– Ako je bio tamo s Nelsonom, jedini način da ga Dženifer ne primeti bio je da se baci u pesak kad je čuo približavanje motocikla. Jama je bila dovoljno duboka da ga sakrije od pogleda. Naravno, zato je pesak tako besprekorno poravnat u celoj jami, ne samo oko leša.

– Sve više mi se čini da je počinilac bio Nelson, a Rouzland ga je ili posmatrao ili mu je pomogao. Imao je sredstvo, imao je priliku, ali šta je s motivom za ubistvo? Da li se bojao da je šef shvatio da krade novac i hteo je da ućutka Hantera pre nego što bude optužen? Da li je to bilo zbog toga što je Hanter pretio ženi koju je Nelson voleo? Da li je to bila kombinacija obe stvari, ili neki treći razlog koji nam nije poznat? Nadam se da ćemo saznati sutra.

17.

Petak

Virđilio me je pozvao posle pola deset u petak ujutro, da mi kaže kako je australijska banka potvrdila naše sumnje: svakog meseca je kursna razlika iznosa od deset hiljada evra uplaćivana direktno na račun Pitera Nelsona, na kojem se sad nalazio šestocifren iznos. Još više optužujuća bila je činjenica da su forenzičari pronašli otiske prstiju na kožnom šeširu Reksa Hantera i potvrdili su da pripadaju Nelsonu. Nema sumnje da je on bio figura koju je Dženifer videla te večeri i pretpostavila da je to njen otac. Na osnovu tih jakih dokaza, Virđilio je već išao u kantri klub sa Inočentijem i dvojicom uniformisanih policajaca da uhapsi Nelsona. Želim li da pođem s njima?

Naravno da želim.

Stigao sam na klupski parking nekoliko minuta pre plavo-belih policijskih kola. Parkirali smo se kraj Nelsonovog srebrnog BMW-a, a Virđilio i ja smo ušli u predvorje zajedno, dok su se Inočenti i uniformisani policajci rasporedili i okružili zgradu, za slučaj da osumnjičeni pokuša da pobegne. Prošli smo kroz glavno predvorje i pošli hodnikom prema svlačionicama, sve dok nismo stigli do Nelsonovih vrata. Virđilio je ušao bez kucanja, a ja za njim, pitajući se da li je Nelson možda naoružan i da li je Virđilio poneo oružje. Nelson je sedeo u stolici iza stola, držeći šolju s kafom jednom rukom, jednostavno zureći u nju. Nije pokušao da podigne pogled ili kaže nešto. Krajičkom oka sam primetio Inočentija ispred napola otvorenih balkonskih vrata, i umirilo me je što sam video pištolj u njegovoj ruci.

– Pitere Nelsone, hapsim vas zbog ubistva...

Virđilio je zaćutao kad smo obojica istovremeno shvatili da je Pitera Nelsona nemoguće uhapsiti. Bio je mrtav. Za slučaj da je bilo neke sumnje, telo mu je polako klizilo napred, dok čelom nije dodirnuo šolju, a glava mu je na kraju bila oslonjena na nju kao loptica za golf na postolje. Iz sredine leđa, ukoso i nagore, kao kašičica u šolji čaja, virila je drška noža. Okrenuo sam se prema Virđiliju, koji je izgledao zbunjeno i zaprepašćeno kao ja.

– Pa, nisam to očekivao.

– Nego šta. – Virđilio je već držao telefon u ruci. Pozvao je policijsku stanicu i prijavio šta se dogodilo, a onda pozvao patologa i forenzičare da dođu ovamo što pre. Dok je to radio, ja sam otišao do druge strane stola i opipao Nelsonov vrat. Koža je i dalje bila topla, ali nije bilo pulsa. Pogledao sam Virđilija i odmahnuo glavom.

– Mrtav je, ali ne dugo. Rekao bih da su u pitanju minuti, sigurno ne više od sat vremena. – Pogledao sam na sat: deset i šest minuta.

Virđilio i ja smo obišli Nelsonovu kancelariju, trudeći se da ne dodirujemo stvari. Kad se Inočenti ponovo pojavio, Virđilio je poslao njega i druga dva policajca da spreče ljude da ulaze u zgradu i izlaze iz nje. Zatim je zamolio Rafaela na recepciji da spremi jutrošnje snimke nadzornih kamera s prilaza i parkinga, kao i glavnog ulaza u zgradu. Petnaest minuta kasnije, sirene su najavile dolazak dva policijska motocikla, a u narednih pola sata stigla je kolona vozila iz Firence, uključujući i patologa.

Dok su Đani i njegovi forenzičari radili, Virđilio i ja smo pregledali snimke nadzornih kamera i saznali nešto zanimljivo. Ispostavilo se da je sudbina htela da gotovo svi naši preostali sumnjivci budu u klubu tog jutra. Spoljne kamere su pokazale da je u osam sati stigao instruktor golfa, držeći Abigejl za ruku, i otišli su u smeru njegove prodavnice opreme. Pola sata kasnije, na ekranu se pojavila Elizabet Makgregor. Kamera u predvorju ju je pokazala kako odlazi pravo u svoju kancelariju iza recepcije, za koju smo znali da ima balkonska vrata koja izlaze u vrt.

U petnaest do devet stigao je Nelson i krenuo pravo u svoju kancelariju. Deset minuta kasnije, automobil Adama Hantera stigao je na parking, a on je ušao u zgradu, nakratko razgovarajući i rukujući se s nekim ljudima pre nego što je otišao u svoju kancelariju, za koju smo znali da je takođe imala staklena vrata kroz koja se izlazi u vrt. Potencijalno značajna bila je činjenica da je Adamova majka stigla sa sinom i otišla u fitnes centar. Nekoliko minuta kasnije, oboje smo se iznenadili kad je Natali stigla pešice iz vile i prošla kroz predvorje. Ali podjednako je bila zanimljiva činjenica da je, gotovo odmah za njom, ušla Silvija, udovica Vilijama Rouzlanda.

Kamere nisu snimale hodnike ili kancelarije, tako da je bilo nemoguće reći da li su svi zaposleni ostali u svojim prostorijama. Takođe, iako je u fitnes centru postojala kamera, pokazivala je samo deo prostorije gde su se nalazili bicikli za vežbanje i mašine za veslanje. Mada su se Silvija i Džun pojavljivale povremeno na snimcima, nismo mogli da znamo jesu li izlazile nakratko. Situaciju je dodatno otežavalo to što su staklena vrata koja vode od vežbaonice u zadnje dvorište takođe bila otvorena. Virđilio se opustio na stolici i nezadovoljno frknuo.

– Vraćamo se na početak! Ne mogu da poverujem. Mislio sam da smo uhvatili Nelsona, a vidi nas sad! A svi sumnjivci su bili tu! Nema šanse da saznamo da li se neko od njih iskrao u vrt da počini ubistvo. Svako od njih je mogao to da uradi. – Zatim je izgovorio nekoliko predivno živopisnih toskanskih psovki, od kojih bi većina zaprepastila lokalnog sveštenika. Uživao sam slušajući ih neko vreme, trudeći se da zapamtim najdomišljatije, a onda sam ga blago podsetio na problem koji imamo.

– Ne baš svi sumnjivci. Nije bilo ni traga od našeg prijatelja seljaka, Luiđija Sinjezea.

– Istina, ali njegova kuća se nalazi nekoliko stotina metara odavde i mogao je lako da se ušunja i išunja kroz neka od otvorenih vrata.

– Ako mislimo da su svi sumnjivci i dalje ovde, zašto ne počnemo da ih ispitujemo? Ako želiš, mogu da razgovaram s Natali i bivšom Hanterovom ženom na engleskom, dok ti i Inočenti ispitujete one koji govore italijanski.

– To dobro zvuči, hvala. Uniformisani policajci mogu da ispitaju sve ostale, kako bismo imali predstavu ko je sve jutros bio tu.

Pogledao sam monitor i video da Džun Holman trenutno sedi u kafiću u glavnom atrijumu, tako da sam odlučio da počnem od nje. Prošao sam kroz kafić i otišao do mesta na kojem je sedela, pored prozora koji gledaju na teren za golf. Podigla je pogled kad je moja senka pala na nju.

– Došli ste da porazgovaramo, inspektore?

– *Bivši* inspektor, da budem iskren. Sad sam pisac i samo povremeno pomažem inspektoru Pizanu s prevođenjem.

Sumnjičavo me je pogledala. – Na osnovu onog što mi je Adam rekao, radite mnogo više od toga.

– Inspektor me je zamolio da proverim gde ste bili između osam i deset jutros.

– Bila sam kod kuće sa Adamom i Emili otprilike do osam i četrdeset pet, a onda me je on dovezao ovde. Otišao je u svoju kancelariju, a ja sam otišla u fitnes centar. Nakon tako dugog putovanja iz Australije, bilo mi je potrebno vežbanje. Tuširala sam se kad je jedan policajac dojurio da nam kaže kako ne smemo da napuštamo prostorije. Rekla sam mu šta mislim o tome i on je otišao.

– Može li neko da potvrdi da ste sve vreme bili u fitnes centru?

– Bobo, instruktor, bio je tamo, a onda je došla Silvija i pridružila mi se... znate, Silvija Rouzland.

– I niste napuštali vežbaonicu?

Odmahnula je glavom, pa sam nastavio.

– Smem li da vas pitam nešto? Kad smo se poslednji put videli, inspektor vas je pitao o priznanju preljube koje je dovelo do vašeg razvoda. Rekli ste mu da je to izmišljena priča, ali mislim da to nije istina. Znam da vam je sigurno bilo teško da pričate o takvim stvarima pred sinom, ali sad smo ovde samo nas dvoje, a ovo je istraga ubistva, i moramo da znamo. Da li je postojao neki muškarac, bez obzira na to je li ta veza bila izuzetno kratka? – Odlučio sam da ne pominjem da već znam njegovo ime, čekajući da vidim koliko je toga spremna da otkrije.

Na moje iznenađenje, odgovorila je gotovo trenutno. – To nije bila veza. Samo sam sažaljevala sebe i pronašla saosećajno rame za plakanje... pa, malo više od toga. Znala sam čim smo to uradili da je to bila greška, i pobrinula sam se da to ne ponovimo.

– A šta je s njim? Da li je želeo da se ta veza nastavi?

– Što se mene tiče, to se nije moglo nazvati „vezom“, ali da, želeo je da nastavimo. Čak mi je rekao da me voli, ali dala sam sve od sebe da prekinem.

– Shvatam. Pretpostavljam da ste čuli da je jutros ubijen još neko.

Izgledala je iznenađeno. – Ubijen? Prepostavila sam da se dogodilo nešto ozbiljno, ali nisam znala da je to ubistvo. Ko je ubijen? Znam da nije Silvija, i sigurno nije Adam jer sam ga videla maločas u prolazu.

Pažljivo sam gledao njeno lice. – Nažalost, to je bio Piter Nelson, računovođa.

– Piter je mrtav? – Prinela je ruku ustima, i izgledala je iskreno zaprepašćeno. – Ali ko... kako?

– Uboden je nožem, a policija i dalje traži ubicu. Imam li pravo kad mislim da je čovek o kojem ste upravo pričali bio Piter Nelson? – Gotovo da nisam morao da pitam. Izraz njenog lica je rekao sve.

Ćutke je klimnula glavom i morao sam da čekam gotovo minut pre nego što je odgovorila. – Siroti Piter. Zamisli da neko njega ubije! – Podigla je pogled. – Da je Reks još živ, on bi mogao da uradi to, ali pošto je i on mrtav, ne znam ko bi to mogao da bude. – Izgledala je i zvučala potpuno zapanjeno.

– Zašto pominjete svog bivšeg muža? Mislite li da je znao za vašu vezu s Nelsonom?

– Ne, sigurna sam da nije imao pojma. Razlog zbog koga sam to rekla je što sam prilično siguran da je Reks mislio kako ga Piter potkrada. Sumnjao je duže od godinu dana, ali nije mogao da pronađe dokaze.

– A da li je Nelson vodio lažne knjige?

– Ne znam, ali pretpostavljam da je moguće.

– A sigurni ste da Reks nije znao ništa o vama i Piteru Nelsonu?

Odlučno je odmahnula glavom. – Sigurna sam da nije. Da je znao, odmah bi otpustio Pitera i verovatno bi mu razbio nos pritom. Reks je umeo da bude nasilan kad želi. Zato mu nikad nisam otkrila ime tog muškarca. Znala sam za šta je moj muž... bivši muž... sposoban.

– A šta je s Nelsonom? Mislite li da je ubio vašeg bivšeg muža?

– Sad to nije važno, zar ne? – Tužno je odmahnula glavom. – Iskreno, ne znam. Ljubav čudno utiče na ljude, ali ako je to bio Piter, zašto je čekao toliko dugo? Sigurno je mogao mesecima ranije da ubije Reksa.

– Samo još jedno pitanje: da li ste znali da je vaš bivši muž imao ljubavnicu?

– *Jednu* ljubavnicu? Jurio je sve što nosi suknju. – Zvučala je više prezrivo nego ljutito.

– A jeste li znali da postoji jedna žena s kojom je *duže* bio u vezi? – Oklevao sam da pomenem Elizabet Makgregor. Džun se uskoro vraća u Australiju, ali u međuvremenu će boraviti u ovoj maloj zajednici. Uskoro sam otkrio da nema razloga za brigu.

– Šta, osim Elizabet s recepcije? To me ne bi iznenadilo. – Ponovo je podigla pogled. – Moj bivši muž je bio svinja, inspektore. Zapišite to.

Nakon razgovora, pronašao sam Natali na terenu za skvoš. Bila je sama, sedela je kraj fontane s papirnom čašom u ruci, i osmehnula mi se kad me je videla.

– Dene, zdravo, hoćete li mi reći šta se događa? Obilazila sam klub kad se iznenada pojavio jedan policajac i rekao mi da ostanem gde sam. Šta se dogodilo?

Privukao sam jednu stolicu i seo kraj nje. – Nažalost, došlo je do još jednog ubistva. Bio je to...

– Još jedno ubistvo? – Izgledala je zgranuto.

– Da, klupski računovođa, Piter Nelson.

Na moje iznenađenje, ona je rekla gotovo istu stvar kao Hanterova bivša žena. – Da je moj otac živ, on bi mogao da uradi to. – Kad je videla moj izraz lica, objasnila je. – Pregledala sam očeve stvari, a posebno klupske račune. Na prethodnom poslu radila sam u računovodstvu. Ja sam ovlašćeni računovođa. Mislim da je mog oca to više zadivilo nego da imam doktorat iz nuklearne fizike. Posao mu je bio najvažniji.

– Jeste li pronašli neke nepravilnosti?

– Jesam, nažalost. U stvari, nameravala sam da obavestim vas i inspektora šta sam otkrila. Nelson je dobro prikrio tragove, ali uočila sam dve različite prevare, a prva je podrazumevala pljačkanje moje majke. – Zvučala je razumljivo ogorčeno.

– Upravo smo saznali za to. Koristio je razliku u kursu između evra i dolara i zadržavao razliku.

– Upravo tako. Ali povrh toga, plaćao je lažne dobavljače za stvari koje ne postoje u klubu. Kad sam videla da je platio dvadeset kolica za golf, a Dario je potvrdio da smo imali najviše deset, shvatila sam razmere te prevare. Znate li koliko koštaju jedna?

– A vaš otac to nije saznao?

– Mislim da verovatno jeste, ali tek nedavno. U kući sam pronašla ceduljice s beleškama, i na osnovu onog što sam razumela iz njih, sumnjao je na Nelsona. – Podigla je pogled. – Mislite li da ga je Nelson ubio da zaštiti sebe?

– Da ste me to pitali pre dva sata, rekao bih da da, ali njegovo ubistvo ponovo dovodi to u sumnju. To je sigurno bio motiv da ubije vašeg oca, ali ne razumem šta je iko dobio Nelsonovim ubistvom. – Dok sam govorio to, palo mi je na pamet da možda postoji neko ko ne podnosi Nelsona, a to nije žena koja sedi naspram mene. Morao sam da proverim tu ideju, ali prvo sam želeo da postavim Natali još jedno pitanje.

– Smem li da vas pitam zašto ste jutros došli ovamo?

– Došla sam da vidim Adama. Želela sam da se pomirimo. Mi *jesmo* bliski srodnici. Dugo sam razgovarala s njim i stekla sam osećaj da će sve biti u redu. On će nastaviti da radi ovde, a ja ću podeliti novac koji mi je otac ostavio na tri dela: na njega, mene i Dženifer. Mislim da je to jedino pošteno.

– To mi zvuči i više nego pošteno. Izgubićete mnogo novca.

– To je samo novac. – Osmehnula se. – Znam da to nije stvar koji bi jedan računovođa trebalo da kaže, ali pre godinu dana živela sam u Australiji, imala skromnu platu i mislila da sam jedinica. Sad sam iznenada u Toskani. Imam brata i sestru i znatno više novca nego što mi je potrebno. Sigurno ima smisla da ga podelimo na jednake delove, posebno ako to pomaže da se spoji ova rasturena porodica.

Rekao sam joj da može da ide i gledao sam je kako ide sama stazom prema vili, a osećanja su mi bila pomešana. S jedne strane, žalio sam tu ženu koja je upravo otkrila davno izgubljenog oca, a onda joj je surovo oduzet. S druge strane, uprkos lepim rečima i velikodušnoj ponudi sestri i bratu, nije bilo sumnje da je ona, zbog odredbi testamenta, bila osoba koja je imala najviše koristi od smrti Reksa Hantera. Da li se iza te čedne, nedužne spoljašnjosti krije ubilačko srce?

Kad sam se ponovo sastao s Virđiliom, upravo je bio dobio preliminarni izveštaj patologa. Uzrok smrti nije bio doveden u pitanje, ali bilo je zanimljivo da je Đani, kad je izvukao oružje, utvrdio da to nije bio nož nego izuzetno oštro dleto. Sečivo je bilo dugačko sedamnaest centimetara i široko centimetar, i bilo je zariveno do drške, uz upotrebu velike sile. Smrt je bila trenutna. Na osnovu ugla udarca, ubica je stajao tačno iza Nelsona koji je sedeo za stolom. Nisam se iznenadio kad sam čuo da je drška dleta obrisana.

– Tako sam i mislio, ali izbor oružja bi mogao da bude značajan. Ko poseduje alat?

– Neki seljak?

Video sam ga kako klima glavom. – I meni je to palo na pamet. Možda bi trebalo ponovo da posetimo Luiđija Sinjezea. Da ga pitamo gde je bio jutros.

– Naravno, to je mogao da bude i domar Bepe, koji verovatno ima alat u šupi. Mislim da ću otići tamo na tren, da vidim da li nešto nedostaje.

Lutali smo kroz klupske prostorije tražeći nešto što bi moglo da pokrene istragu s mesta i ukaže nam ko je mogao da ubije Nelsona. Virđilio je naredio da svi napuste zgradu, kako bi forenzičari mogli da potraže otiske, posebno na otvorenim vratima i prozorima koji vode u vrt. Bilo je izuzetno lako da ubica izađe u vrt, ode u Nelsonovu kancelariju da ga ubije, a onda se ponovo vrati odakle je došao. Zasad, klupske prostorije su bile prazne. Svi su dobili dozvolu da odu, a glavni ulaz je bio zaključan.

Stigli smo do recepcije i zaustavio sam se. – Palo mi je na pamet, kad sam razgovarao s Natali da, ako je Nelson ubio Reksa Hantera, nije mnogo verovatno da bi neko od Hanterovih rođaka želeo da se osveti – sasvim suprotno od toga – tako da ne mislim da je iko od njih ubo Nelsona. Isto se odnosi na gotovo sve ljude koji su radili ovde, uz jedan izuzetak. – Pokazao sam na vrata kancelarije Elizabet Makgregor. – Osim nje. Ona je upravo saznala da Reks Hanter, ljubav njenog života, nije poludeo i oženio se drugom ženom. To je bila predstava. Nakon toga, Makgregorova je shvatila da je možda postojala šansa da bude zauvek srećna s Hanterom, i to mora da ju je veoma razljutilo. Šta ako je nekako otkrila da je Nelson ubio njenog voljenog Reksa? Njena kancelarija je na dvadesetak metara od njegove. Mogla je da se iskrade kroz vrt, ubije ga i vrati se za manje od minut. Da li si saznao nešto od nje kad si je ispitivao?

Virđilio je klimnuo glavom. – I meni je na pamet pala ista stvar. Rekao sam joj to kad sam je video pre nekoliko minuta, i zvučao sam što sam oštrije mogao, u nadi da će se slomiti. Nakon toga se rasplakala kao beba i izgledala je i zvučala neutešno. Ne mislim ni da bi neki vrhunski glumac to izveo bolje. Sigurno nije nameravala da prizna krivicu, a moram da kažem da sam sklon da joj poverujem.

– Zanimljivo je da je Natali došla ovamo jutros. Kazala mi je da se sastala s Adamom, ali onda je sama otišla u šetnju. Znam da izgleda i zvuči kao da ne bi ni mrava zgazila, ali šta ako je ispod te maske podmukla zlobnica?

– Izgled može da zavara, ali zašto bi želela da ubije Nelsona?

– Možda mu je pomogla da ubije njenog oca, i sad je želela da se otarasi dokaza?

– Sve je moguće. I ne zaboravi da još ne znamo ko je ubio Rouzlanda. Da li tražimo jednog trostrukog ubicu ili dvojicu ili trojicu različitih ubica? – Umorno je obrisao rukom čelo. – Odustajem. Misliš li da bi nekom smetalo ako uzmemo po piće? Platiću račun kad se svi vrate.

Otišao sam do šanka s njim i iz frižidera smo izvadili dva bezalkoholna piva. Dok smo ih pili, nastavljali smo obilazak. Kad smo stigli do fitnes centra, otkrili smo nešto. On se sastojao od dve prostorije, jedna kraj druge, sa širokim vratima koja ih povezuju. To je značilo da neko, na primer jedan od trenera, nije mogao da vidi ljude koji dižu tegove u susednoj prostoriji, a ljudi na mašinama za veslanje bili bi sve vreme okrenuti leđima ostalim vežbačima. Bilo bi rizično, ali sasvim moguće, da se neko iskrao neprimećeno i ubio Nelsona. Dakle, moramo nastaviti da sumnjamo u Reksovu bivšu ženu ili udovicu Vilijama Rouzlanda, koje su bile tu između devet i deset.

Ostavio sam sve nervoznijeg Virđilija da pretraži ostale prostorije, a ja sam izašao i otišao preko parkinga do domareve šupe, da vidim da li Bepeu fali neko dleto. U šupi je četvoro ljudi pilo kafu. Bepe, Alfredo, njegov mladi pomoćnik, Ines, vrtlarka i, na moje veliko iznenađenje, niko drugi do Luiđi Sinjeze, seljak iz komšiluka. Bepe mi je mahnuo i uzeo jednu šolju.

– Hoćete li kafu? Tek je skuvana.

– Hvala, Bepe, rado. – Makar će to sakriti miris piva – mada bezalkoholnog – u mom dahu. Seo sam na vreću semena trave i pogledao oko sebe. Svi su izgledali opušteno, i nisam primetio nikakvu nervozu zbog mog dolaska. Iza njih se nalazila jedna klupa, a iznad nje je visio različit alat. Odlučio sam da proverim dleta pre nego što odem.

– Evo, probajte ovo. – Bepe je upravo sipao kafu iz termosa i uzeo jednu ogromnu bocu neke bistre tečnosti. – Da vam sipam kapljicu grape u kafu?

Odmahnuo sam glavom i zahvalio mu se. Uputio mi je pogled koji je govorio da pravim veliku grešku, a onda je sipao malo u svoju kafu i dodao bocu Luiđiju, koji je uradio isto.

Osmehnuo sam se seljaku. – Šta vas dovodi ovamo, Luiđi? Došli ste da im prodate malo vina?

Pokazao je prstom na Bepea. – Ranije sam svratio da proverim da li rođak i dalje može da pođe sutra sa mnom na sajam u Montevolponeu i pomogne mi. Drugi par ruku na tezgi znači da ću prodati više vina. Rekao mi je da ima problem sa sistemom za navodnjavanje, a pomalo se razumem u to, tako da sam ostao da mu pomognem.

– Vi i Bepe ste rođaci? – To je bila novost, možda značajna. – Mislio sam da ste u neprijateljstvu sa svima iz kluba.

– Nemam ništa protiv kluba. Dobro sam prošao kad sam im prodao malo zemlje, i čak sam razmišljao da naučim da igram golf, ali nisam imao vremena. Tek nakon što je Hanter odlučio da mi ukrade još malo zemlje stvari su se pogoršale. – Popio je veliki gutljaj kafe, zadovoljno mljacnuo i osmehnuo mi se. – Sad me ništa ne sprečava da pomognem rođaku.

– Mislite da su vaše nevolje prošle? Šta ako nova vlasnica nastavi tamo gde je stao njen otac?

Uzeo je koverat koji je ležao na drvenom stolu ispred njega i dodao mi ga. – Upravo sam jutros dobio ovo.

Izvadio sam pismo i brzo ga pročitao. Bilo je od Pirandela, advokata Reksa Hantera, i obaveštavao je gospodina Sinjezea da su svi postupci zaustavljeni i da mu se priznaje pravo na spornu parcelu. Bilo mi je drago zbog njega... a i zbog toga što je Natali uradila pravu stvar. Presavio sam pismo i vratio mu ga.

– To su sjajne vesti. Dakle, nema sumnje da vam je smrt Reksa Hantera išla u korist. – Pogledao sam ga u oči i podigao obrvu, ali dobio sam samo još jedan širok osmeh.

– Čudni su putevi Gospodnji.

Popio sam svoju iznenađujuće dobru kafu – čak i bez grape – i razgovarali smo. Vladala je srdačna i prijateljska atmosfera i bilo je teško zamisliti da je iko od ovih seljaka uključen u ubistvo. Na kraju sam im rekao zašto sam došao.

– Možda ste već čuli, ali ubijen je Piter Nelson, klupski računovođa. – Svi su izgledali zaprepašćeno, a Bepe se oglasio prvi.

– Kad se to dogodilo?

– Pre sat ili dva. Klub je trenutno zatvoren. Jeste li znali to?

– Da budem iskren, radili smo ovde od pola osam. Zašto Nelson? Bio je pristojan momak.

– To pokušavamo da saznamo. Verovatno niko od vas nema predstavu zašto je ubijen i ko ga je ubio?

Svi su odmahnuli glavama, i nisam uočio ni trag krivice ni na jednom licu.

– Uboden je u leđa dletom. Bepe, došao sam ovamo da proverim imate li ovde dleta i da li neko nedostaje.

Bepe je skočio na noge neočekivano spretno i otišao do radnog stola. Brz pregled dao mu je odgovor i okrenuo se prema meni i odmahnuo glavom. – Ne, sva su ovde. Imam četiri, različitih veličina. – I dalje vise tamo. Pogledajte. – Pokazao je na četiri dleta s plastičnim drškama koja su visila sa eksera. Naravno, nije bilo praznih eksera.

Ali eksere je lako izvaditi ili dodati rezervni alat. Zahvalio sam mu se na kafi i izašao.

18.

Subota

Festa del paese u mom gradiću Montevolponeu bila je vrlo zanimljiva. Oskar i ja smo otišli u grad u pet sati i zatekli glavni trg pun ljudi i orkestar koji se spremao za svečanu procesiju uskim ulicama istorijskog centra. Svud po trgu su se nalazile tezge s lokalnim poljoprivrednim proizvodima kao što su vrganji u maslinovom ulju, lepinje i druge vrste hleba, torte i kolači, sirevi i zanatske salame, kao i proizvodi domaće izrade, od nakita do pletene odeće. Nema potrebe naglašavati, nasred trga nalazilo se desetak tezgi s vinom. Bili smo usred Kjantija, uostalom. Među njima sam uočio Luiđija i Bepea. Odveo sam svog uzbuđenog psa da vidim kako stoje stvari.

– Zdravo, gospodo, kako ide posao?

– Mnogo turista jedva čeka da proba moj kjanti i prodaja ide dobro. Evo. – Luiđi mi je gurnuo papirnu čašu u ruku. – Da vidite da li ima drugačiji ukus iz papirne čaše.

Imalo je odličan ukus kao i obično. Stajao sam tamo s njima nekoliko minuta, gledajući lica okupljenih ljudi, koji su svi izgledali kao da se dobro zabavljaju. Ulice su bile ukrašene zastavicama, a balkoni cvećem. Zeleno-belo-crvene italijanske zastave i bele toskanske zastave s crvenim prugama i srebrnim Pegazom u sredini lepršale su sa uličnih svetiljki. U gradiću je danas vladala radost i uživao sam u osećanju pripadnosti zajednici. Da, moja odluka da napustim London prošle godine i preselim se u Toskanu bila je jedna od najboljih u mom životu.

Oglasila se truba i ogromna drvena vrata crkve su se otvorila. Pojavila su se šestorica muškaraca, noseći statuu Svetog Jakova na ramenima. Statua je bila pričvršćena za masivnu drvenu osnovu i izgledala je teško. Srećom, nosači su izgledali dorasli zadatku. Dok su se spuštali stepenicama na trg, video sam zašto su Tomazo i ostali insistirali da statua bude dobro pričvršćena, jer se svetac opasno klatio pri svakom koraku. Kad su bezbedno sišli, krenuli su prema mestu gde su čekali ostali, i svečana povorka je krenula.

Popio sam vino i otišao sa Oskarom da gledam. Prvo su išla školska deca sa cvećem, odnosno posebno veličanstvenim aranžmanom od gladiola u pletenoj korpi. Iza njih je išao don Karlo, lokalni sveštenik, a iza nekoliko drugih sveštenika išlo je iznenađujuće mnogo časnih sestara u tamnim odorama. Nikad ranije nisam video časne sestre u Montevolponeu i pitao sam se gde li su se skrivale. Pevale su neku meni nepoznatu himnu, ali odgovarala je zvaničnom, tradicionalnom okruženju. Muškarci koji su nosili statuu hodali su iza sveštenih lica, a za njima su išli gradski zvaničnici na čelu s gradonačelnikom Montevolponea, sa zeleno-belo-crvenim zvaničnim pojasom, uz razne čelnike susednih gradova i sela, lokalne uglednike, lekare, advokate, nastavnike, a bio je tu i načelnik gradske policije, u punoj uniformi.

Orkestar je išao iza i zasvirao je neki živahan marš čim su časne sestre zašle iza ugla. Pitao sam se je li to bilo dogovoreno, ili je vođa orkestra to uradio da bi oterao časne sestre. Orkestar je bio sastavljen od muškaraca i žena koji su svirali veoma uglancane limene duvačke instrumente i desetak bubnjara koji su stvarali zaglušujuću buku, od koje su mi zamalo ispale plombe iz zuba. Svi su bili odeveni u srednjovekovne kostime; tunike i pantalone živih boja. Kraj mojih nogu, Oskar je bio oduševljen svime što se dešava i nadao sam se da će ga duga šetnja koju smo imali popodne i sad ovo uzbuđenje umoriti i smiriti pre nego što on – i ja – stanemo pod svetlost pozornice na izložbi pasa.

Kad je povorka obišla centar grada, a svetac bio bezbedno vraćen u crkvu, raspoloženje je postalo manje trezveno. Barovi su imali neverovatan promet, a izgledalo je da dobro posluju i sve tezge s hranom i pićem. Stvarno bih rado popio hladno pivo, ali kako je ovo bilo tradicionalno okupljanje proizvođača kjantija, opredelio sam se za bokal crvenog vina i polako sam ga pijuckao. Nasred trga postavljen je bio prsten od bala slame, i takmičari u izboru za najbolje voće i povrće izlagali su svoje proizvode. Oskar i ja smo lutali naokolo, čudeći se paradajzu većem od grejpfruta i crnom luku veličine dinje. Dok sam stajao ćutke i sa strahopoštovanjem ispred najveće tikvice koju sam ikad video – nalazila se u kolicima u kojima je dovezena na sajam – uočio sam dva poznata lica. U gomili sam video Natali i njenu najbolju prijateljicu, Poli.

Prišao sam da im se javim, a Oskar je odmah prepoznao Natali i propeo se na zadnje noge da bude pomažen. Sigurno je izgledala opuštenije, i osmehnula mi se dok ga je milovala.

– Zdravo, Dene. Morale smo da dođemo na sajam. Marijaroza i Batista su danima pričali o njemu, a i oni su ovde negde. – Ispravila se i na licu joj se pojavio ozbiljniji izraz. – Ima li nekih novosti?

Bilo je to dobro pitanje. Nelsonova smrt je pokrenula više pitanja nego što je dala odgovora. Mada su nedavne smrti svele naš spisak sumnjivaca ubijanjem nekih od njih, pitao sam se da li su Virđiliovi ljudi s detektorima za metal pronašli nešto blizu mesta Rouzlandovog ubistva. Tu je bilo i pitanje njegovog telefona. Možda će biti otisaka na njemu, pod pretpostavkom da ga je ubica razbio i bacio. Što se tiče Nelsona, makar smo imali dokaz u vidu otisaka prstiju na šeširu Reksa Hantera, koji su dokazivali da je bio uključen u to ubistvo, ali to nam nije pomagalo da rešimo ostala dva ubistva. Slegnuo sam ramenima.

– Nema ničeg značajnog. Mislim da mogu da kažem sa sigurnošću da je Nelson ubio vašeg oca, verovatno jer bi vaš otac otkrio njegove prevare, ali zašto mu je Rouzland obezbedio alibi i zašto su njih dvojica ubijeni, i ko ih je ubio, ostaje nepoznato. Možda je Nelson radio za Rouzlanda – mada sam stekao utisak da mu Rouzland nije verovao – tako da je Nelson možda znao nešto o njegovom poslovanju i ucenio ga je da mu pomogne. Ko zna? Ali što se tiče Nelsonovog ubice, i dalje tapkamo u mraku. Izvesni ljudi su imali priliku, ali i dalje ne možemo da pronađemo uverljiv motiv.

Dalji razgovor omeo je razglas koji je objavio pobednika takmičenja za najbolje povrće – tikvica veličine malog torpeda – i zamolio sve učesnike izložbe kućnih ljubimaca da se jave sudijama. Izvinio sam se damama i poveo Oskara prema ringu. Ono što se zatim dogodilo zauvek će mi ostati urezano u sećanje.

Organizacija izložbe ljubimaca bila je sasvim jednostavna. Ponosni vlasnici su stajali u krugu, pokazujući svoje sveže oribane ljubimce, dok su sudije polako kružile, gledajući zube, milujući krzna i, u slučaju jedne starije kornjače, podižući i gledajući stomak. Na kraju su se sve životinje prošetale ringom. One koje mogu da hodaju vodili su vlasnici, a ostale su nošene u kavezima ili su ih vlasnici držali u naručju.

Prvo je sve išlo kako treba. Oskar se ponašao pristojno uprkos iskušenju koje je predstavljalo desetak drugih pasa i nekoliko preplašenih mačaka u kavezima. Nije ni trepnuo kad mu je jedna hrabra sudija podigla rep i pregledala mu „stvarčice", i čak joj je dozvolio da mu otvori usta i zaviri unutra. Nevolje su počele kad sam morao da ga prošetam ukrug, prolazeći kraj svih životinja.

Osetio sam kako vuče povodac i postaje sve uzbuđeniji zbog svih tih zanimljivih prizora, zvukova i mirisa, ali kad je krenuo prema jednoj lepo podšišanoj pudli stvari su se pogoršale. Nije bilo ni traga od Elizabet Makgregor i njene navodno droljaste pudle, ali i ova je izgledala kao iste gore list. Dok smo prolazili, mora da je uputila Oskaru neki zavodljiv pogled ili mirisnu pozivnicu, a njega nije trebalo dvaput moliti. Iznenada sam osetio kako trideset kilograma psećih kostiju i mišića daje sve od sebe da mi iščupa ruku. Sve bi bilo dobro da mi telefon nije upravo tad zazvonio. Dok sam prebacivao povodac iz desne u levu ruku, da bih izvadio telefon iz džepa, na trenutak sam ispustio povodac i Oskar je jurnuo prema pudli, s požudom u očima.

Gromoglasan smeh se začuo iz gomile, dok je starija vlasnica pudle mogla samo užasnuto da gleda kako se moj labrador svojski trudi da zaskoči njenog psa. Podigao sam telefon da ga isključim, ali video sam da je to Helen. Brzo sam prineo telefon uvu i pritisnuo zeleno dugme. Samo sam čuo njen glas koji govori: – Dene, želela sam da razgovaram s tobom o prošlom vikendu. Tako mi je žao...

Svestan onog što moj pas pokušava da uradi, samo sam mogao da povičem: – Izvini, usred sam nečeg. Pozvaću te – pre nego što sam gurnuo telefon u džep i pojurio kao lud da uspostavim kontrolu nad svojim psom pre nego što se nađem usred neke pseće tužbe za dokazivanje očinstva.

Nije potrebno reći, Oskar nije dobio nagradu.

Što se mene tiče, kad sam uspeo da uhvatim njegov povodac i odvučem ga od ženke, samo sam želeo da odem nekud i sakrijem se, tako da sam krenuo ka Tomazovom baru i sakrio se tamo. Vodeći računa da je nezadovoljni pas bezbedno vezan za nogu stola, izvadio sam telefon i pozvao svoju bivšu ženu, ali nije se javila. Ponovo sam pokušao, ali nije bilo odgovora. Mogao sam da zamislim šta joj prolazi kroz glavu. Kako je zvučalo, taj poziv je bio pokušaj pomirenja, ali samo ju je dočekalo odbijanje. Pokušao sam da je pozovem još triput, ali uzalud. Na kraju sam joj poslao poruku, objašnjavajući joj okolnosti i izvinjavajući se.

Tad je već bilo prošlo sedam i Tomazo mi je savetovao da izađem i pronađem mesto za jednim od dugačkih stolova za večeru. Podsetio sam ga da sam mu obećao pomoć, ali odmahnuo je glavom i rekao mi da imaju dosta dobrovoljaca. Pored toga, kazao je uz širok osmeh: – Nakon tvog nedavnog iskustva na izložbi, izgleda da ti je potreban dobar obrok i nekoliko čaša vina.

Govoreći svom psu vrlo odlučno kako očekujem da se ponaša najbolje što može, izašao sam i potražio mesto za sedenje. I dalje sam gledao oko sebe kad sam čuo da me neko doziva i video Bepea kako mi maše. Oskar i ja smo otišli do njega, a on je utišao glas i prošaputao mi na uvo.

– Sećate li se kako ste mi rekli da vas obavestim ako čujem zanimljive tračeve? Pa, dozvolite mi da vas upoznam s nekim svojim prijateljima. Možda ćete uživati u razgovoru s njima. – Iskusno mi je namignuo i poveo me do stola, gde me je upoznao s gospodinom po imenu sinjor Artimino i njegovom suprugom. Primetio sam da me je predstavio kao „Dena koji živi u okolini“, ne pominjući moje veze s policijom. To je bio stariji par prijateljskog izgleda i ljubazno su pozdravili mene i Oskara i pozvali me da sednem kraj njih.

Bepe je seo pored mene i osetio sam da se Oskar stiska između nas. Srećom, nije bilo drugih pasa u blizini, ali za svaki slučaj sam provukao kraj povoca ispod cipele. Minut ili dva kasnije, pridružio nam se Luiđi Sinjeze i nadao sam se da se neće ispostaviti da je on ubica, ili ću izgledati prilično tupavo što sam večerao s njim.

Tad je sunce već bilo nisko na horizontu i senke su se izdužile. Budući lukavi seljaci, sinjor Artimino i njegova supruga već su to znali i odabrali su mesta u hladu koji je bacala ogromna crkva. Počeo je da duva povetarac i temperatura je bila prijatna – po toskanskim merilima. Da smo bili u Britaniji, svi bi se žalili na ekstremnu vrućinu i toplotne udare, ali ovde je to bilo normalno i postepeno sam počeo da sa opuštam nakon muke s labradorom.

Timovi dobrovoljaca pojavili su se noseći korpe s kriškama hleba koje su spuštali na svakih nekoliko metara duž stola. Sanitarna inspekcija bi poludela da se tako nešto radi u Velikoj Britaniji, ali ovde niko nije mario, a ponajmanje Oskar kad sam mu potajno dao hrskav komad hleba da ga žvaće. Podeljeni su papirni tanjiri, a na svakom se nalazio komad domaće kuvane šunke, salame i dinje, kao i izbor maslina i šampinjona u ulju. Na stolu ispred nas nalazile su se boce crnog vina i vode, i napunio sam čaše i nazdravio ljudima kraj sebe.

– Hvala vam na društvu. Ovo je moja prva *festa del paese* u Montevolponeu, i nadam se da nije poslednja.

Odgovarajući na pitanje sinjore Artimino, rekao sam im kako sam prošle godine odlučio da se preselim u Kjanti i opisao gde živim. Zauzvrat su mi rekli gde oni žive, i onda su stvari postale zanimljivije.

– Živimo na desetak minuta vožnje od *Akvarosa kantri kluba*, gde Bepe radi. Malo iza domaćinstva Luiđija Sinjezea, nedaleko od mesta gde se pre neko veče odigrala ona užasna nesreća.

– Kad je mercedes sleteo s puta i neko poginuo? – Dao sam sve od sebe da zvučim prilično nezainteresovano.

– Da, naš sused, engleska svinja. – Lice sinjora Artimina izgledalo je kao da se izvinjava. – Izvinite, nisam želeo da vam vređam zemljaka, ali nije bio dobar komšija.

– Stvarno, a zašto?

– Kad se oženio prvom ženom, stalno su urlali jedno na drugo, a sad kad se oženio tom... devojkom, nakon nekoliko meseci, sve je počelo iznova.

– Mnogo su se svađali? – A opet, njegova udovica je izgledala kao da mnogo pati zbog njegove smrti. Nešto tu nije bilo kako treba.

– Neprestano.

Pokušao sam da zvučim što nezainteresovanije, mada mi je svašta prolazilo kroz glavu. – Pretpostavljam da je sad, kad je umro, sigurno fino i mirno.

Sinjor Artimino se osmehnuo. – Nadam se da počiva u miru, ali sad smo i mi mirni. Predivno je tiho. Siguran sam da je nova sinjora Rouzland podjednako srećna. Njega nema, a njoj je ostala kuća.

Nisam mogao da zaboravim kako su suze tekle niz obraze Silvije Rouzland kad je čula za muževljevu smrt. – Zar ne mislite da je bila tužna zbog njegove smrti?

– Mislim da je bila oduševljena.

– Jeste li sigurni? Video sam je pre neki dan i izgledala je vrlo uznemireno.

Sinjora Aritmino je pokušala da objasni. – Ako je bila uznemirena, to je zato što je plakala već dve nedelje.

– Zašto? – Čim sam pitao, odgovor mi se pojavio u glavi, a sinjora Artimino je to potvrdila.

– Od smrti onog Australijanca... znate, vlasnika golf kluba.

– Mislite da je plakala za njim? – Iznenada sam se setio prvog puta kad sam video Silviju Rouzland kako trči kraj mene prilikom prve posete klubu. Tad sam na njenim obrazima primetio nešto što su mogle biti suze. Da li su bile zbog Reksa Hantera, i šta je to značilo za istragu?

Njen muž je klimnuo glavom. – Ako je on muškarac s velikim plavim rendžroverom koji se parkirao u žbunju nedaleko od naše kuće, onda da.

Glumio sam neupućenost. – Zašto bi to radio?

Nešto je zasvetlelo u starčevim očima. – Jer nije hteo da ljudi znaju da posećuje svoju ljubavnicu.

– Svoju ljubavnicu... – Izveštio sam se da glumim naivnost. – Mislite da su on i sinjora Rouzland bili...

Klimnuo je glavom. – Rouzland je često putovao, išao je poslovno u Englesku. Svaki put kad bi otišao, rendžrover se pojavljivao tu.

– Vidi, vidi, vidi. – To je otvorilo sasvim nove probleme. Ako je Silvija Rouzland bila ljubavnica Reksa Hantera, da li je možda uključena u jedno ili više ubistava? Jedno je bilo sigurno: morao sam što pre da prenesem tu informaciju Virđiliju. Progutao sam predjelo i udaljio se na nekoliko minuta dok nisam pronašao mirno mesto u uglu trga i pozvao. Virđilio se javio gotovo odmah.

– *Ciao*, Dene. Upravo sam nameravao da ti prenesem vesti.

– Kakve vesti?

– Tim s detektorima za metal pronašao je oružje ubistva. Bilo je zakopano duboko u jedan veliki mravinjak. To je gvozdena šipka, kao što si mislio, kakva se koristi za dizanje tegova jednom rukom. Na putu je ka forenzičarima, ali kažu da na njoj ima tragova krvi. Trebalo bi da dobijemo izveštaj o otiscima za nekoliko sati.

– Sjajno. – Preneo sam mu ono što sam upravo čuo, i on je progunđao nešto.

– Iznenada sve ima smisla. Ostaje samo jedan problem: nemamo otiske Silvije Rouzland da bismo mogli da ih uporedimo. Ako otisci sa šipke i telefona ne odgovaraju nikom iz kluba, moraćemo da je posetimo.

Rekao sam mu gde sam i ponudio sam mu pomoć, ali odbio je moju ponudu. – Uživaj. Obaveštavaću te.

Ostatak obroka je bio izuzetno dobar, pošto je hranu spremila lokalna školska kuhinja i razvožena je po trgu u baštenskim kolicima. U skladu s toskanskom tradicijom, poslužene su *pappardelle alla lepre* – a testenina i sos od divljači bili su čudesno vrući kad su stigli do nas – a zatim su doneli hladnu piletinu s mešanom salatom od paradajza, paprike, crnog luka i lokalnog pekorino sira. Na kraju su doneli komade tradicionalne *castagnaccio* pite, napravljene od kestenovog brašna, suvog grožđa, pinjola i ruzmarina. Kao nekom čarolijom, u Bepeovim rukama pojavila se pljoska, i sipao mi je dosta grape u čašu. Probao sam je oprezno, dobro svestan koliko neke vrste umeju da budu žestoke, ali ova je bila veoma prijatna, i to sam mu i rekao. Široko se osmehnuo.

– Drago mi je što vam se sviđa. Sâm je pravim.

– Pravite svoju rakiju? – Gotovo sam ga pitao da li je to po zakonu, ali odlučio sam da večeras ne naglašavam da sam bio policajac. Mora da je naslutio šta želim da ga pitam.

– Ovde u Italiji je dozvoljeno praviti grapu, ali samo za sopstvene potrebe, ne za prodaju.

– Shvatam. Koliko pravite svake godine za sopstvene potrebe?

– Ne mnogo... oko pedeset litara.

I dalje sam se pitao kako litar grape nedeljno utiče na ljudsko telo, kad je obrok stigao do kraja i stolovi su odneti da se napravi mesto za ples. Nakon haosa koji je Oskar stvorio na izložbi, odlučio sam da ga ne dovodim blizu plesnog podijuma, tako da sam se zahvalio ljudima s kojima sam večerao i krenuo uzbrdo prema kući. Kad sam se vratio, doneo sam odluku koju moja bivša žena nikad ne bi mogla da razume niti prihvati. Utovario sam Oskara u kola i vozio se petnaest minuta do mesta ubistva Vilijama Rouzlanda.

Odvezao sam se malo dalje i ubrzo sam primetio stazu koja je vodila tamo gde mi je sinjor Artimino rekao da je Reks Hanter skrivao svoja kola kad je išao do Rouzlandove kuće da posećuje Silviju. Skrenuo sam s puta i parkirao među mirisnim žbunjem žutilovke. Pogled na put kroza žbunje potvrdio je da je Reks Hanter odabrao prilično dobro skrovište. Mada je sad bio gotovo mrak, bilo je još dovoljno svetlosti da vidim da staza vijuga prema Rouzlandovoj vili, tako da sam pustio Oskara iz kola i krenuli smo uzbrdo.

Dok smo hodali, razmišljao sam o tome što radim. Najjednostavnije objašnjenje bilo je da proveravam da li ta staza vodi do vile i obezbeđuje siguran put za Hantera ili nekog drugog, da stigne do kuće bez opasnosti da ga uoče gospodin i gospođa Artimino ili njihovi susedi. Naravno, nije to bio jedini razlog zbog koga sam odlučio da dođem ovamo u deset uveče u subotu. Setio sam se da se u ateljeu Silvije Rouzland, u dvorištu, ne nalaze samo lonci nego i statue. A statue, bilo da su napravljene od gline, kamena ili drveta, prave se pomoću dleta. Da li je dleto koje je virilo iz vrata Pitera Nelsona bilo jedno od njenih?

Bilo mi je potrebno tek deset minuta da se popnem do vile i palo mi je na pamet da je Silvija išla tuda ako je stvarno odlučila da namami muža da stane kraj puta i ubije ga, dvadeset četiri sata ranije. Sve je dolazilo na svoje mesto, i morao sam da se potrudim da podsetim sebe kako sam jutros bio podjednako siguran u krivicu Pitera Nelsona, a pogledajte šta se dogodilo. Dajući sve od sebe da obuzdam očekivanja, pojavio sam se iz šiblja nedaleko od vile Silvije Rouzland i provukao se kroz kapiju na drvenoj ogradi. To me je dovelo nadomak njenog ateljea i krenuo sam pravo prema njemu, nadajući se da je otključan.

Nažalost, nisam imao sreće. Bio je zaključan. Razmišljao sam da ramenom udarim u vrata i pokušam da ih provalim, ali izgledala su čvrsto. Pored toga, policija će uskoro doći ovamo. U pratnji Oskara, koji je trčkarao kraj mene, odšunjao sam se oko zgrade kako bih mogao da provirim kroz prozor. Izvadio sam telefon, uključio svetiljku i osvetlio sobu. Dok sam to radio, telefon mi je zazvonio i požurio sam da se javim pre nego što me buka oda. Bio je to Virđilio i na osnovu metalnog zvuka njegovog glasa, bio je u automobilu.

– *Ciao*, Dene. Mislio sam da će te zanimati da su forenzičari uspeli da uzmu otiske s Rouzlandovog telefona i gvozdene šipke i, pogodi? Pripadaju istoj osobi. Pripadaju našem ubici.

– A ne poklapaju se sa otiscima koje već imamo?

– Ne. Što više mislim o tome, sve više sam ubeđen da pripadaju njegovoj udovici.

– Obojica smo saglasni da je Silvija Rouzland naš ubica? Ja sam upravo tamo...

Nisam imao priliku da završim rečenicu kad me je prepao moj pas veoma neuobičajenim režanjem praćenim glasnim lajanjem zbog koga sam se okrenuo da ga ućutkam. Taj okret mi je verovatno spasao život, jer se jedna figura pojavila iz senki kraj mene i osetio sam jak udarac koji mi je očešao glavu i pao mi na rame, zbog čega me je leva ruka zabolela i morao sam da ispustim telefon. Da se nisam pomerio, taj bi me udarac pogodio pravo u glavu. Od siline udarca sam pao na kolena, i kad sam pogledao, video sam da napadačica podiže palicu koju je držala u rukama da me ponovo udari, ali u tom trenutku se umešala sudbina, u obliku ranije ljubaznog i prijateljskog Oskara. Ispuštajući divljačko režanje, Oskar se bacio na napadačicu i zario svoje lepe blistavobele zube – koje su nedavno pregledale sudije na sajmu – u njenu nogu. Vrisnula je i usmerila pažnju na psa i čuo sam udarac, praćen bolnim cviljenjem.

Ignorišući jak bol u ruci, skočio sam na noge i uhvatio palicu zdravom rukom, okrećući je prema sebi. Onda sam uradio nešto što nisam nikad uradio ni pre niti posle. Bez oklevanja sam je pustio, zamahnuo pesnicom i udario je pravo u lice, što sam jače mogao. Šaka me je zabolela od siline udarca i osetio sam još jači bol u drugom ramenu, ali bio sam zadovoljan kad sam video da je pala unatrag i na travu, gde je ostala da leži nepomično. Ponovo sam se spustio na kolena, uzeo ono što je izgledalo kao drška sekire iz njene ruke i bacio ga u žbunje pre nego što sam obratio pažnju na psa. Ležao je na boku, tiho cvileći. Pomilovao sam ga po glavi, a onda sam mu nežno opipao kičmu i rebra.

– Bićeš dobro, Oskare. Samo lezi mirno. Bićeš dobro.

Odmorio sam se nekoliko trenutaka, trudeći se da utvrdim koliko je teško povređen i koliko sam ja teško povređen. Leva ruka mi je beskorisno visila kraj tela, i osećao sam kako mi topla krv teče iz uva. Iznenada sam osetio veliki umor, i palo mi je na pamet da ovo nije nešto što bi sredovečan muškarac trebalo da radi. Iznenada sam zamislio Helen kako stoji iza mene i govori: – Rekla sam ti – ali iznenada sam čuo zvuke koji dopiru od osobe koja je ležala iza mene. Ustao sam i oteturao se do Silvije Rouzland, koja je počela da se budi. Bez lisica i s jednom onesposobljenom rukom, znao sam da neću moći da je vežem dok čekam dolazak policije, tako da sam je, umesto da je ponovo udarim u lice, opkoračio i kolenima joj pritisnuo ruke na zemlju. Na ono malo preostale dnevne svetlosti, video sam da izgleda ošamućeno i da joj je lice krvavo, ali nisam hteo da rizikujem. Ostali smo tako neko vreme, pre nego što je pogledala u mene u tami.

– Drago mi je što sam ih ubila, znate. – Glas joj je bio slab, ali to se događa kad te udare u lice, a da ne pominjem to što se deset godina amaterskog treniranja boksa moglo osetiti u mom udarcu. Nije mi bilo drago što sam udario ženu, ali niko ne udara mog psa i izvlači se nekažnjeno.

– Mislite na svog muža i Nelsona?

– Ubili su ga, znate. Morala sam ja da ubijem njih. To je bilo jedino ispravno.

– Kako ste saznali da su ubili Reksa Hantera?

– Vilijam mi je rekao. Došao je kući pijan pre neko veče i hvalio se kako je umlatio jedinog muškarca koga sam ikad volela. Hvalio se time! – Gađenje i neobuzdana mržnja u njenom glasu podsetili su me na Hanterovu stariju ćerku.

– Ali zašto ste ih sami ubili? Samo je trebalo da ih prijavite policiji i obojica bi bila osuđena i poslata na dugogodišnje kazne.

Neko vreme je ćutke ležala. – Kad su ubili Reksa, nisu ubili samo njega. Uništili su mi čitav život, moju budućnost. – Usledila je duga pauza pre nego što mi je postavila neočekivano pitanje. – Jeste li ikad bili zaljubljeni? Mislim, stvarno zaljubljeni?

Bilo je to dobro pitanje, o kojem bih, u drugim okolnostima, voleo da raspravljam s njom, ali ne ovde i sad. Ograničio sam sebe na sleganje ramenima, što je bila greška, jer sam ponovo osetio bol u ruci, od koga sam se gotovo onesvestio. Ona je shvatila sleganje ramenima kao ne.

– Ono što sam imala s Reksom bilo je posebno. Volela sam ga i verovala sam mu, i sve smo govorili jedno drugom. Rekla sam mu koliko sam bila nesrećna s Vilijamom i kako sam shvatila koliko sam pogrešila kad sam se udala za njega. Rekao mi je koliko je nesrećan s tom ludačom kojom je bio oženjen.

– Mislio sam da ste vi i Džun bile prijateljice.

– Poznavala sam je, ali nismo bile prijateljice. Ona je podmukla, zlobna žena. Samo pogledajte kakva joj je ćerka. To nije Reksova krivica nego Džunina.

Otac mi je uvek govorio da svaka medalja ima dve strane i, prema onom što sam čuo o Reksu Hanteru, svaljivanje krivice na bivšu ženu bilo je kranje neiskreno. Bilo mi je muka tako da nisam odgovorio, ali ona je ipak nastavila.

– Rekao mi je za Natali, i kako će se pretvarati da su venčani kako bi iskušao Adama i Dženifer. To je rekao „iskušati". Bili su suviše slični majci, znate, i morao je to da dokaže sebi, a možda i njoj.

– Niste bili ljubomorni na Natali? – Čuo sam sebe kako zapli-
ćem jezikom.

– Nimalo. Znala sam da je to predstava.

– I mislite da je nameravao da se oženi vama? – Osećao sam
kako me obuzima veliki umor.

– Čim se razvedem od Vilijama. Ali onda je Reks ubijen, i deo
mene je umro tog dana s njim.

Još sam razmišljao kako da odgovorim na to, kad sam postao
svestan farova i rotacionih svetala dvoja policijska kola koja su jurila
prilazom. Virđilio je stigao. Viknuo sam im i osetio sam ogromno
olakšanje kad sam video krupno Inočentijevo telo kako trči prema
meni. Iza njega su bili Virđilio i dva uniformisana policajca. Ino-
čenti mi je pomogao da ustanem, a dvojica uniformisanih policaja-
ca su odvela Silviju Rouzland. Kad je Inočenti osvetlio mene i mog
psa, Virđilio je prišao i pogledao šta se događa.

– Jesi li dobro, Dene?

– Ruka me boli, ali sam dobro. – Glas mi je zvučao kao da pri-
pada nekom drugom. – Zabrinut sam za Oskara.

A onda, na moje beskrajno olakšanje, video sam kako labrador
oprezno ustaje i polako hramlje da mi lizne šaku. Bio sam ovlašno
svestan Virđiliovog glasa koji dolazi kao iz oblaka.

– To je izdržljiv pas, Dene. Dobro, hajde da se pobrinemo za tebe
i vidimo koliko si ti izdržljiv.

Epilog

Nekoliko dana kasnije

– Želite li da vam isečem odrezak, sinjor Den?

Marijaroza je ignorisala moje proteste dok se saginjala preko mog ramena. Efikasno je isekla meso na komadiće i ponovo se ispravila. Zahvalio sam joj se i pokušao da nabodem komad mesa na viljušku u zdravoj ruci. Bilo je očekivano sjajno, i odmah sam pohvalio njeno kuvanje. Odmahnula je rukom i sipala hrpu pečenih mladih krompira na moj tanjir. Dok me je miris mesa prožimao od glave do pete, osetio sam pokret i video psa kako mi drži njušku na kolenu, i žalosno me gleda, pretvarajući se da nije jeo nedelju dana.

– Nemojte mu davati meso sa svog tanjira, sinjor Den. Pobrinuću se da dobije kost kad Marijaroza završi s posluživanjem. – Batista se pojavio iza mog povređenog ramena i sipao mi vino u čašu. Ipak, dok se okretao, dao sam Oskaru komadić mesa i nestao je kao čarolijom. Kao što kažu u oglasima: zaslužio je to.

– Šta je veterinar rekao za Oskara? – Video sam da je Natali zavolela mog psa.

– Rame mu je teško povređeno, ali oporaviće se. Sigurno bez problema može da ide u šetnje, a i apetit ga služi kao i pre.

– Dakle, obojici je povređeno rame. A šta je s vama? Koliko dugo ćete držati ruku u podupiraču?

– Izgleda još nekoliko nedelja. Kažu mi da slomljene ključne kosti obično same zarastu, ali potrebno je vreme. Ipak, zahvaljujući četvoronožnom prijatelju, sve je prošlo bolje nego što je moglo.

Sedeli smo ispred vile Reksa Hantera, u hladu veličanstvenog bora. Natali je pozvala svog polubrata i njegovu partnerku, Virđilija i mene na zajedničku večeru s njenom najboljom prijateljicom iz Australije, sad kad je istraga konačno bila završena. Vrlo diskretna sahrana Reksa Hantera održana je tog dana i nisam mogao da se otrgnem uverenju da se ništa ne bi dogodilo da je bio bolja osoba. Sad je sunce zalazilo i temperatura je pala na savršen nivo. Osećao sam se kao da sam jedno sa svetom – osim stalnog žaljenja što mi se bivša žena više nije javila, a prošlo je gotovo nedelju dana.

– Ko je onda ubio mog oca? – Adam je pogledao preko stola u polusestru: – *Našeg* oca?

Virđilio je ponudio objašnjenje. – Prema rečima Silvije Rouzland, to su zajedno uradili njen muž i Piter Nelson. Nelson je želeo da ubije vašeg oca da bi se zaštitio od optužbi za prevaru, a Vilijam Rouzland je želeo da ga ubije iz staromodne ljubomore. Saznao je za ženinu dugogodišnju preljubu s vašim ocem i želeo je osvetu.

– Dakle, *obojica* su ubice?

– Da, to objašnjava zašto je bilo tako mnogo udaraca u glavu vašeg oca. Nažalost, mislim da su se smenjivali. A onda su čuli kako se Dženifer približava na vašem motociklu i Rouzland je legao u peščanu jamu da se sakrije, a Nelson je stavio šešir vašeg oca i potrudio se da ga oponaša.

– Dakle, Dženifer nema nikakve veze s tim? – Adam je izgledao kao da mu je laknulo.

– Ne, ona je sve vreme bila nevina za ubistvo vašeg oca, a Silvija Rouzland je to potvrdila.

– Šta će se dogoditi s Džen?

Virđilio je odgovorio umesto Natali. – Natali je zatražila umanjenje kazne, i izgleda da će vaša sestra biti poslata na lečenje u zatvorsku bolnicu, prvo ovde u Italiji, ali potom će biti isporučena Australiji, gde će nastaviti lečenje.

– A kad je saznala šta su njen muž i Nelson uradili, Silvija Rouzland je ubila obojicu? – Bilo je jasno da se Adamova pticolika partnerka, Emili, i dalje teško miri sa onim što se dogodilo. Razgovarao sam danas s njom na sahrani prvi put, i svidela mi se. Za nekog povezanog sa uvrnutom disfunkcionalnom porodicom Hanter, izgledala mi je kao vrlo trezvena, i bio sam siguran da povoljno utiče na Adama. – Ubila je svog muža?

– Pročitajte Šekspira, ljubav je veliki podsticaj. – Kao što sam rekao, uhvatio sam ponovo sebe kako razmišljam o propalom braku. Bio sam uveren da ni Helen niti ja ne bismo pribegli ubistvu, a nema sumnje da su osećanja pred kraj naše veze bila jaka. – Vilijam Rouzland je pogrešio što se hvalio pred ženom onim što su on i Nelson uradili, a ona se, pošto je bila ludo zaljubljena u Reksa Hantera, izbezumila i osvetila se obojici. Ona je zdrava i snažna žena, i mogla je da razbije mužu glavu gvozdenom šipkom, a onda zarije petnaest centimetara dugo dleto u Nelsonova leđa.

Virđilio je klimnuo glavom. – I vrlo je dobra glumica. Kad smo joj rekli da joj je muž ubijen, plakala je kao kiša. Protumačili smo to kao bol zbog muževljeve smrti, ali sad znamo da to jeste bio bol, ali zbog drugog muškarca. Mora da je bila ludo zaljubljena u Reksa Hantera, a nakon njegove smrti je izgubila kontrolu i počela da se sveti. Vrlo opasna žena.

– Sreća što vas nije ubila, Dene. – Natali je zvučala iskreno zabrinuto za mene, što je bilo lepo.

– Spasao me je moj verni pas. – Pogledao sam ponovo dole i video da mi verni pas sad balavi po cipeli, tako da sam mu brzo bacio komad hleba pre nego što sam ponovo posvetio pažnju domaćici. – A šta ćete vi da uradite sad kad su uzbuđenja prošla? Nameravate li da ostanete u Kjantiju, ili ćete se vratiti u Australiju?

– Ostaću ovde. Sad kad je mama umrla, nemam porodicu u Australiji, a ovde sam otkrila porodicu za koju nisam znala. – Nežno se osmehnula Adamu. – Zajedno s bratom, nameravam da učinim *Akvarosa kantri klub* još uspešnijim – a postoji slobodno mesto računovođe, koje će mi sasvim odgovarati. Ali šta je s vama, Dene? Inspektor će se vratiti na posao, ali vi ste slobodni, zar ne? Zar vam neće biti dosadno?

Nameravao sam da joj ispričam za nedavnu ponudu izdavača, kad je Virđilio otkrio veliku odluku koju sam doneo u nedelju uveče. – Den će započeti novu karijeru. Upoznajte Dena Armstronga, privatnog istražitelja.

– Otvorićete svoju detektivsku agenciju? – Adam se osmehnuo. – Ne možete da dignete ruke od toga, zar ne?

– Zvučite kao moja bivša žena, ali da, nešto me vuče ka detektivskom poslu.

– A hoće li vam neko pomagati?

Pokazao sam na crnog psa kraj svojih nogu. – Oskar će mi pomoći da nanjušim istinu.

Nešto se pomerilo kraj mojih nogu i velika crna njuška se pojavila i spustila mi se u krilo. Dva velika smeđa oka su me pogledala i, na trenutak, mogao sam da se zakunem da mi je namignuo.

Zahvalnice

Najsrdačnije se zahvaljujem svojoj urednici Emili Raston i njenom timu iz *Boldvud buksa*, i najprikladnije nazvanoj lektorki u ovom poslu: Emili Rider.

Posebno se zahvaljujem svojim italijanskim prijateljima, porodici Lupijeri, što su mi pomogli da razumem kako funkcioniše italijanski policijski sistem.

Beleška o autoru

T. A. Vilijams je napisao preko dvadeset ljubavnih bestselera i sad se posvetio opuštenim krimićima, smeštenim u njegovu voljenu Italiju. Glavni junak te serije je glavni inspektor Armstrong i njegov labrador Oskar. Trevor živi u Devonu, sa suprugom Italijankom.

Knjige T. A. Vilijamsa
u izdanju Izdavačke kuće TEA BOOKS d.o.o.
(digitalna i/ili štampana izdanja)

Serijal Armstrong i Oskar

1. Ubistvo u Toskani
2. Ubistvo u Kjantiju
3. Ubistvo u Firenci

www.ingramcontent.com/pod-product-compliance
Lightning Source LLC
Chambersburg PA
CBHW022352020726
47500CB00002B/235